Mareike Allnoch

Where the Hummingbirds Sing

MAREIKE
ALLNOCH

WHERE THE HUMMINGBIRDS *Sing*

Roman

everlove
by PIPER

Mehr über unsere Autorinnen, Autoren und Bücher:
www.everlove-verlag.de

Wenn dir dieser Roman gefallen hat, schreib uns unter Nennung des Titels »Where the Hummingbirds Sing« an *empfehlungen@piper.de*, und wir empfehlen dir gerne vergleichbare Bücher.

Unser Versprechen für mehr Nachhaltigkeit
Klimaneutrales Produkt
FSC®-zertifiziertes Papier
Hergestellt in Europa

FSC
www.fsc.org
MIX
Papier | Fördert gute Waldnutzung
FSC® C083411

ISBN 978-3-492-06331-9

Satz: Satz für Satz, Wangen im Allgäu
Gesetzt aus der DTL Albertina ST
Druck und Bindung: CPI Books GmbH, Leck
Printed in the EU

Für meinen Bruder Jan.
Bobbele,
ohne dich wäre die Lake-Louise-Reihe
vielleicht nie in dieser Form entstanden.
Ich hab dich lieb.

Prolog

Wassertropfen glitzerten auf seiner Haut und seinen langen Wimpern. Die Strahlen der Sonne ließen den Bergsee in türkisfarbenem Glanz erstrahlen.

Er blickte gedankenverloren ins Leere und bemerkte nicht einmal, wie ich meine Kamera auf ihn richtete und versuchte, diesen besonderen Moment einzufangen.

Meine Leidenschaft für das Fotografieren bekam ich bereits als kleines Kind von meinem Vater in die Wiege gelegt. Die Fotografie gab mir die Möglichkeit, flüchtige Ereignisse, die kaum länger anhielten als der Flügelschlag eines Kolibris, festzuhalten und zu etwas Kostbarem zu machen. Sie gab mir den Raum, Gefühle auszudrücken, die in diesem Augenblick lagen.

Mir gefiel der Gedanke, in die Rolle einer unsichtbaren Beobachterin zu schlüpfen. Für mich hatte die Entstehung eines Fotos etwas mit Magie zu tun, die sich nicht so einfach in Worte fassen ließ.

Mich interessierten Motive, die in der Regel übersehen wurden, unscheinbar wirkende Augenblicke. Zum Beispiel der Morgentau, der in einem Spinnennetz funkelte, oder die ersten Sonnenstrahlen, die sich in einer Pfütze brachen. Der Ausdruck eines Menschen, wenn er sich unbeobachtet fühlte und sich die Emotionen in seinem Gesicht widerspiegelten.

Echt und wahrhaftig.

Oftmals sagte ein Foto mehr als tausend Worte, Menschen dachten in Bildern.

Mein Vater erzählte mir immer wieder gerne die Geschichte, wie er als Hobbyfotograf meine Mutter auf einer Party kennengelernt und es wortwörtlich bei ihm klick gemacht hatte. Eine einzige Aufnahme, und es war um ihn geschehen.

Er hatte mal zu mir gesagt, dass man mit der Kamera die Macht besaß, in die Seele eines Menschen zu blicken. Seine Sorgen, seine Ängste, seine geheimen Sehnsüchte zu erkennen.

Als Kind hatte ich nicht verstanden, was er damit meinte.

Doch dann trat *er* in mein Leben.

Sein Bild brannte sich in meinem Gedächtnis fest und ließ mich nicht mehr los.

Ich sah seinen Schmerz, seine zerbrochene Seele. Und dennoch war da dieses Leuchten, das an die Oberfläche wollte und gegen die dunklen Schatten ankämpfte. Er war ein Bild aus tausend Nuancen.

Und vielleicht faszinierte er mich genau aus diesem Grund vom ersten Moment an: Er war perfekt unperfekt.

1. Kapitel

»Sicherheitshinweis! Lassen Sie Ihr Gepäck nicht unbeaufsichtigt …«, hallte die Durchsage durch das Flughafenterminal. Ich hatte meinen Koffer bereits am Check-in-Schalter aufgegeben, und mein Blick schweifte zu der großen Anzeigetafel, auf der mein Flug angezeigt wurde.

Nervosität breitete sich in meinem Bauch aus. Ich schluckte schwer und drehte mich zu meinen Eltern und meinem jüngeren Bruder Flynn um. Es war an der Zeit, sich zu verabschieden. Und ich hasste fast nichts mehr als Abschiede.

Tränen schimmerten in den Augen meiner Mutter. Bei dem Anblick zog sich mein Herz schmerzhaft zusammen. Es war das erste Mal, dass ich für so lange Zeit von zu Hause fort sein würde. Von Hamburg, meiner Familie und meiner besten Freundin Rieke.

Leider hatte Rieke heute nicht mit zum Flughafen kommen können, da sie anlässlich der goldenen Hochzeit ihrer Großeltern mit der gesamten Familie in der Lüneburger Heide war.

Als hätte sie geahnt, dass ich an sie dachte, vibrierte mein Handy und zeigte eine eingegangene Nachricht an.

Ich öffnete unseren Chatverlauf bei Whatsapp. Rieke hatte ein Foto von uns beiden geschickt, auf dem wir wilde Grimassen zogen. Darunter stand:

Du fehlst mir jetzt schon. Hab einen guten Flug und melde dich, wenn du über den großen Teich bist. Ich hab dich lieb!

Gerührt schickte ich ihr ein großes Herz zurück, bevor ich das Handy wieder in meine Hosentasche schob.

Ich dachte an die Monate nach meinem Abitur zurück, in denen ich gejobbt hatte, um mir diesen Auslandsaufenthalt überhaupt finanzieren zu können. Immerzu hatte ich mir in den schillerndsten Farben ausgemalt, wie meine Reise nach Kanada wohl aussehen würde.

Doch jetzt, da ich inmitten meiner Familie am Flughafen stand, hatte ich gemischte Gefühle, die sich zwischen Vorfreude, Neugierde, Unsicherheit und Angst bewegten.

Mein Vater kam auf mich zu und drückte mich an sich. »Ich bin mir sicher, dass dieses Jahr ein ganz besonderes für dich wird, Lily!«

Als er mich nach einer Weile ein Stück von sich schob, lächelte er mir aufmunternd zu.

Auf der Wange meiner Mutter zeichneten sich verdächtige Mascara-Spuren ab.

»Ach, Mist«, schniefte sie. »Ich hatte mir fest vorgenommen, nicht zu weinen. Erst wenn du weg bist.«

»Sie ist doch nicht aus der Welt, Bille«, meinte mein Vater sanft und strich meiner Mutter, die mit vollem Namen Sybille hieß, beruhigend über den Arm. »Deine Tochter fliegt nach Kanada, nicht auf den Mond.«

»Aber es fühlt sich verdammt danach an«, entgegnete meine Mutter theatralisch und zog mich in eine feste Umarmung. »Du wirst uns fehlen.«

»Ihr werdet mir auch fehlen, Mama«, nuschelte ich mit erstickter Stimme.

»Warum musstest du dir denn auch ein Land aussuchen, in

dem es Bären gibt? Hätte es nicht ein Ziel mit weniger gefährlichen Tieren sein können? Irland oder Schottland zum Beispiel? Schafe sind doch auch nett …«, überlegte meine Mutter laut.

»Nett ist die kleine Schwester von scheiße«, sagte mein Bruder Flynn plötzlich, und wir alle drei starrten ihn verblüfft an.

»Von wem hast du das denn?« Das Entsetzen stand meiner Mutter ins Gesicht geschrieben.

»Mein Freund Lasse hat das gesagt.«

Meine Mutter schüttelte fassungslos den Kopf. Ich ging in die Hocke und sah zu Flynn auf, seine blauen Kulleraugen blickten eindringlich auf mich.

»Pass mir gut auf Mama und Papa auf. Meinst du, du schaffst das?«

Flynn nickte. »Na klar, immerhin bin ich doch schon sechs Jahre alt«, antwortete er mit felsenfester Stimme.

»Ach, komm her, mein Wuschel.« Ich nahm Flynn so fest in den Arm, als wollte ich ihn nie wieder loslassen, und atmete den Duft seines Shampoos ein. Flynn roch nach seinem Lieblingsshampoo, einer Mischung aus Zitronen und Orangen. Und nach Zuhause.

Ich würde diesen Geruch vermissen. Mein Hals wurde eng.

»Wie wäre es noch mit einem Abschiedsfoto zur Erinnerung?«, schlug ich vor, rappelte mich auf und tastete nach meiner eisblauen Umhängetasche, in der sich meine gleichfarbige Polaroidkamera befand. Ich hatte sie damals als Geschenk zu meinem bestandenen Abitur bekommen, seitdem trug ich sie fast immer bei mir. Man konnte schließlich nie wissen, wann einem ein toller Schnappschuss ins Auge sprang.

»Au ja!«

Flynn hechtete mit einem begeisterten Aufschrei vor mich, meine Eltern stellten sich – einer links, einer rechts – neben mich.

Ich streckte die Kamera mit langem Arm von mir, damit auch die ganze Familie aufs Bild passte.

»Und lächeln, bitte!«

Die Polaroid surrte.

Flynn grinste auf dem Foto so breit, dass seine Zahnlücke zum Vorschein kam, meine Mutter hatte ihr Gesicht meinem Vater zugewandt, der wiederum mit seinen Fingern in der Luft herumfuchtelte, als würde er eine Fliege verscheuchen. Und ich? Ich glänzte vor lauter Aufregung wie eine Christbaumkugel am Weihnachtsabend.

Darf ich vorstellen: Familie Hartmann in Aktion!

Soweit ich mich erinnern konnte, hing in unserem Haus in Hamburg-Harburg kein einziges normales Familienfoto, irgendwer tanzte jedes Mal aus der Reihe. Aber was war schon normal?

Perfekt war noch nie ein Zustand gewesen, der mich beschrieb, und das war auch gut so.

Lächelnd und mit einem Anflug von Wehmut verstaute ich das Foto in meinem ausgefransten Portemonnaie und ließ die Polaroid wieder in der Umhängetasche verschwinden.

»Ich melde mich, sobald ich gelandet bin«, versprach ich und schulterte meinen Kamerarucksack, der Platz für meine Spiegelreflex, meine Objektive und meinen Laptop bot. An der Seite befand sich eine Halterung für ein Stativ.

Als ich mich in die Schlange für die Sicherheitskontrolle einreihte, sah ich mich ein letztes Mal nach meiner Familie um.

Mama, Papa und Flynn standen Arm in Arm in der Abflughalle und winkten mir zu.

Mit feuchten Augen hob ich die Hand zum Abschied.

2. Kapitel

Ich fühlte mich wie gerädert, als ich nach einem vierzehnstündigen Flug einschließlich eines Umstieges in Amsterdam endlich in Calgary landete. Mir war kalt, ich war übermüdet, und vermutlich hatte ich mit meinen zerzausten Haaren mehr Ähnlichkeit mit einer Vogelscheuche als mit einem menschlichen Wesen. Den ganzen Flug über hatte ich kein Auge zugetan, da der ältere Herr neben mir so laut und noch dazu mit offenem Mund geschnarcht hatte, dass das halbe Flugzeug bestens unterhalten worden war. Weder mein Ohropax noch die kraftvollen Songs von Pink, die mit voller Lautstärke aus meinen Kopfhörern schallten, hatten dagegen ankämpfen können.

Und – war das etwa Sabber auf meinem Pullover? Ich wollte mir lieber nicht ausmalen, von wem dieser stammte. Angeekelt verzog ich den Mund, beschloss jedoch, mich von solchen Kleinigkeiten nicht runterziehen zu lassen. Selbst dann nicht, als mein Koffer der letzte war, der mutterseelenallein seine Runde auf dem quietschenden Gepäckband drehte.

Suchend sah ich mich in der großen Ankunftshalle um, zahlreiche Menschen strömten an mir vorbei, und irgendjemand rempelte mich unsanft an.

Aber von Nell, der Tochter der Browns, fehlte jede Spur.

Ich war vor einem halben Jahr durch eine Internetanzeige

der Familie Brown zufällig auf das Lake Louise Chalet Resort inmitten des Banff-Nationalparks gestoßen, für das eine Stelle als »Chalet Girl« ausgeschrieben war. Trotz meiner anfänglichen Zweifel, ob es nicht ratsamer wäre, meinen Auslandsaufenthalt mit einer Organisation im Rücken zu planen, hatte ich mich letztendlich dagegen entschieden und mich stattdessen auf eigene Faust bei besagtem Chalet Resort beworben. Alles, was ich im Internet über die Hotelanlage und Lake Louise fand, hatte mich begeistert.

Ich kannte Nell und ihren Bruder Luke, die beide etwa in meinem Alter waren, von meinen Bewerbungsgesprächen über Skype. Die Geschwister machten von Beginn an einen sympathischen Eindruck. Mr und Mrs Brown hatte ich bisher nur auf Fotos gesehen.

Ich verglich das Familienporträt der Browns auf meinem Handy mit den Menschen um mich herum, allerdings ähnelte kein Gesicht auch nur ansatzweise dem von Nell. Dabei hatte sie mir noch vor wenigen Tagen geschrieben, dass sie mich abholen würde.

Ob sie mich vergessen hatte? Oder hatte sie sich möglicherweise eine falsche Ankunftszeit notiert? Eher unwahrscheinlich.

Ich grübelte. Die anfängliche Vorfreude, die mich bis eben noch nervös mit den Füßen hatte auf- und abwippen lassen, wich einem Gefühl von Anspannung. So hatte ich mir den Start in mein persönliches Kanadaabenteuer nicht vorgestellt. Ein ungutes Grummeln breitete sich in meinem Magen aus.

Zur Beruhigung (und um mich wach zu halten) holte ich mir bei *Starbucks* einen *Caramel Frappuccino*, setzte mich mit dem Becher in der Hand auf meinen Koffer und wartete.

Währenddessen schrieb ich in unsere Familien-Whatsapp-Gruppe, die den äußerst kreativen Namen »We are Family«

trug, dass ich gut in Calgary gelandet war. Die Info, dass ich immer noch darauf wartete, abgeholt zu werden, verkniff ich mir, da meine Mutter sich nur Sorgen gemacht hätte.

Rieke schickte ich ebenfalls eine kurze Message, bevor ich mein Handy wieder in meine Hosentasche gleiten ließ.

Nell war nach wie vor nirgends zu sehen. Mit meinem *Frappuccino* in der Hand ging ich mehrere Male in der großen Halle auf und ab, checkte immer wieder mein Telefon und blickte mich suchend um. Andere Passagiere eilten an mir vorbei Richtung Ausgang. Nur ich wusste nicht, wohin mit mir.

Nach einer halben Ewigkeit blieb ein Mann neben mir stehen und fragte, ob er mir weiterhelfen könne. Ich rang mir ein möglichst überzeugendes Lächeln ab, schüttelte den Kopf und bedankte mich.

Vermutlich sah ich genauso verloren aus, wie ich mich gerade fühlte. Abermals zog ich mein Handy nervös aus meiner Jeanshose und tippte auf das Display, der Bildschirm leuchtete hell auf. Leider hatte ich weder einen verpassten Anruf noch eine ungelesene Nachricht. Von meinen Eltern und Rieke kam auch kein Lebenszeichen.

Ein *Pling* ließ mich hoffnungsvoll aufblicken, aber es war lediglich mein Telefonanbieter, der mir mitteilte, dass ich mich nun in Kanada befand. Vielen Dank für den Hinweis, Blitzmerker.

Ich seufzte und blickte auf meine Armbanduhr. Mittlerweile waren anderthalb Stunden seit meiner Landung vergangen.

Ganz ruhig bleiben, Lily, redete ich mir gut zu. Bestimmt handelte es sich nur um ein Missverständnis, das sich schnell aufklären ließ. Ich scrollte durch das Adressbuch in meinem Handy, suchte Nells Kontakt und wählte die entsprechende Nummer.

Mit meinen Fingerspitzen trommelte ich ungeduldig gegen

den Kaffeebecher, bis auf ein Tuten tat sich am anderen Ende der Leitung allerdings nichts.

Eine Möglichkeit hatte ich noch.

Ich rief in Google die Homepage des Lake Louise Chalet Resorts auf. Kurz zögerte ich, dann wählte ich die auf der Seite angegebene Telefonnummer.

Das Leerzeichen ertönte, aber auch dort hob niemand ab. Frustriert ließ ich das Handy in meiner Hand sinken. Das konnte doch alles nicht wahr sein!

Was machte ich denn jetzt bloß?

Ich kaute nachdenklich auf meiner Unterlippe. Ich würde hier gewiss keine weitere Minute Däumchen drehen! Entschlossen schulterte ich meinen Rucksack, tastete nach meiner Umhängetasche mit der Polaroid und pfefferte meinen leeren Kaffeebecher in einen der Mülleimer. Dann straffte ich meinen Rücken, schnappte meinen Koffer und ging damit Richtung Ausgang.

3. Kapitel

Ein angenehm sommerlicher Juniwind blies mir entgegen, als ich ins Freie trat. Ich blieb stehen, schloss die Augen und reckte mein Gesicht der Sonne entgegen, deren Strahlen wärmend über meine Haut tanzten.

»Lily?«

»Ja?« Ich blinzelte verwirrt und drehte mich um – und sah in zwei grüne Augen, die mich an einen schimmernden Bergsee erinnerten. Dieses Grün war von einer solchen Intensität, dass mir der Atem stockte. Dunkelblondes, wuscheliges Haar umrahmte sein markantes Gesicht, in dem sich feine Bartstoppeln abzeichneten, und ich ertappte mich selbst dabei, wie ich den Typen vor mir ein paar Sekunden länger als nötig musterte. Als ich mir dessen bewusst wurde, stieg mir augenblicklich die Hitze in die Wangen.

Ich räusperte mich verlegen.

»Ben Montgomery«, antwortete mein Gegenüber kurz angebunden. »Ich hatte ohnehin in Calgary zu tun, da haben mich die Browns gebeten, dich abzuholen. Im Resort sind alle Hände voll zu tun, sodass sie es selbst nicht geschafft hätten, rechtzeitig hier zu sein.«

Ich verkniff mir den Kommentar, dass auch bei ihm von *rechtzeitig* wohl kaum die Rede sein konnte, wenn man bedachte, dass ich bereits seit zwei Stunden am Flughafen wartete. Aber mit einer Entschuldigung brauchte ich wohl gar nicht erst zu rechnen.

Letztendlich siegte meine Erleichterung darüber, mich nicht allein zum Lake Louise Chalet Resort durchschlagen zu müssen. Daher sah ich ausnahmsweise über Bens Zuspätkommen hinweg.

»Wie hast du mich erkannt?«, fragte ich irritiert.

Ben deutete wortlos auf meinen meerblauen Koffer mit der Aufschrift »Ahoi Hamburg«, darunter befand sich ein Anker. Offensichtlicher hätte ich die Liebe zu meiner Heimatstadt nun wirklich nicht präsentieren können.

Ob ich dem Typen trauen konnte? Einen besonders gefährlichen Eindruck machte er nicht auf mich.

Fahr nie mit Fremden mit. Lass dich nicht von anderen Leuten anquatschen. Hör immer auf dein Bauchgefühl, hatte ich prompt die warnende Stimme meiner Mutter im Kopf. Schnell brachte ich sie zum Schweigen.

»Was ist, kommst du? Ich stehe im Halteverbot«, drängelte Ben und wirkte genervt, unruhig trat er von einem Fuß auf den anderen. Bevor ich überhaupt die Chance hatte, etwas zu erwidern, hatte er sich bereits in Bewegung gesetzt.

Da mir wohl oder übel keine andere Wahl blieb und ich mir kein unverschämt teures Taxi bestellen wollte, folgte ich Ben seufzend.

Ich beschloss, dass ein Axtmörder oder ein Entführer sicherlich nicht solch verboten schöne Augen haben konnte, und beruhigte mich selbst mit diesem Gedanken. Meine letzten Zweifel warf ich in dem Moment über Bord, als ich sah, dass Nell mir geschrieben hatte.

Hey, Lily, leider schaffe ich es nicht, zum Flughafen zu kommen. Ben wird dich abholen. Und lass dich von seinem mürrischen Gehabe nicht einschüchtern, der ist harmlos. ;)
Wir sehen uns später, ich freu mich auf dich!
Nell

Ob sie in einem Funkloch gesteckt hatte, weshalb die Nachricht erst jetzt ankam? Na ja, was soll's, immerhin wusste ich nun, dass Ben weder ein Axtmörder noch ein Entführer war.

Schmunzelnd steckte ich mein Handy weg, während mein Blick auf Bens breiten Rücken fiel.

Er verlangsamte seine Schritte schließlich vor einem olivfarbenen Pick-up, der definitiv schon bessere Zeiten gesehen hatte. Die Räder waren schlammverkrustet, und über den Lack zogen sich einige Schrammen.

Ben nahm mir meinen Koffer ab und hievte ihn auf die offene Ladefläche des Pick-ups. Ich betete, dass mein Gepäck die Fahrt überstehen würde.

Nachdem wir beide im Wageninneren Platz genommen hatten, ließen wir den Flughafen und das geschäftige Treiben langsam hinter uns.

Schweigend saßen wir nebeneinander im Auto, Bens Blick war konzentriert auf den Straßenverkehr gerichtet. Sehr gesprächig schien er nicht zu sein.

Ich betrachtete ihn möglichst unauffällig aus dem Augenwinkel.

Er trug ein kariertes Hemd, unter dem sich ein durchtrainierter Oberkörper erahnen ließ. Mein Blick fiel auf seine Hände. Sie waren kräftig und noch dazu gepflegt, die Venen traten ausgeprägt hervor. Seine Haut war sonnengebräunt, was vermuten ließ, dass er viel Zeit im Freien verbrachte. Er hatte wirklich schöne Hände.

In Bens Nähe hatte ich plötzlich das Gefühl, dass sich meine gesamten Englischkenntnisse der letzten Schuljahre auf ein Minimum reduziert hatten, denn die Worte, die sich in meinem Kopf formten, rollten mir diesmal nicht so mühelos über die Lippen wie sonst. Dabei fielen mir Fremdsprachen leicht, Französisch und Englisch hatten zu meinen Lieblingsfächern gezählt.

»Und du kommst auch aus Lake Louise?«, fragte ich wenig originell, um die unangenehme Stille zwischen uns zu überbrücken. Gedanklich verpasste ich mir einen Schlag gegen die Stirn. Hätte mir nicht etwas Geistreicheres einfallen können?

»Hmm«, machte Ben lediglich, keine Regung war in seinem Gesicht festzustellen.

Ich durchforstete mein Gehirn krampfhaft nach einem unverfänglichen Gesprächsthema, fand aber keines. Alles klang wie gezwungener Small Talk.

Normalerweise hatte ich keine Schwierigkeiten, mit anderen Menschen ins Gespräch zu kommen, leider erwies sich Ben als besonders harte Nuss. Nicht mal ein winziges Lächeln umspielte seine Lippen.

»Und du bist ein Freund der Browns?«, hakte ich nach.

»So in der Art.«

Ich versuchte es noch ein paarmal, doch ich musste Ben jedes Wort förmlich aus der Nase ziehen.

Irgendwann gab ich auf. Es war offensichtlich, dass er nicht in Plauderlaune war. Genauso gut hätte ich mich auch mit einem Stein unterhalten können.

Als wollte er weiteren Fragen aus dem Weg gehen, drehte Ben zu allem Überfluss auch noch das Radio auf, und zwar in einer solchen Lautstärke, dass sich jede weitere Unterhaltung erübrigt hatte.

Alles klar, schon verstanden.

Eigentlich hätte er mir genauso gut ins Gesicht schreien können: »Ich hab keinen Bock auf dich!«

Mir egal, versuchte ich mir einzureden, auch wenn es an meinem Ego kratzte, dass Ben mir die kalte Schulter zeigte. Hatte ich ihm irgendetwas getan? Erst ließ er mich stundenlang am Flughafen sitzen, und jetzt besaß er nicht einmal den Anstand, Konversation zu betreiben? Meine Güte, ich hatte ihn doch nicht gefragt, ob er mich heiraten wollte!

Er hätte wenigstens aus Höflichkeit so tun können, als fände er mich nicht vollkommen uninteressant!

Wir fuhren aus Calgary hinaus, den Trans-Canada Highway entlang, und die Hochhäuser, die soeben noch das Landschaftsbild geprägt hatten, verschwanden aus meinem Sichtfeld. Stattdessen säumten dichte Wälder den Wegesrand, und ich erblickte die ersten glitzernden, schneebedeckten Berge. Die Rocky Mountains!

Ich lehnte meinen Kopf aus dem offenen Fenster und genoss den Fahrtwind in meinen Haaren.

»Wow, ist das schön!«, platzte es aus mir heraus. In echt sahen die Rocky Mountains noch viel imposanter aus als auf Fotos.

Ich wollte das Wasser und die salzige Elbluft in Hamburg keinesfalls missen, trotz allem hatten Berge schon immer eine ungemeine Anziehungskraft auf mich ausgeübt. Für mich verkörperten die wilden Gipfel ein Gefühl von grenzenloser Freiheit.

Bei dem Panorama, das sich mir bot, hätte ich am liebsten sofort meine Spiegelreflexkamera aus den Tiefen meines Rucksacks befördert und wild drauflosgeknipst. Eigentlich fand man mich immer mit einer Kamera vor, sei es nun mit meiner Spiegelreflex, meiner Polaroid oder zur allergrößten Not auch meiner Handykamera. Die Spiegelreflex hatte ich mir im Alter von siebzehn Jahren endlich von meinem lang ersparten Taschengeld kaufen können, und sie war seitdem zu einer treuen Begleiterin geworden.

Verträumt blickte ich in die Landschaft und konnte mich an der Postkartenidylle gar nicht sattsehen.

Kurz hinter Banff bog Ben auf eine Straße ab, die vom Trans-Canada Highway abzweigte und weniger befahren war. Im Gegensatz zum Highway war diese Straße nicht eingezäunt.

Ein massives Holzschild, das einen Grizzlybären zeigte, zog an mir vorbei und verriet mir, dass wir uns inzwischen auf dem Bow Valley Parkway befanden, an dem sich parallel ein türkis schimmernder Fluss, der Bow River, entlangschlängelte. Das wusste ich nur, weil ich mir in den letzten Tagen vor meiner Abreise die Umgebung genauestens auf Google Maps angesehen und eingeprägt hatte. Vielleicht hätte ich jedoch mehr Zeit damit verbringen sollen, zu googeln, mit welchen Tricks man einen mürrischen Kanadier zum Reden brachte. Das hätte mir immerhin eine schweigsame Autofahrt erspart.

Die Straße folgte dem Verlauf des Flusses und führte uns durch eine Tallandschaft. Zahlreiche Picknickplätze luden dazu ein, eine Rast zu machen und die eindrucksvolle Naturkulisse auf sich wirken zu lassen.

An den Ausgangspunkten von Wanderwegen waren Informationstafeln angebracht, die die Besonderheiten von Flora und Fauna dieser Bergregion erläuterten.

Hinter jeder Kurve, die die Straße vollführte, wartete eine neue landschaftliche Attraktion, und ich hätte nicht wenig Lust gehabt, anzuhalten, um ein paar Fotos zu machen.

Ich konnte es kaum erwarten, in den kommenden Wochen und Monaten inmitten der Rockies die unberührte Natur zu erkunden. Es wunderte mich nicht, dass Kanada für viele Menschen das Land der Hoffnung und der Freiheit war. Für mich war es der Beginn eines großen Abenteuers.

Ich erschrak mich beinahe zu Tode, als plötzlich wenige Meter vor uns von rechts ein Tier aus dem dichten Geäst brach und über die Fahrbahn preschte.

Ben trat das Bremspedal durch, die Reifen quietschten, und mein Kopf flog nach vorne.

Ich hörte, wie mein Koffer auf der Ladefläche mit voller Wucht gegen die Fahrerkabine krachte. Na toll …

Wenigstens war ich geistesgegenwärtig genug gewesen, den Kamerarucksack und die Umhängetasche auf meinem Schoß festzuhalten.

Mit laut klopfendem Herzen starrte ich dem Tier hinterher, das hocherhobenen Hauptes und mit mächtigem Geweih über den Asphalt stolzierte und einen Augenblick später auf der anderen Seite im Schutz der Bäume verschwunden war.

»Was war das?«

»Elk« war der englische Begriff, den Ben mir schließlich um die Ohren schleuderte. Es dauerte einen Moment, bis mir wieder einfiel, dass der Begriff »elk« keinesfalls einen Elch meinte (das wäre »moose« gewesen), sondern einen Wapiti, eine Hirschart, die in Kanada beheimatet war.

Wie gut, dass ich vor meinem Abflug noch mal ein paar englische Vokabeln durchgegangen war.

»Pass auf, dass du nicht zu redselig wirst«, spottete ich, worauf Ben – wie erwartet – nicht einging.

Ich drehte mich zu ihm um und war überrascht, dass er mich eindringlich musterte. War da etwa der Anflug eines Lächelns auf seinen Lippen zu erkennen? Seine Mundwinkel zuckten, gleich darauf war davon nichts mehr zu sehen. Stattdessen richtete Ben seinen Blick wieder nach vorne.

Zu meinem eigenen Erschrecken bahnte sich jedoch ein viel

größeres Problem als Bens beharrliches Schweigen an, denn meine Blase meldete sich zu Wort. Und die vielen Schlaglöcher, über die der Pick-up regelmäßig rumpelte, machten es keinesfalls besser. Wieso hatte ich bloß einen großen *Caramel Frappuccino* getrunken?

So ein Mist!

Unruhig rutschte ich auf meinem Sitz hin und her. »Wie weit ist es noch bis nach Lake Louise?«, fragte ich.

Ben schaltete das Radio ab. »Etwa fünfzig Kilometer«, antwortete er, ohne seine Augen von der Straße zu nehmen.

Fünfzig Kilometer?! Meine Blase würde keinen einzigen mehr aushalten. Wenn Ben nicht gleich eine Raststätte ansteuerte, dann konnte ich für nichts mehr garantieren.

»Kommt bald eine Tankstelle?«

Er schüttelte den Kopf und verzog keine Miene. »Wir sind mitten in der Wildnis, hier kommt erst einmal weit und breit nichts.«

O Gott!

»Ich ... ähm ... ich müsste mal auf die Toilette«, stotterte ich verlegen.

Ben sagte nichts, sondern brachte den Wagen nach wenigen Metern am Fahrbahnrand zum Stehen und deutete auf den dichten Wald vor uns.

»Du hast die Wahl: Entweder du hältst bis Lake Louise durch, was in etwa noch eine knappe Stunde dauern wird, oder du nimmst mit der Natur Kanadas vorlieb.«

Den hochgezogenen Augenbrauen nach zu urteilen, rechnete er vermutlich damit, dass eine Großstadtpflanze aus Hamburg sich zu fein dafür wäre, aber da kannte er mich schlecht.

Herausfordernd funkelte ich ihn an, stieg aus und schlug die Autotür geräuschvoll hinter mir zu. Dann stützte ich mich mit meinen Armen auf dem Fensterrand ab.

»Denk nicht mal daran, zu gucken.«

Ben lachte höhnisch. »Wovon träumst du nachts?«

Ich tat so, als hätte ich seinen Kommentar überhört.

»Ach, und pass auf, wo du hinläufst. Hier in der Gegend gibt es Schwarzbären und Grizzlys. Ganz besonders am Bow Valley Parkway.«

Bären?!

Panisch ließ ich meinen Blick von links nach rechts schnellen. Zuerst war ich schon gewillt, mich wieder ins Auto zu setzen, doch dann riss ich mich zusammen.

Ben wollte mich nur verunsichern, und den Gefallen, mich von seinem Gerede beeindrucken zu lassen, würde ich ihm bestimmt nicht tun.

4. Kapitel

Mit meiner Polaroidumhängetasche über der Schulter schlug ich zielstrebig und mit selbstbewussten Schritten einen schmalen Trampelpfad ein, der den Anschein erweckte, als würde er lediglich von Wildtieren und nicht von Wanderern genutzt werden. Dichtes, meterhohes Gras wuchs am Wegesrand, und ich hatte Mühe, mich durch das Gestrüpp zu kämpfen.

Obwohl ich mich nicht ein einziges Mal umschaute, spürte ich Bens Blicke nur allzu deutlich auf mir, und ein Schauer jagte meinen Rücken hinab. Dieser Typ hatte etwas an sich, was mich völlig aus der Fassung brachte.

Ich lief tiefer in den Wald hinein, der überwiegend aus verschiedenen Nadelbäumen bestand. Sonnenstrahlen brachen durch die Kronen vereinzelter Laubbäume hindurch und ließen den Wald in allen erdenklichen Farben strahlen. Das helle Licht tauchte die Blätter in ein sattes Grün.

Nachdem ich meine Blase erleichtert hatte und meine Hose wieder hochzog, vernahm ich das Knacken von Ästen hinter mir. Wie in Zeitlupe drehte ich mich um – und mich traf fast der Schlag.

Keine zehn Meter von mir entfernt stand ein Elchbulle, dessen gigantisches Geweih äußerst angsteinflößend aussah. Ich unterdrückte den Schrei, der panisch aus meiner Kehle brechen wollte. Wie erstarrt stand ich da und rührte mich keinen Millimeter von der Stelle. Meine Augen hafteten an dem großen Tier vor mir.

Okay, jetzt nur die Ruhe bewahren, redete ich mir gut zu. Bloß keine falsche Bewegung machen.

Hatte ich nicht erst letztens in einem Fernsehbericht gehört, dass Elche mitunter sehr aggressiv werden konnten?

Bisher hatte das Tier mich jedoch nicht bemerkt. Es kaute genüsslich auf einem Zweig herum und vergrub sein Maul in den Ästen.

Nachdem ich meine ersten Schocksekunden überwunden hatte, ging ich langsam in die Hocke und beobachtete den Elch aufmerksam. Auch wenn ich nach wie vor einen Heidenrespekt hatte (insbesondere vor den riesigen Schaufeln!), schien keine Gefahr von dem Tier auszugehen. Meine Faszination siegte gegenüber der Angst.

Ich konnte es nicht glauben, dass ich mich direkt an meinem ersten Tag in Kanada Auge in Auge mit einem Elch wiederfand. Einem Elch! Mein Vater würde vor Neid erblassen, wenn ich ihm das erzählte. Vorausgesetzt, der Elch würde nicht noch Müsli aus mir machen.

Mein Puls beruhigte sich langsam wieder, und ich studierte die Bewegungen des Tieres. Seine kräftigen Ohren wackelten munter, und seine Schmolllippen erweckten den Anschein, als würde es lächeln.

Was für ein stolzes Wesen!

Plötzlich ärgerte es mich, dass ich meine Spiegelreflexkamera nicht griffbereit hatte, da diese in meinem Rucksack auf dem Beifahrersitz von Bens Pick-up lag. Dann musste halt meine Polaroid herhalten.

Möglichst leise zog ich die handliche Sofortbildkamera aus der Tasche und blickte durch den Sucher. Lustigerweise sah der

Elch genau in dem Augenblick in die Linse, als ich abdrückte. Das mir so vertraute Rattern ertönte, und kurz darauf betrachtete ich zufrieden den Schnappschuss mit dem unverwechselbar weißen Rand in meiner Hand. Beinahe anmutig reckte der Elch seinen Hals in die Höhe.

»Lily?«, wehte plötzlich Bens Stimme zu mir herüber. Wahrscheinlich fragte er sich schon, ob ich im Wald verloren gegangen war. Oder ob es ein Bär auf mich abgesehen hatte.

Da ich den Elch nicht beunruhigen oder gar verscheuchen wollte, verharrte ich schweigend in meiner Position und gab keinen Laut von mir.

»Lily?« Mittlerweile war Ben sehr nah. Als er mich im Gebüsch hocken sah, runzelte er die Stirn. »Ist alles in Ordnung? Hast du den Mount Everest überquert, oder wieso hat das so lange gedauert?«

Ich hielt den Zeigefinger an meine Lippen, um ihm zu signalisieren, dass er leise sein sollte, und deutete auf den Elch. Ben folgte meinem Blick und hielt abrupt inne.

Ein überraschtes »Oh« rollte über seine Lippen, bevor er sich wieder zu mir umdrehte.

»Mach kleine Schritte und entferne dich langsam von dem Tier. Es wird dir nichts tun, vertrau mir.«

Hä? Es dauerte einen Moment, bis die Bedeutung von Bens Worten richtig bei mir ankam. Dachte er etwa, ich hätte mich hier versteckt und er müsste mich jetzt beschützen? Leider hatte ich nicht die Gelegenheit, dies richtigzustellen, da Ben unerwartet nach meiner Hand griff, mich sanft, aber bestimmt von dem Elch wegdirigierte und dabei das Tier wachsam im Auge behielt. Es verschwand schließlich vollständig aus meinem Blickfeld, und Ben machte erst halt, als wir wieder Asphalt unter unseren Füßen hatten und am Auto angekommen waren.

Dabei stellte ich fest, dass wir den ganzen Weg über Händchen gehalten hatten. Als Ben mich losließ, war ich fast enttäuscht.

»Elche sind eigentlich harmlose Tiere, du musst lediglich auf die richtigen Zeichen achten«, erklärte Ben. »Sie greifen in der Regel nur an, wenn sie erschrocken sind oder sich in die Enge getrieben fühlen. Das kannst du meist an unruhigem Hufscharren, Kopfschütteln oder Schnauben ausmachen. Und bei Bullen in der Brunftzeit und Müttern mit ihren Kälbern ist Vorsicht geboten.«

»Ich hatte keine Angst vor dem Elch, falls du das denkst«, antwortete ich, ohne mit der Wimper zu zucken, und verschwieg dabei, dass mir das Tier zunächst einen ordentlichen Schreck eingejagt hatte. Das musste ich Ben nun wirklich nicht auf die Nase binden. Zumal ich das Gefühl nicht loswurde, dass er mich spätestens seit meiner Frage nach einer Tankstelle mitten in der Pampa als ein verwöhntes Stadtkind abgestempelt hatte, und in diesem Glauben wollte ich ihn auf keinen Fall lassen.

»Und deshalb hast du dich die ganze Zeit über im Gebüsch verschanzt und nicht einmal auf mein Rufen reagiert?«, konterte Ben.

»Ich wollte das Tier noch eine Weile beobachten. Immerhin bekommt man einen Elch nicht alle Tage zu Gesicht. In Hamburg laufen die jedenfalls nicht rum.«

Ben starrte mich an. »Du wolltest den Elch beobachten?«, wiederholte er meine Worte langsam und betonte dabei jede Silbe so deutlich, als wäre ich nicht ganz bei Trost. »Aus einer Distanz von gerade mal fünf Metern?«

Angesichts Bens fassungslosem Unterton kamen mir nun doch Zweifel. Vielleicht hatte ich die potenzielle Gefahr in der Situation wirklich unterschätzt und mich von dem harmlosen Aussehen des Elchs täuschen lassen?

»Jeder halbwegs vernünftige Mensch hätte das Weite gesucht«, sagte Ben mit Nachdruck.

Ich zuckte mit den Schultern und funkelte Ben herausfordernd an. »Ich bin aber nicht jeder.«

»Das nächste Mal reicht auch ein einfaches Danke. Immerhin habe ich dir eben aus der Klemme geholfen«, entgegnete Ben schnippisch.

Ich lächelte ihn zuckersüß an. »Danke, lieber Ben. Bei dir reicht das nächste Mal auch eine einfache Entschuldigung, wenn du mal wieder zwei Stunden zu spät kommst.«

Das schien ihm tatsächlich den Wind aus den Segeln zu nehmen, und ich weidete mich an seinem perplexen Gesichtsausdruck. Er brummelte irgendwas Unverständliches in seinen Dreitagebart hinein, was man mit viel Wohlwollen als ein »Sorry« interpretieren konnte.

Ben deutete auf die Polaroid. »Und was hat es mit der Kamera auf sich? Bist du damit tatsächlich pinkeln gewesen?«

»Man weiß nie, was einen an der nächsten Ecke erwartet, und dort verbergen sich oft die besten Fotomotive – wie man sieht«, rechtfertigte ich mich und hielt ihm das Elch-Foto unter die Nase, das ich schließlich samt der Sofortbildkamera wieder in der dazugehörigen Umhängetasche verstaute.

Ben schüttelte verwundert den Kopf. »Ich weiß nicht, wann ich das letzte Mal jemanden mit so einem Retroteil durch den Wald habe stapfen sehen. Die meisten Touristen achten nicht auf ihre Umgebung, sondern interessieren sich nur für ihr Smartphone, mit dem sie alles dokumentieren müssen.« Seine Stimme war voller Verachtung.

»Ich mag Augenblicke, die wahrhaftig sind.« Ich lächelte. »Und Polaroids haben für mich eine besondere Magie.«

»Magie?« Ben zog die Nase kraus, was süß aussah. »Jemand wie du ist mir echt noch nicht untergekommen.«

War das jetzt ein Kompliment oder eine Beleidigung?

»Tja, wie bereits gesagt: Ich bin nicht jeder. Ich bin ein Einzelstück – wie ein Polaroid.« Ich grinste amüsiert, was Ben vollends aus dem Konzept zu bringen schien.

»Was ist?«

»Das war das erste Mal, dass du mehr als nur ein paar Worte mit mir gewechselt hast.« Mein Lächeln wurde noch ein bisschen breiter.

Bens grüne Augen funkelten im Licht der Sonne wie Smaragde, goldene Sprenkel tanzten um seine Pupillen. Sein Haar leuchtete honigfarben.

Für einige Zeit sahen wir uns schweigend an. Die Vögel zwitscherten melodisch in den Fichten und Kiefern, und der Wind fuhr mir sanft durch das Haar. Ich strich mir eine Strähne aus der Stirn.

Plötzlich wurde Bens Gesicht wieder starr wie eine Maske. Lediglich in seinen Augen blitzte etwas auf, das mich erschreckte. Etwas Dunkles, das ich nicht recht deuten konnte. Es kam mir so vor, als hätte sich ein Schatten über seine Seele gelegt.

»Wir sollten weiter, die Browns fragen sich sicher schon, wo du bleibst«, entschied Ben, seine Stimme hatte wieder diesen kühlen Unterton angenommen.

Der Rest der Fahrt verlief schweigend, keiner von uns beiden sagte noch ein Wort. Ich beobachtete Ben aus dem Augenwinkel. Seine Gesichtszüge wirkten hart, und seine Kiefermuskeln arbeiteten so stark, dass ich befürchtete, gleich das Geräusch von knackenden Knochen zu vernehmen.

Hatte ich etwas falsch gemacht? Aber was?

Ich konnte mir Bens distanziertes Verhalten und seinen abrupten Stimmungswechsel nicht erklären.

5. Kapitel

BEN

Es war eigentlich nicht meine Art, mich wie ein Arschloch zu verhalten. Und Lily hatte mir nichts getan.

Doch eben, als ich in ihr Gesicht geblickt hatte, war es, als stünde Morgan wieder vor mir. Es war dieses Lächeln, das mich vollkommen aus dem Takt brachte. Der Wind, der sanft durch ihr Haar gestrichen war.

Dieser Moment hatte mich an vergangene Zeiten erinnert. An eine Zeit, in der auch ich einmal Freude und Glück verspürt hatte.

An manchen Tagen fühlte ich mich nur noch wie eine leere Hülle. Der Ben Montgomery, den es einst gegeben hatte, war schon lange fort. Wenn ich morgens in den Spiegel schaute, dann war mir die Person darin fremd.

Es machte mich unfassbar wütend, dass Morgan noch immer diese Kontrolle über mich hatte. Dass sie nach all der Zeit nach wie vor meine Gedanken und Gefühle in Beschlag nahm und dass ich zuließ, mich davon in einen endlosen Sturm ziehen zu lassen.

Ich krallte meine Hände um das Lenkrad, als könnte ich die

ungezügelten Emotionen in meinem Inneren dadurch zähmen. Doch während ich versuchte, mich auf die Fahrbahn vor mir zu konzentrieren, spürte ich, wie mein Blick immer wieder zu Lily wanderte.

Sie war hübsch auf eine natürliche Art. Mit geradezu kindlicher Begeisterung starrte sie aus dem Fenster und betrachtete die vorbeiziehende Natur. Dabei umspielte ein leichtes Lächeln ihre Mundwinkel, während sie ihre Polaroidkamera fest im Griff hatte – als hätte sie Sorge, ein gutes Fotomotiv verpassen zu können.

Lily war anders, als ich es erwartet hatte. Und genau das passte mir nicht in den Kram.

Vielleicht, weil es mir einfacher gefallen wäre, sie unsympathisch zu finden, wenn sie das Klischee von einem oberflächlichen Stadtkind bedient hätte.

Doch leider war Lily so ziemlich das Gegenteil davon. Sie schien bodenständig, naturbegeistert – und noch dazu verdammt though.

Allein, wenn ich an die Szene mit dem Elch zurückdachte … Dieses Bild würde sich vermutlich für immer in meiner Erinnerung festbrennen.

Als man mir im Resort gesagt hatte, dass ich eine junge Frau aus Deutschland vom Flughafen abholen sollte, hatte ich sicherlich mit allem gerechnet. Aber nicht mit einem blonden Engel, der bereits an seinem ersten Tag in Kanada Todessehnsucht verspürte und mit einer Retrokamera im Gebüsch hockte, um auf Tuchfühlung mit einem Elch zu gehen.

War sie sich der Gefahr denn überhaupt nicht bewusst gewesen? Vermutlich nicht, so ahnungslos, wie sie mich aus ihren großen Augen angesehen hatte.

Irgendwie süß.

Ich konnte nicht verhindern, dass sich meine Lippen zu

einem Lächeln kräuselten, doch gleich darauf verbot ich mir diesen Moment der Schwäche.

Ich wollte sie nicht süß finden, und auf keinen Fall wollte ich mir Gedanken über sie machen. Das führte zu nichts.

Langsam solltest du es doch echt besser wissen, Ben! Lernte ich denn nie dazu?

Abermals breitete sich Wut in mir aus. Eine leise Stimme in meinem Kopf sagte mir, dass es nicht fair war, meine aktuelle Gefühlslage auf Lily zu projizieren.

Aber mit Wut konnte ich besser umgehen als mit anderen Empfindungen. Daher beschloss ich, dass es besser war, wenn ich Lily einfach im Resort absetzte und wir danach getrennte Wege gingen.

Und es war auch besser, wenn sie mich für einen gefühlskalten Ignoranten hielt. Zumindest redete ich mir das ein, während ein winziger Teil von mir Bedauern bei diesem Gedanken verspürte.

Vielleicht hätte ich sie sogar ehrlich mögen können, schoss es mir durch den Kopf.

Vielleicht, wenn wir uns zu einem anderen Zeitpunkt begegnet wären.

6. Kapitel

Nach einer Dreiviertelstunde bogen wir in einen Waldweg ein, der Wagen holperte über ein paar Schlaglöcher.

Kaum war ich mit meiner Umhängetasche und meinem Kamerarucksack in der Hand ausgestiegen, drang mir ein intensiver Geruch von Moos und Fichtennadeln in die Nase. Ich atmete tief ein und aus und genoss die klare Luft, die in meine Lunge strömte.

Ausgiebig betrachtete ich mein neues Zuhause auf Zeit. Die Fotos auf der Internetseite des Resorts hatten nicht zu viel versprochen.

Schnuckelige Holz-Chalets fügten sich harmonisch in die Natur ein, dahinter erhoben sich majestätisch die Rocky Mountains in den wolkenlosen, beinahe unwirklich blauen Himmel. Unweit von mir verlief leise rauschend der Bow River. Die ganze Kulisse sah so malerisch aus, dass selbst ein Foto diese besondere Stimmung vermutlich nicht einfangen konnte.

Ben wuchtete meinen schweren Koffer, der bis auf ein paar Schrammen glücklicherweise keine weiteren Schäden davongetragen hatte, von der Ladefläche des Pick-ups und stellte ihn mir direkt vor die Füße.

»Du kommst ab hier sicherlich allein zurecht, oder?«

»Ähm …«, setzte ich an, aber Ben wartete meine Antwort

nicht einmal mehr ab. Er nickte mir zu, stieg wieder in seinen Pick-up und brauste ohne ein weiteres Wort davon. Kein Tschüss, kein Irgendwas.

Jetzt ließ er mich hier einfach stehen? Empört blickte ich dem davonfahrenden Auto hinterher. Hieß es nicht, Kanadier wären bekannt für ihre Freundlichkeit? Ich schnaubte.

Statt mich weiter über Bens seltsames Verhalten zu ärgern, ließ ich meinen Blick neugierig über das frei stehende Haupthaus der Anlage gleiten. »Lake Louise Chalet Resort« stand in großen Buchstaben darüber, und ein nervöses Kribbeln breitete sich in meiner Magengegend aus.

In dem Moment erschien eine junge Frau mit brünettem Haar auf der Veranda. Sie trug ein dunkelblaues T-Shirt, auf das in weißer Schrift der Name des Resorts gestickt war. Ich erkannte sie sofort, und auch ihr Gesicht hellte sich merklich auf, als sie mich entdeckte.

»Hey, Lily! Warte, lass mich dir helfen«, rief sie mir zu, sprang in ihren Sneakers leichtfüßig die Treppenstufen aus Holz nach unten und kam auf mich zu, wobei ihr Pferdeschwanz auf- und abwippte. Mit einem Zwinkern griff sie nach meinem Koffer und hievte ihn die Veranda hinauf. Schau an, offensichtlich gab es auch gastfreundliche Kanadier!

»Danke«, sagte ich lächelnd, als ich die Veranda betrat, die nicht nur über die Treppe, sondern auch über eine Rampe erreicht werden konnte, und streckte meine Hand aus. »Ich freue mich, dass wir uns endlich persönlich kennenlernen, Nell!«

Sie ignorierte meine Hand und drückte mich stattdessen an sich, wobei sie mich fast um einen Kopf überragte.

»Lily, wie schön, dass du da bist! Herzlich willkommen in Lake Louise. Wir freuen uns wirklich sehr, dass du uns in den kommenden Monaten im Resort unterstützen wirst! Ich hoffe, mit Ben hat alles geklappt?«

Ich nickte und verschwieg, dass er mich zwei Stunden zu spät abgeholt hatte, da ich einfach nur froh war, endlich am Lake Louise Chalet Resort angekommen zu sein.

»Du hast nach der langen Reise bestimmt Hunger, oder?«, vergewisserte Nell sich.

»Sieht man mir das etwa so deutlich an?«

Wie auf Knopfdruck knurrte mein Magen verräterisch. Bis auf ein pappiges Brötchen und weich gekochte Nudeln im Flugzeug hatte ich seit meinem Abflug in Hamburg noch nichts zu mir genommen. Zudem bekam ich allmählich zu spüren, wie lange ich bereits auf den Beinen war. Bleierne Müdigkeit erfasste meinen Körper, doch die Aussicht auf eine richtige Mahlzeit stimmte mich zuversichtlich.

Ich warf einen Blick auf mein Handy. Hier war es jetzt fünfzehn Uhr. Die Zeitverschiebung zu Deutschland brachte mich völlig durcheinander.

»Na komm, wir besorgen dir erst einmal etwas zu essen, und hinterher zeige ich dir dein Zimmer. Und wenn du dich ein bisschen frisch gemacht hast, führe ich dich durch die Anlage«, schlug Nell vor. »Was hältst du davon?«

»Klingt gut«, stimmte ich zu, und neue Energie strömte durch meine schweren Glieder.

»Lass den Koffer und den Rest gerne bei der Rezeption stehen, wir holen deine Sachen hier später wieder ab«, beschloss Nell.

***

Das Restaurant des Lake Louise Chalet Resorts versprühte mit seinen rustikalen Holztischen, dem Tresen aus massivem Eichenholz und den rot-weiß karierten Tischdecken eine urige Atmosphäre, in der ich mich sofort pudelwohl fühlte.

»Die Küche hat mittags normalerweise nur bis vierzehn Uhr geöffnet, dennoch konnte ich eine Kleinigkeit für dich organisieren.« Mit diesen Worten stellte Nell mir einen dampfenden Teller mit herrlich duftenden Chicken Wings und kross gebackenen Potatoe Wedges vor die Nase.

»Was verstehst du denn unter einer Kleinigkeit?«, fragte ich, und meine Augen weiteten sich, als ich auf den Berg an Essen blickte. Davon wurde vermutlich eine ganze Fußballmannschaft satt!

Ich schob mir eine Gabel der Kartoffelspalten in den Mund und seufzte genüsslich. Das war bei Weitem nicht mit der durchgematschten Pampe zu vergleichen, die man im Flugzeug serviert bekam.

Nell nahm mir gegenüber Platz. »Wie war deine Anreise? Ist alles gut verlaufen?«

Kurz blitzte bei ihrer Frage ein leuchtend grünes Augenpaar in meinen Gedanken auf, jedoch wischte ich das Bild beharrlich beiseite.

»Alles bestens. Von dem schnarchenden Herrn im Flugzeug, der mich die ganze Zeit über wach gehalten hat, einmal abgesehen.« Ich grinste. »Und auf der Autofahrt nach Lake Louise habe ich bereits Bekanntschaft mit einem Wapiti und einem Elch gemacht.«

»Oh, das ist bei uns nicht ungewöhnlich«, meinte Nell. »Auf einmal stehen sie mitten auf der Fahrbahn und sind noch dazu manchmal äußerst unwillig, sich von der Straße zu bewegen.«

Sie hielt kurz inne. »Es tut mir übrigens sehr leid, dass ich dich nicht persönlich vom Flughafen abholen konnte. Heute Morgen sind neue Gäste angereist, dementsprechend war viel zu tun.« Nell machte ein entschuldigendes Gesicht.

»Ach, das passt schon«, winkte ich ab. »Jetzt bin ich ja hier.«

»Wir können auch jede helfende Hand gebrauchen, es

herrscht Hochsaison. Alle Betten sind belegt, und wir kommen mit den Buchungen kaum hinterher. In der ersten Zeit bist du für den Empfang eingeplant. Das umfasst unter anderem die Gästeberatung und -betreuung, Ein- und Auschecken, Telefongespräche entgegennehmen, das Abarbeiten von E-Mails und Reservierungsanfragen, Austeilen von Broschüren, Wanderkarten und so weiter. Du hast zwei freie Tage in der Woche, die immer wieder wechseln. Und wir versuchen auch, es so einzurichten, dass du wenigstens ein freies Wochenende im Monat hast.«

Plötzlich vibrierte Nells Handy, das vor ihr auf dem Tisch lag, und der Name Luke wurde angezeigt. Nell war für einen kurzen Augenblick wie erstarrt, und jegliche Fröhlichkeit verschwand aus ihrem Gesicht.

»Möchtest du nicht drangehen?«, fragte ich freundlich. »Du brauchst auf mich keine Rücksicht zu nehmen.«

Nell schluckte. »Ja, ja, sicher …«, stammelte sie.

Sie drehte sich von mir weg, als sie das Telefonat entgegennahm.

»Luke, ist alles in Ordnung?«, fragte sie, und Besorgnis schwang in ihrer Stimme mit. Warum klang sie so ernst?

Nells verkrampfte Körperhaltung zeugte davon, dass sie sich sichtlich unwohl fühlte. Ob das meinetwegen war?

Es war keinesfalls meine Absicht, zu lauschen. Da ich allerdings direkt neben Nell saß, fiel es mir schwer, das Gespräch zu ignorieren.

Nell schielte nervös zu mir. »Luke, kann ich dich zurückrufen? Ich zeige unserer neuen Mitarbeiterin Lily aus Hamburg gerade das Resort … Ja, ist gut. Mache ich. Bis später.«

Sie legte auf, und als sie sich wieder zu mir drehte, mied sie meinen Blick. »Ich soll liebe Grüße von meinem Bruder ausrichten«, nuschelte sie und knetete ihre Hände.

»Wie geht es Luke?«, erkundigte ich mich. »Sehe ich ihn später noch?«

Nell strich sich eine Haarsträhne, die sich aus ihrem Zopf gelöst hatte, hinters Ohr. Plötzlich wirkte sie noch nervöser als zuvor.

»Luke ist zurzeit in Calgary …«, antwortete Nell zögerlich. »Er … er brauchte mal etwas Abstand von Lake Louise und dem Resort, etwas Zeit für sich …«

Mir entging der zitternde Unterton in ihrer Stimme nicht. Ein dunkler Schatten huschte über Nells Gesicht.

Nachdenklich runzelte ich die Stirn. Mein Bauchgefühl sagte mir, dass es etwas gab, worüber Nell nicht reden wollte.

Ratlos knabberte ich an meinen Chicken Wings. Sollte ich Nell fragen, was vorgefallen war? Vielleicht könnte ich ihr helfen … andererseits wollte ich mich nicht aufdrängen. Da Nell auffallend still blieb, probierte ich es mit etwas Unverfänglichem.

»Möchtest du mir vielleicht erst mal mein Zimmer zeigen?«, fragte ich, nachdem ich aufgegessen hatte, und Nells Gesichtsausdruck wandelte sich in Erleichterung, als wäre sie dankbar über meinen Themenwechsel.

7. Kapitel

Nachdem ich mich gestärkt und Nell mich grob über meinen Tagesablauf informiert hatte, holten wir mein restliches Gepäck an der Rezeption ab. Zahlreiche Gäste mit Wanderstöcken tummelten sich in der Lobby.

»Da bekommst du gleich einen Vorgeschmack auf das, was dich in nächster Zeit erwartet«, kommentierte Nell das rege Treiben. »Das ist übrigens Louisa.«

Mit einem Kopfnicken deutete sie auf die zierliche junge Frau hinter dem Empfangstresen, die Nell und mir flüchtig zulächelte und dann wieder vollauf damit beschäftigt war, auf die Wünsche der Wandergruppe einzugehen.

»Louisa ist ebenfalls aus Deutschland. Sie macht *Work and Travel* und ist seit knapp einem Monat hier. Allerdings bleibt sie nur noch ein paar Wochen. Ihr teilt euch den Posten an der Rezeption und arbeitet im Schichtdienst. Gelegentlich helfe ich auch aus.«

Noch jemand aus Deutschland? Das waren ja erfreuliche Nachrichten! Sicherlich würde es mir dann auch leichter fallen, mich hier einzuleben.

»Der Empfang ist jeden Tag von acht bis einundzwanzig Uhr besetzt. Deine tägliche Arbeitszeit beträgt sieben Stunden. Damit die Schichten gleichmäßig aufgeteilt sind, geht die Frühschicht von acht bis fünfzehn Uhr, die Spätschicht von vierzehn bis einundzwanzig Uhr.«

»Und was ist, wenn Gäste in der Zeit dazwischen anreisen?«, erkundigte ich mich.

»Für diesen Fall sind Schlüsseltresore an den einzelnen Chalets angebracht. Die Gäste teilen uns vorab ihre ungefähre Ankunftszeit mit. Sollte diese außerhalb der Empfangszeiten liegen, bekommen sie von uns eine individuelle PIN zugeschickt, mit der sich der Schlüsseltresor öffnen lässt. Außerdem gibt es eine Notfallnummer, unter der entweder meine Eltern oder ich zu erreichen sind.«

Ich nickte beeindruckt.

Wir ließen den Empfangsbereich hinter uns.

»Im Keller befinden sich noch ein Fitnesscenter, Dampfbad und Sauna, die unseren Gästen kostenlos zur Verfügung stehen. Dein Zimmer befindet sich ebenfalls im Haupthaus, in einem der oberen Stockwerke. Einen Fahrstuhl gibt es leider nicht«, klärte Nell mich auf, und ich folgte ihr mit meinem Koffer im Schlepptau eine knarrende Holztreppe nach oben. Der Flur war mit dunkelbraunem Teppich ausgelegt, und an den Wänden hingen zahlreiche Landschaftsfotos. Auf einer Kommode stand ein Strauß frischer Blumen.

»Hier sind alle unsere Mitarbeiter untergebracht, die von außerhalb kommen. Louisa wohnt auch auf dieser Etage.« Nell zeigte auf eine Tür rechts vom Korridor.

Wie sich herausstellte, war das letzte Zimmer auf dem Gang meines. Ich konnte mich wirklich glücklich schätzen, dass ich die Unterbringung gestellt bekam. Dafür fiel das Gehalt, das ich durch meine Arbeit als »Chalet Girl« erhielt, verhältnismäßig zwar etwas geringer aus, aber das war vollkommen in Ordnung für mich. Hätte ich mir irgendwo ein Apartment mieten müssen, wäre ich bestimmt nicht so günstig davongekommen.

»Et voilà«, Nell öffnete die Tür und machte eine ausladende Bewegung mit den Armen. »Dieses Schmuckstück wird für die nächsten zwölf Monate deines sein.«

Kaum hatte ich den Raum betreten, stahl sich ein breites Lächeln auf meine Lippen. Nell hatte nicht übertrieben, das Zimmer war ein echtes Juwel.

Vom Fenster aus konnte ich direkt auf den von Kiefern und Fichten umgebenen Bow River und eine Feuerstelle schauen, um die sich mehrere Sitzgelegenheiten gruppierten. Die breite Fensterbank, auf der diverse Kissen lagen, bot ausreichend Platz zum Sitzen. Eine angenehme Sommerbrise wehte durch das Zimmer und die rot-weiß karierten Vorhänge flatterten sanft im Wind.

Das aus breiten Holzstämmen gebaute Bett stand rechts unter einer Dachschräge und war mit einer Tagesdecke überzogen. Ein dunkelblaues T-Shirt, wie auch Nell es trug und auf dessen linker Brust »Lake Louise Chalet Resort« geschrieben stand, lag ordentlich zusammengefaltet auf meinem Bett. Daneben lag ein Namensschild mit »Lily Hartmann«.

Ansonsten gehörten ein Kleiderschrank aus massivem Holz und ein Schreibtisch mit Sitzmöglichkeit zur Ausstattung. Besonders schön fand ich, dass das Zimmer komplett holzvertäfelt war.

Auch das Bad, das zwar wenig Platz bot, dafür aber sehr schick war, konnte sich sehen lassen.

»Es ist zauberhaft«, hauchte ich.

Nell lächelte. »Komm, ich zeige dir noch deinen eigenen kleinen Balkon.«

Kaum dass wir nach draußen getreten waren, streckte sie ihren Arm in Richtung der schneebedeckten Berge aus, die sich in einiger Entfernung erhoben.

»Das ist der Mount Temple. Mit 3547 Metern ist er der höchste

Berg in dieser Region.« Nell fuhr mit ihrem Zeigefinger weiter in westliche Richtung. »Und dort kannst du den Mount Whyte und den Mount Niblock sehen.«

Von der Wahnsinnsaussicht auf die Rockies, die ich vom Balkon aus genießen durfte, einmal abgesehen, fiel mir sogleich der knallig rote Futterspender auf, der von einem Holzbalken über mir herabhing.

Er bestand aus einem durchsichtigen Rohr, das zur Hälfte mit einer klaren Flüssigkeit gefüllt war, und endete in einer Untertassen-ähnlichen Basis, die fünf zierliche Löcher besaß.

»Für welche Vögel ist das?«, fragte ich interessiert.

»Das ist ein Spender für Kolibris, in dem sich eine selbst gemachte Lösung aus Wasser und Zucker befindet, die dem Blütennektar sehr nahe kommt. Viele Tierfreunde in Kanada hängen einen solchen Spender bei sich im Garten oder auf der Veranda auf. In manchen Zeiten finden die Kolibris nicht genügend Blüten, und damit sie nicht weiterziehen, bieten wir ihnen das Zuckerwasser an. Das Rot des Spenders lockt die Vögel magisch an, da sie sich an Blütenfarben orientieren, um Nektar zu finden.«

»Hier in der Gegend gibt es Kolibris?«, hakte ich begeistert nach und ließ meinen Blick sogleich über den wolkenlosen Himmel gleiten.

Nell nickte stolz. »Bei uns ist die Rotrücken-Zimtelfe beheimatet. Sie wird auch als Zimt- oder Fuchskolibri bezeichnet. Die Männchen sind überwiegend zimtfarben, doch der Kopf und Hals schillern atemberaubend schön, von violett über smaragdfarben bis zu rubinrot. Die Weibchen hingegen haben eine weiß-grünliche Färbung. Du wirst demnächst sicherlich das ein oder andere Exemplar sichten. Die Futterspender sind übrigens hervorragend geeignet, um die Kolibris aus nächster Nähe abzulichten.«

Nell deutete mit einem Kopfnicken auf meine Kameraausrüstung, die ich mittlerweile auf dem Bett abgelegt hatte.

Hoffentlich würde ich einen dieser Vögel vor die Linse bekommen! Vor meinem inneren Auge leuchteten bereits die farbenfrohen Fotos auf, und in meinen Fingern kribbelte es vorfreudig. Ich ließ die Umgebung auf mich wirken und ging mit Nell schließlich wieder nach drinnen.

»Ruh dich gerne erst einmal etwas aus und mach dich frisch. Wollen wir uns gegen Abend in der Lobby treffen? Sagen wir neunzehn Uhr? Dann würde ich dir noch den Rest des Resorts zeigen.«

Ich nickte zustimmend. Neunzehn Uhr klang gut, denn dann blieben mir noch zweieinhalb Stunden, um mich von dem langen Flug zu erholen.

Nell händigte mir meinen Schlüssel aus, dann verließ sie das Zimmer und schloss die Tür hinter sich.

Seufzend ließ ich mich auf das federweiche Bett fallen. Himmlisch! Bereits im Halbschlaf stellte ich den Wecker in meinem Handy ein, bevor ich mich noch tiefer in die Matratze sinken ließ und mir die Augen zufielen …

8. Kapitel

Wie durch Watte drang der nervtötende Weckton meines Smartphones zu mir durch, und ich blinzelte verschlafen gegen die Müdigkeit an, während ich orientierungslos nach meinem Handy tastete und wahllos darauf herumtippte, bis das Klingeln endlich aufhörte. Ich stöhnte leise und ließ meinen Kopf ermattet zurück ins Kissen gleiten, meine Lider fühlten sich schwer an.

Für einen kurzen Moment war ich irritiert, dass ich keine Möwen hörte, deren Geschrei von der Harburger Außenmühle sonst stets bis in mein Zimmer vordrang.

Ich streckte meine müden Knochen, setzte mich gähnend auf und öffnete die Augen. Es dauerte ein paar Sekunden, bis mir bewusst wurde, dass ich nicht in meinem Bett in Hamburg-Harburg lag. Als mein Blick auf die rot-weiß karierten Vorhänge fiel, hinter denen sich sturmgraue Berge abhoben, dämmerte es mir: Ich hatte es nicht nur geträumt, sondern befand mich wirklich in Kanada. Im größten Abenteuer meines Lebens. Bei dieser Erkenntnis umspielte ein Lächeln meine Mundwinkel.

Obwohl ich zwei Stunden tief und fest geschlafen hatte, war ich noch immer so gerädert, als hätte man mich durch einen Fleischwolf gedreht. Am liebsten hätte ich die Schlummerfunktion meines Handys bis zum erbitterten Schluss ausgereizt und mich noch einmal umgedreht, doch ich war in einer halben Stunde mit Nell in der Lobby verabredet und wollte sie nicht warten lassen.

Also rutschte ich mit der Eleganz eines Zombies über die Bettkante und schlurfte ins Bad, wo ich mir kaltes Wasser ins Gesicht spritzte. Anschließend zog ich ein neues Oberteil aus meinem Koffer und überschminkte meine Augenringe, bis ich halbwegs zufrieden war.

Zu guter Letzt band ich mein blondes, welliges Haar zu einem lockeren Dutt zusammen. Ich warf noch einen prüfenden Blick in den Spiegel. Heute würde ich niemanden aufreißen, aber zumindest sah ich nicht mehr wie eine wandelnde Leiche aus.

Nell wartete bereits an der Rezeption, als ich den Empfangsbereich betrat. »Na, gut geschlafen?«, begrüßte sie mich verschmitzt.

»Woher wusstest du, dass ich tatsächlich eingeschlafen bin?«

»Ach, nur so eine Vermutung … Komm, ich zeige dir das Resort.«

»Wohnst du mit deiner Familie auch hier?«, fragte ich Nell, als wir draußen auf der Veranda standen. Die frische Luft tat mir gut und half mir dabei, meine Müdigkeit zu vertreiben.

Nell deutete links des Haupthauses auf eine schmale geteerte Straße, die eine Anhöhe hinaufführte. Zwischen den Fichten blitzte ein großes frei stehendes Haus auf. »Wir wohnen direkt dort oben, meine Eltern im Erdgeschoss, und ich habe eine eigene Wohnung unterm Dach. Mom und Dad war es wichtig, ihr Haus unweit des Resorts zu haben. So sind sie jederzeit vor Ort und haben alles bestens im Blick.«

»Aber hat das nicht auch Nachteile?«, überlegte ich laut. »Wenn ihr nie abschalten könnt von der Arbeit?«

Nell zuckte mit den Schultern. »Klar. Aber wer sich dazu entscheidet, ein eigenes Resort oder Hotel zu leiten, der hat ohnehin nur wenig Freizeit. Die Hotelbranche ist kein Zuckerschlecken. Ich bekomme meine Eltern kaum noch zu Gesicht, obwohl wir zusammen arbeiten und sogar im selben Haus leben.« Ein bitterer Unterton schwang in ihrer Stimme mit.

»War für dich denn schon immer klar, dass du im Resort deiner Eltern arbeiten würdest?«, fragte ich.

»Na ja, es hat sich irgendwie angeboten. Eigentlich habe ich Innenarchitektur studiert. Vor einem Jahr haben wir das Resort komplett renoviert und die Chalets neu designt. Da konnte ich mich dann richtig austoben.« Nell grinste. »Heute kümmere ich mich um alle möglichen anfallenden Arbeiten im Hotel und springe da ein, wo ich gebraucht werde. Ich bin für die Koordination zuständig und seit Kurzem sogar für die Einstellung der Mitarbeiter verantwortlich. Auch wenn das letzte Wort schlussendlich mein Vater behält.«

Nell warf mir einen neugierigen Blick von der Seite zu. »Und du? Was hast du nach deinem Auslandsjahr in Kanada geplant? Möchtest du in Deutschland studieren?«

»Ich weiß es nicht«, gestand ich. Um ehrlich zu sein, hatte Nell mit ihrer Frage ein Thema angesprochen, mit dem ich mich nicht allzu gern beschäftigte. Es verursachte mir Bauchschmerzen.

Ich hatte keinen blassen Schimmer, ob ich eher zu einem Studium oder zu einer Ausbildung tendierte. Wie sollte man als Zwanzigjährige denn auch wissen, welchem Job man sein Leben lang nachgehen wollte? Und ob dieser einen auch in Zukunft noch glücklich machen würde? Insgeheim bewunderte ich Menschen, die genau wussten, was sie wollten.

Ich dachte an den Tag meiner Abiturentlassung vor einem

Jahr zurück, als unser Tutor uns auf der Bühne gefragt hatte, welche beruflichen Pläne wir hatten.

Jeder aus meiner Tutorengruppe konnte mit einer Antwort glänzen. Nur ich hatte geschaut wie ein Elch im Scheinwerferlicht eines Ufos.

Natürlich war mein Jahr in Kanada keine »vergeudete Zeit«, wie es vielleicht manch einer sagen würde. Es war dazu da, um über den Tellerrand hinauszuschauen, neue Erfahrungen zu sammeln und sich persönlich weiterzuentwickeln. Davon einmal abgesehen, hatte ich mich unter anderem auch für einen Auslandsaufenthalt entschieden, um mir ein weiteres Jahr Bedenkzeit zu verschaffen, in dem ich mir über meine beruflichen Pläne klar werden konnte.

»Die Anlage besteht aus insgesamt zwanzig Chalets«, unterbrach Nell meine Gedanken, und wir gingen den gepflasterten Weg durch das Resort entlang. Die Chalets lagen alle in ausreichendem Abstand zueinander und bestachen durch gemütliches Blockhüttendesign und Holzvertäfelung. Charakteristisch war das steile Satteldach mit weitem Dachüberstand. Am besten gefiel mir die Panoramaveranda, die jedes Chalet besaß. Sicher konnte man dort traumhaft sitzen und die Natur genießen.

Blumenbeete säumten den Wegesrand, und ich bewunderte die vielen verschiedenen Pflanzen, die in aller Pracht und in allen möglichen Farben blühten. Wo ich auch hinblickte, surrten Bienen und schwebten Schmetterlinge durch die Luft. Die gesamte Anlage war sehr gepflegt.

Wir passierten die Feuerstelle, die ich bereits von meinem Fenster aus gesehen hatte.

»Hier lassen unsere Gäste den Abend gerne bei einem kühlen Bier am Lagerfeuer ausklingen. Das Holz bekommen sie gestellt.« Nell deutete auf eine Überdachung nahe der Feuerstelle, unter der sich Holzscheite stapelten. »Zudem kann sich jeder, der möchte, einen Grill an der Rezeption ausleihen. Hier hat schon so manch ein Barbecue stattgefunden.« Bei diesen Worten warf Nell mir einen verschwörerischen Blick zu.

Wir gingen flussaufwärts.

»Die Lage des Lake Louise Chalet Resorts ist optimal«, fuhr Nell fort. »Wanderungen entlang des Bow Rivers sind ohne Probleme direkt vom Resort aus möglich. Generell gibt es hier vor Ort viele Ausflugsziele, zum Beispiel den Lake Louise oder den Lake Moraine. Und der Nationalpark liegt unmittelbar vor der Haustür.«

Hin und wieder kamen uns Gäste entgegen, die uns freundlich grüßten. Nell wünschte ihnen einen schönen Tag, setzte ihren Weg unbeirrt fort und machte schließlich vor einem der Chalets halt. Wir erklommen die drei Stufen zu der Veranda, auf der zwei Schaukelstühle standen, und Nell zog einen Schlüssel aus ihrer Hosentasche, an dem ein Holzanhänger mit der Nummer 6 hing. Neben der Eingangstür entdeckte ich einen der zuvor erwähnten Schlüsseltresore mit Zahlenschloss.

»Nicht schlecht«, ich nickte anerkennend, als ich hinter Nell das Chalet betrat. War mein Zimmer schon ein Schmuckstück gewesen, so waren die Chalets an Luxus, Gemütlichkeit und Liebe zum Detail nicht mehr zu übertreffen. Da kam kanadisches Blockhausfeeling vom Allerfeinsten auf. Besonders angetan war ich von dem wunderschönen alten Kamin, um den sich eine gemütliche Couch und ein Sessel reihten.

Nell zeigte auf die voll ausgestattete Küchenzeile. »Unsere Gäste bekommen beim Einchecken gemahlenen Kaffee mit, wenn sie es wünschen. Du glaubst nicht, was das immer für Begeisterung auslöst. Kann ich gar nicht nachvollziehen, ich trinke lieber Tee.«

»Also, *ich* kann eure Gäste sehr gut verstehen«, widersprach ich feixend, »ohne einen morgendlichen Kaffee geht bei mir gar nichts.«

Ich folgte Nell eine steile Wendeltreppe aus Holz nach oben in das zweite Geschoss und stand schließlich inmitten des Schlafzimmers. Das Bett war ähnlich wie meines aus dicken Holzstämmen gefertigt. Ein bodentiefes Fenster führte direkt auf den Balkon.

»Bereit für das Highlight?« Nell grinste mir bedeutungsvoll zu und öffnete eine Tür, die zum Badezimmer führte. Mein Blick fiel sogleich auf den riesigen Whirlpool, der eine Wahnsinnsaussicht auf die Rocky Mountains bot.

»Du hast nicht zu viel versprochen!« Ich kam aus dem Staunen nicht mehr heraus.

»Heute reist ein Paar aus Frankreich für seine Flitterwochen an«, eröffnete Nell mir. Das erklärte auch den Champagner, die Sektgläser und die roten Blütenblätter, die dekorativ auf dem Rand des Whirlpools lagen. Da geriet ich direkt ins Träumen …

»Wenn ich jemals in den Genuss von Flitterwochen kommen sollte, dann in diesem Chalet«, verkündete ich mit felsenfester Stimme, was Nell ein Lachen entlockte.

»Das ist ein Deal. Ich werde es mir merken.« Sie zwinkerte mir zu. »Und jetzt stelle ich dir noch meine Eltern vor.«

9. Kapitel

Zurück im Haupthaus betraten wir eine Art Konferenzraum, in dessen Mitte sich ein großer gläserner Tisch befand. Dieses Zimmer hob sich deutlich von der Gestaltung des restlichen Resorts ab, da es durch seinen stylischen Charakter und seine kühle Eleganz, kombiniert mit modernem Chalet-Stil, bestach. Glas, Stein und Holz wechselten sich ab, harmonierten perfekt miteinander und ließen einen nahtlosen Fluss entstehen, wobei die massiven Holzelemente eine warme Atmosphäre erzeugten. Hier trafen Charme und Stil sowie Moderne und Gemütlichkeit aufeinander und verliehen dem Raum das gewisse Etwas.

Offensichtlich waren wir in eine Besprechung geplatzt, die sich jedoch dem Ende entgegenzuneigen schien, denn die Anwesenden schüttelten sich gerade zum Abschied die Hände. Mir war die Situation etwas unangenehm, da ich die Befürchtung hatte, dass wir störten und nicht unbedingt den besten Zeitpunkt abgepasst hatten. Nervös blieb ich hinter Nell im Türrahmen stehen.

Ich nickte den beiden hochgewachsenen, Anzug tragenden Männern, die an uns vorbeigingen, freundlich zu, bevor Nell die Tür hinter ihnen schloss und wir allein mit den zwei Personen waren, bei denen es sich unverkennbar um Nells Eltern handelte. Möglichst unauffällig musterte ich die Inhaber des Lake Louise Chalet Resorts.

Mr Brown hatte die gleichen braunen Augen wie seine Tochter. Der schlanke, große Mann vor mir trug über seinem weißen Hemd einen dunkelblauen Anzug mit passend farblich abgestimmter Krawatte. An seinem linken Handgelenk blitzte eine Rolex hervor. Ich schätzte ihn nicht älter ein als Mitte bis Ende fünfzig. Im Gegensatz zu meinem Vater hatte er noch volles dunkles Haar, das hin und wieder von einer grauen Strähne durchzogen wurde. Dies tat der Attraktivität von Mr Brown aber keinen Abbruch, ganz im Gegenteil. Zudem umgab ihn diese gewisse Aura, die einen sofort ehrfürchtig zu ihm aufblicken ließ. Seine aufrechte, kerzengerade Haltung zeugte von Selbstbewusstsein und Entschlossenheit gleichermaßen.

Auch die Frau an seiner Seite hatte eine besondere Ausstrahlung. Sie besaß die gleichen feinen Gesichtszüge wie Nell, die an Porzellan erinnerten. Und sowohl Mutter als auch Tochter hatten beneidenswert lange Beine. Ihr helles, glattes Haar hatte Mrs Brown hochgesteckt und mit Haarnadeln fixiert. Die weiße Bluse und der dunkelblaue Stiftrock saßen an ihr wie angegossen. Um ihren Hals trug sie eine Perlenkette, und an ihrem Handgelenk glitzerte ein schlichter, silbrig glänzender Armreif.

Mr Brown hatte kaum einen Blick für uns übrig, stattdessen sortierte er geschäftig die Unterlagen auf dem Glastisch vor sich. Flüchtig sah er auf, wobei sein Blick mich lediglich streifte. Er schien mit seinen Gedanken weit weg zu sein.

Plötzlich fühlte ich mich eingeschüchtert.

»Nell, was gibt es denn so Wichtiges?«, fragte der Mann in tadelndem Tonfall und blickte vielsagend auf seine Rolex. »Wir haben gleich ein weiteres Meeting.«

»Es dauert auch nicht lange«, versprach Nell. »Mom, Dad, ich würde euch gerne jemanden vorstellen.«

Mit diesen Worten legte sie ihren Arm um mich und schob mich wie auf dem Präsentierteller ein Stück nach vorne. »Das ist Lily aus Hamburg. Sie wird uns in den kommenden Monaten am Empfang unterstützen.«

Wie aufs Stichwort horchte Mr Brown auf. »Ah, eine neue Mitarbeiterin?«

Er ließ die Unterlagen für einen Moment außer Acht, stattdessen machte er ein paar Schritte auf mich zu.

»Freut mich, Sie kennenzulernen«, sagte ich ein bisschen steif und reichte Mr Brown die Hand. Sein Händedruck war fest und resolut, wie man es sich bei einem Geschäftsmann vorstellte.

»Herzlich willkommen in unserem Resort, Lily. Ich bin Daniel Brown, Nells Vater«, begrüßte er mich, und zum ersten Mal umspielte ein Lächeln seine Lippen. Eine Reihe perlweißer Zähne blitzte auf.

»Gemeinsam mit meiner Frau leite ich die Hotelanlage.« An dieser Stelle warf er seiner Frau einen liebevollen Blick zu, bevor er sich wieder mir zuwandte.

»Entschuldige bitte, wenn ich etwas kurz angebunden auf dich gewirkt habe. Besonders in den Sommermonaten geht es hier zu wie im Taubenschlag, und mein Terminkalender platzt aus allen Nähten. Konntest du dir denn schon einen ersten Eindruck verschaffen?«

»Sie haben wirklich ein tolles Resort, Mr Brown. Und die Lage ist einmalig. An das Panorama könnte ich mich gewöhnen. Eine solche Aussicht bekomme ich in Hamburg nicht geboten«, antwortete ich wahrheitsgemäß und entspannte mich.

Mr Brown winkte ab. »Bitte, nenn mich Daniel. Unser Chalet Resort legt viel Wert auf ein familiäres Miteinander, daher sprechen wir uns hier alle beim Vornamen an.«

Er legte eine kurze Pause ein. »Außerdem weigere ich mich

einzusehen, schon zum alten Eisen zu gehören. *Mr Brown* klingt so förmlich und … alt.« Er lachte aus vollem Hals und zwinkerte mir zu.

Schließlich kam seine Frau auf mich zu und umarmte mich sanft. »Schön, dich bei uns zu haben, Lily. Ich bin Caroline.«

Freundlich sah sie mich aus ihren blauen Augen an. »Wenn etwas ist, kannst du jederzeit zu uns kommen, so stressig es auch manchmal sein mag. Mein Mann ist prinzipiell für die ganzen Zahlen zuständig, während ich mich um das Marketing kümmere. Nell hat uns glücklicherweise bei der Personalplanung ein wenig unter die Arme gegriffen, seit Luke …« Sie stockte.

Daniels Blick schnellte zu ihr herüber. Auf einmal war die Stimmung umgeschlagen, die plötzliche Härte in Daniels Gesicht erschreckte mich. Hatte ich irgendetwas nicht mitbekommen?

Caroline stierte ins Leere, ihre Augen wirkten blass, fast farblos. Auf Daniels Stirn hatte sich eine steile Falte gebildet, und Nell sah betreten zu Boden. Nervös knetete sie ihre Finger wie schon zuvor im Restaurant.

Mein Blick fiel auf das eingerahmte Familienfoto an der Wand links von mir, das Nell, ihren Bruder Luke und ihre Eltern zeigte.

Luke sah darauf genauso spitzbübisch und charmant aus, wie ich ihn auch aus unserem Skype-Interview in Erinnerung hatte. Ein richtiger Sonnyboy.

Mit seinen blauen Augen, den wuscheligen blonden Haaren, die ihm lässig in die Stirn fielen, der braun gebrannten Haut und dem frechen Grinsen hätte er genauso gut als Surfer-Model an einem Strand von Australien posieren können.

Bei unserem ersten Skype-Gespräch vor sechs Monaten hatte ich ihn auf Anhieb gemocht. Seiner lockeren Art war es damals zu verdanken gewesen, dass sich meine anfängliche Nervosität während des Vorstellungsgespräches in Luft aufgelöst hatte.

Ob sich die Familie mit Luke zerstritten hatte? Mit ihm überworfen? Hatte er womöglich den Kontakt abgebrochen?

Mein Eindruck festigte sich, dass mehr hinter Lukes Abwesenheit steckte.

Daniel räusperte sich.

»Nell, zeigst du Lily bitte den Rest der Anlage? Ich würde gerne noch einen Blick in meine Unterlagen werfen, bevor wir unsere nächsten Geschäftspartner erwarten.« Sein Tonfall machte deutlich, dass er keinen Widerspruch duldete.

Ich versuchte, das flaue Gefühl in meinem Magen zu ignorieren.

Als Nell und ich den Raum verließen, schenkte Caroline mir zum Abschied noch ein Lächeln, doch es erreichte ihre Augen nicht.

10. Kapitel

Als ich wieder in meinem Zimmer war, blinzelte bereits die Abendsonne zwischen den dicht beieinanderstehenden Fichten hindurch. Das Licht war so schön, dass ich einfach nur am Fenster stand und in die Landschaft sah. Leise drang das Rauschen des Bow Rivers an mein Ohr.

Da sich mein Koffer leider nicht von selbst auspackte, machte ich mich daran, meine Habseligkeiten einzuräumen. Doch inmitten von Tops und T-Shirts blickte mir auf einmal aus gelben Knopfaugen ein fransiges Plüschtier entgegen.

Ich erkannte den kleinen Gesellen sofort wieder, und vor lauter Rührung traten mir Tränen in die Augen. Da hatte mein Bruder mir tatsächlich seine Plüscheule Kunibert, die er heiß und innig liebte, heimlich in den Koffer geschmuggelt. Bewegt drückte ich die Eule fest an mich. Flynn war ein Goldschatz.

Ich setzte Kunibert auf mein Kopfkissen und stellte sowohl ein Foto von meiner Familie als auch eines von Rieke und mir auf den Nachttisch.

Nachdem ich mein Reisegepäck vollständig in den Schränken verstaut hatte, stand ich unschlüssig im Raum. Obwohl sich der Jetlag nach wie vor bemerkbar machte, war ich innerlich total aufgekratzt.

Da ich keine Lust hatte, an meinem ersten Tag in Kanada

allein auf meinem Zimmer zu hocken, schnappte ich mir eine Strickjacke und Kunibert und schob mein Handy in die Hosentasche meiner Jeans. Dann griff ich nach der Spiegelreflexkamera in meinem Rucksack und hängte sie mir um den Hals.

Draußen suchte ich mir ein ruhiges Fleckchen am Fluss und ließ mich auf einem Stein nieder, während ich die sanften Wellenbewegungen beobachtete, die sich über das Wasser zogen. Der Fluss schimmerte durch das Licht der untergehenden Abendsonne in leichten Blau-Lila-Tönen. Neben mir im Gras zirpten Grillen.

Ich blickte durch den Sucher der Kamera. Mit meinem Teleobjektiv visierte ich einen Wasserläufer an, der in einer ruhigen Pfütze am Ufer des ansonsten wild anmutenden Bow Rivers über die Oberfläche flitzte. Lauter Kreise wanderten über die Lache, mal kleiner, mal größer. Es sah faszinierend aus, und ich drückte auf den Auslöser.

Ich ließ die Kamera in meiner Hand sinken und entdeckte an meiner Seite einen Grashüpfer, der den Halm einer Blume hinaufkrabbelte.

Vereinzelt drangen aus einiger Entfernung Gesprächsfetzen der Gäste aus dem Resort an mein Ohr. Ich spürte, wie die Anspannung des heutigen Tages einer inneren Ruhe wich. Alles wurde plötzlich still. Ich hätte hier stundenlang einfach so sitzen können, während die Sonne hinter den Rockies verschwand.

Als die Abenddämmerung immer mehr der Dunkelheit der Nacht wich, holte ich mein Handy hervor. Ein Blick auf das Display genügte, um festzustellen, dass es bereits zweiundzwanzig Uhr war und dass der WLAN-Empfang vom Haupthaus bis hierher reichte. Nell hatte mir nach der Führung durch das Resort neben meinem Dienstplan noch das Passwort aufgeschrieben, damit ich mich bei meinen Eltern melden konnte.

Bestimmt brannten sie schon darauf, einen ausführlichen Bericht zu bekommen.

Lake Louise lag acht Stunden hinter Hamburg, dementsprechend war es zu Hause sechs Uhr morgens am nächsten Tag. Hoffentlich würde ich jemanden erreichen. Wenn ich Glück hatte, dann hielt Flynn meine Familie zu dieser frühen Stunde schon auf Trab. Ausschlafen war für ihn ein Fremdwort. Ich wählte das blaue Skype-Symbol aus, und das bekannte Klingeln setzte ein. Beinahe zeitgleich gingen hinter mir die Laternen im Resort an. Ihr warmes Licht strahlte zu mir herüber.

Als hätte meine Familie nur auf ein Zeichen von mir gewartet, stellte sich zu meiner eigenen Überraschung keine zwei Sekunden später ein Bild her, und Mama, Papa und Flynn erschienen etwas verpixelt auf dem Display meines Smartphones.

»Lily«, meine Mutter beugte sich so nah über die Kamera, dass ich befürchtete, sie würde in das Handy reinkriechen wollen. Bis auf ihre Nase war nicht mehr viel zu erkennen.

»Bille, wie soll unsere Tochter uns denn so sehen? Du musst schon etwas zurückgehen …«, rügte mein Vater sie im Hintergrund. Das Bild wackelte ein paarmal.

»Bernd, jetzt halt das Handy still!«, tönte meine Mutter prompt.

»Hallo?«, fragte ich. »Seid ihr noch da?«

Für einen winzigen Moment war das Display rabenschwarz, dann lächelten Papa, Mama und Flynn breit in die Kamera.

»Hey, Auswanderin«, begrüßte mein Vater mich liebevoll. »Hast du dein Zimmer schon eingerichtet?«

»Hallo, Lily!« Flynn winkte freudig in die Kamera.

»Lily, geht's dir gut?«, fragte meine Mutter.

Ich schilderte meine ersten Eindrücke von Kanada, von der atemberaubenden Landschaft, den Browns, dem Resort und meinem schnuckeligen Zimmer. Ich erwähnte sogar das unerwartete Aufeinandertreffen mit dem Elch im Wald, wenngleich ich Ben dabei verschwieg.

Mein Vater staunte Bauklötze, und wie bereits erwartet, stand ihm der Neid deutlich ins Gesicht geschrieben. Papa und ich waren aus dem gleichen Holz geschnitzt, wir liebten die Natur und die Tierwelt und konnten uns mit unseren Kameras stundenlang in Feld, Wald und Wiesen aufhalten.

Mama war hingegen eher der Typ »Einsiedlerkrebs«. Sie liebte es, sich stundenlang mit ihren Blumen zu beschäftigen oder in ihrem eigens umgestalteten Hobbykeller zu werkeln.

Als meine Mutter von meiner Begegnung mit dem Elch hörte, sah sie aus, als würde sie vor lauter Schreck gleich in Ohnmacht fallen.

»Ein Elch?«, fragte sie fassungslos.

»Es ist alles in Ordnung, Mama, das Tier war harmlos«, versuchte ich, meine Mutter zu beruhigen.

»Harmlos?«, wiederholte meine Mutter. »Also so ein Elch kann alles sein, aber mit Sicherheit nicht harmlos! Stell dir nur vor, der hätte dich aufgespießt … Nicht auszudenken!«

»Hat dir der Elch beim Pinkeln auf deinen nackten Popo geguckt? Der Elch hat Lily nackig gesehen«, sang Flynn, woraufhin ich lachen musste.

Wir plänkelten noch eine ganze Weile miteinander, und meine Eltern erzählten mir von ihren Plänen für die kommende Woche.

Es war merkwürdig. Obwohl ich gerade mal etwas länger als einen Tag von meiner Familie getrennt war, hatte ich jetzt schon das Gefühl, mich in einem komplett anderen Leben zu befinden, während der Alltag meiner Familie an mir vorbeirauschte. Es war, als würde ich mein bisheriges Leben wie eine Fremde von außen betrachten.

Ich wischte den Gedanken hastig beiseite und hielt stattdessen Flynns Eule Kunibert mit einem breiten Lächeln in die Kamera.

»Vielen Dank, Flynn, dass du mir deinen Glücksbringer anvertraust. Ich werde gut auf ihn aufpassen, versprochen.«

Flynn nickte stolz wie Oskar. »Vielleicht findet Kunibert im Wald ein paar neue Freunde, dann ist er nicht so allein. In Hamburg gibt es ja leider nicht so viele wilde Tiere.«

Hatte ich schon erwähnt, dass mein Bruder einfach unfassbar süß war? Für sein Alter war er sehr mitfühlend und machte sich viele Gedanken um andere – auch wenn es sich in dem Fall nur um ein Kuscheltier handelte.

Irgendwann wurde Flynn zappelig. Mit einem gehaspelten »Tschüss, Lily« verschwand er von der Bildfläche, ohne dass ich noch etwas erwidern konnte, und Kunibert war vergessen.

Überrascht stellte ich fest, dass die Zeit wie im Nu vergangen war, denn mittlerweile war es richtig dunkel. Lediglich der Mond und die Wegbeleuchtung im Resort spendeten etwas Licht.

Da ich in meiner dünnen Strickjacke allmählich zu frösteln begann, verabschiedete ich mich schließlich von meinen Eltern.

In dem Moment zeigte mein Handy eine neu eingegangene Whatsapp-Nachricht von Rieke an. Meine beste Freundin musste gerade aufgestanden sein.

Hey, Bärenflüsterin, ist dir schon Shawn Mendes über den Weg gelaufen? Oder hast du bereits ein paar heiße kanadische Holzfäller gesichtet?

Ich grinste. Typisch Rieke! Sie war ein riesengroßer Shawn-Mendes-Fan. Auch wenn er aus Kanada – genauer gesagt aus Toronto – stammte, bezweifelte ich stark, dass sich ein Weltstar wie er ins idyllische Lake Louise verirren würde. Merkwürdigerweise musste ich bei Riekes zweiter Frage direkt an Ben denken …

Bisher waren ein Wapiti und ein Elch die einzigen nennenswerten Begegnungen,

schrieb ich flink zurück und schickte noch einen lachenden Smiley hinterher.

Die Antwort von Rieke kam prompt.

Was bitte ist ein Wapiti?

Mein Schmunzeln wurde noch eine Spur breiter.

Ich zog meine Jacke etwas enger um mich und machte mich mit Kunibert in der Hand zurück in Richtung Haupthaus, wobei mein Blick auf die sanft beleuchteten Chalets fiel, in deren Hintergrund sich die Rockies wie dunkle Riesen in den Himmel erstreckten.

Ich betrachtete mein neues Zuhause und nahm mir vor, das Beste aus diesem einen Jahr herauszuholen, die Zeit voll und ganz zu genießen, jedes Abenteuer mitzunehmen und mich in das aufregende Leben hier in Kanada zu stürzen.

11. Kapitel

Am nächsten Morgen klingelte mein Wecker bereits um sechs Uhr in der Früh. Ich war voller Tatendrang, in einen neuen Tag lauter Herausforderungen zu starten, auch wenn ich nach dem langen Flug noch immer mit Müdigkeit zu kämpfen hatte.

Plötzlich fiel mir wieder ein, dass ich in der Nacht wirr geträumt hatte. Ich meinte, mich an einen Elch mit grünen und mir seltsam vertrauten Augen erinnern zu können.

Belustigt schüttelte ich den Kopf über mich selbst. Ich hatte schon immer eine blühende Fantasie gehabt. Rieke sagte, dass man aus meinen Träumen locker einen ganzen Roman zusammenschreiben könnte, womit sie vermutlich recht hatte.

Lediglich in mein dünnes Schlafshirt und Shorts gekleidet, ging ich mit einer dampfenden Tasse Kaffee auf den Balkon. Nachdem Nell von meiner Schwäche für den Wachmacher erfahren hatte, hatte sie es sich nicht nehmen lassen, mir ebenfalls Kaffee und eine Filtermaschine auf mein Zimmer zu stellen.

Ich inhalierte den Geruch der gemahlenen Bohnen und ließ meinen Blick über die weitläufige Anlage schweifen. An diese Aussicht konnte ich mich wirklich gewöhnen, und ich bemerkte, wie ich selig vor mich hin lächelte.

Die Sonne streifte bereits über meine nackten Füße.

Leider war noch keine der besagten Rotrücken-Zimtelfen in Sicht, dafür entdeckte ich ein dunkelbraunes Eichhörnchen, das flink den Stamm einer Fichte hinaufkletterte, bevor es zwischen dem Geäst der Bäume und aus meinem Sichtfeld verschwand.

Alles wirkte so … friedlich. Als befänden sich das Resort und die Natur im Einklang miteinander.

Im Gegensatz dazu herrschte unter meinem Balkon bereits reges Treiben. Mitarbeiter des Resorts liefen geschäftig hin und her, und einige wenige Frühaufsteher bereiteten sich augenscheinlich darauf vor, am Ufer des Bow Rivers ein paar Yoga-Übungen zu machen. Eine Weile lang beobachtete ich ihre lustigen Verrenkungen, wobei ich mir selbst fast den Hals verbog und jeder Eule Konkurrenz machte.

Gut gelaunt und leise vor mich hin singend, tapste ich ins Bad und nahm eine erfrischende Dusche.

Nachdem ich mich angezogen hatte, betrachtete ich mich im Badezimmerspiegel, aus dem mir eine junge Frau mit roten Wangen entgegenblickte. Die ersten Sommersprossen kündigten sich auf meiner Nase an. Meine blauen Augen funkelten vor Aufregung, und das T-Shirt mit dem Logo des Lake Louise Chalet Resorts sprang mir ins Auge, als wollte es mir förmlich sagen: Los, du schaffst das!

Selbst Kunibert, der auf meinem zerknautschten Kopfkissen thronte, schien mir Mut machen zu wollen.

Also dann, redete ich mir selbst gut zu. Ich befestigte mein Namensschild an meinem T-Shirt, sah ein letztes Mal in den Spiegel und holte tief Luft.

Der erste Arbeitstag konnte beginnen!

***

Im Frühstücksraum des Resorts, den die Mitarbeiter außerhalb der Essenszeiten für die Gäste nutzen durften, war kaum jemand da. Aber an einem der Tische entdeckte ich zu meiner Freude Louisa, die ich gestern nur flüchtig an der Rezeption kennengelernt hatte. Als ich mich ihrem Tisch mit einem Apfel, einer Schüssel Müsli und einem Glas Orangensaft näherte und sie von ihrem Teller aufsah, winkte sie mich sogleich freudig zu sich.

»Hey, Lily!«, sprach sie mich auf Deutsch an. »Nell hat mir bereits von dir erzählt. Sorry, dass unser Kennenlernen gestern so kurz ausgefallen ist, aber die Wandergruppe hatte mich fest im Griff.«

Sie lachte herzlich und laut, was so gar nicht zu ihrem hauchzarten Erscheinungsbild passen wollte. Ich mochte sie sofort.

Louisa biss von ihrem Pfannkuchen ab. »Hmm, Pancakes mit Ahornsirup – ich sag's dir: Himmlisch!« Genießerisch verdrehte sie die Augen. »Und besser als Sex.«

Die letzten Worte kamen so trocken aus ihrem Mund, dass ich mich vor Lachen an meinem Orangensaft verschluckte.

Da meine Eltern Flynn und mich schon immer sehr offen erzogen hatten, war ich keinesfalls prüde, doch ich hatte nicht damit gerechnet, dass das Gespräch gleich zu Beginn eine solche Wendung nehmen würde.

»Schlechte Erfahrungen gemacht?«

Louisa winkte ab und blies die Backen auf. »Bleib mir weg mit den Männern. Es geht nichts über ein paar Tausend Kilometer zwischen sich und dem eigenen Ex-Freund. Daher würde ich einen Ahornsirup-Pancake einem Typen immer vorziehen. Wirklich immer! Oder ein gutes Buch.«

Obwohl ich Louisa erst seit wenigen Minuten kannte, war mir jetzt schon klar, dass wir uns gut verstehen würden. Ich überlegte, sie auf die angespannte Familiensituation der Browns anzusprechen, entschied mich dann aber dagegen.

»Nell hat angedeutet, dass du *Work and Travel* machst?«, fragte ich stattdessen. »Klingt interessant. Was steht bei dir denn als Nächstes an?«

»Nach dem Jobben hier im Resort geht's für mich erst mal auf eine Greifvogelstation in der Nähe von Vancouver, die sich für den Schutz von Greifvögeln und Eulen starkmacht. Die Mitarbeiter dort setzen sich auch für den Naturschutz ein. Sie pflegen ökologisch wertvolle Flächen und bringen Nistkästen an«, erklärte Louisa mir. »Anschließend möchte ich gerne noch durch die USA reisen. Mal sehen, wo es mich hin verschlägt. Ich könnte mir auch gut vorstellen, auf einer Farm zu arbeiten oder bei der Ernte mitzuhelfen. Aber das lasse ich ganz entspannt auf mich zukommen. Ich plane nicht so gerne und halte mir lieber alle Möglichkeiten offen.«

»Ich glaube, so flexibel wäre ich nicht. Ich mag es lieber, einen Plan zu haben. Allerdings habe ich im Moment nicht so wirklich einen«, korrigierte ich mich selbst und zog ein gequältes Gesicht. Beim Gedanken an meine berufliche Zukunft bekam ich schon wieder leichte Bauchschmerzen.

Louisa lachte. »Wer hat den schon? Das Leben ist immer wieder für eine Überraschung gut.«

Sie schielte auf ihre Armbanduhr. »Oh, verdammt, schon so spät.« Hektisch aß sie die letzten Bissen ihres Pfannkuchens.

»Ich bin heute fürs Housekeeping eingeteilt und schon zehn Minuten über der Zeit«, erklärte sie, als sie meinem fragenden Blick begegnete.

Sie schob geräuschvoll ihren Stuhl zurück. »Sehen wir uns später?«

»Sicher«, antwortete ich und lächelte.

»War nett, dich kennenzulernen«, rief sie mir über ihre Schulter zu, bevor sie aus dem Restaurant eilte.

Im Türrahmen blieb sie noch einmal stehen. »Ach, übrigens: Wenn du mal Hilfe brauchst oder noch Schwierigkeiten hast, dich hier zurechtzufinden, frag mich gerne. Am Anfang ist es immer ein bisschen ungewohnt.«

Sie winkte mir zum Abschied zu.

12. Kapitel

»Und, bereit für deinen Einarbeitungstag?«, fragte Nell anstelle einer Begrüßung, als ich an der Rezeption eintraf.

»Ich bin so was von bereit«, erwiderte ich euphorisch.

Und so führte mich Nell keine fünf Minuten später in das Buchungssystem ein, erklärte mir unter anderem, worauf ich bei einem Check-in und Check-out achten musste, zeigte mir den Schlüsselkasten und brachte mir den Tagesablauf am Empfang näher.

Nebenbei fiel mir auf, wie Nell immer wieder nach ihrem persönlichen Notizbuch griff und einen Haken setzte.

»Was machst du da?«, fragte ich neugierig, woraufhin Nell aufsah.

»Ich liebe To-do-Listen. Keine Ahnung, ist ein Tick von mir. Ich würde sogar behaupten, dass es neben dem Backen und Kochen meine größte Leidenschaft ist«, sagte sie und schmunzelte. »Leider bin ich in letzter Zeit nicht dazu gekommen, mich mal wieder an neue Rezepte zu wagen. Wie ich gestern schon erwähnt habe: Die Hotelbranche ist kein Zuckerschlecken.«

Noch war es recht ruhig in der Lobby. Ab und an kamen Gäste, um deren Anliegen Nell sich kümmerte, während ich danebenstand und versuchte, so viele Informationen wie möglich in mich aufzusaugen.

Irgendwann erreichte ein Anruf die Rezeption, und als Nell abnahm, hörte ich, wie sie immer wieder ein paar »Hmm«, »Verstehe« und ein »Ich bin gleich da« von sich gab. Sie legte auf, und eine steile Falte bildete sich auf ihrer Stirn.

»Ist alles in Ordnung?«, fragte ich.

»Ein Gast hat angerufen und meinte, dass sich die Tür zu seinem Chalet nicht öffnen lässt. Ich muss mir das mal anschauen, unser Techniker und Hausmeister Edwin ist anderweitig beschäftigt.«

Nell zögerte. »Meinst du, du kommst hier einen Moment allein zurecht?«

Ich nickte. »Ich denke, schon. Geh nur.«

»Super, ich danke dir.« Nell wirkte sichtlich erleichtert. »Wenn etwas ist, ruf mich einfach an.« Wie zur Bestätigung wackelte sie mit ihrem Handy in der Hand und rauschte schließlich davon.

Ich las mich derweil durch die Mappe des Lake Louise Chalet Resorts, in der sich Informationen zum Haus, zu den Öffnungszeiten des Restaurants, zum Zimmerservice sowie zu den umliegenden Sehenswürdigkeiten, zu Ausflugsmöglichkeiten und zur An- und Abreise befanden. Hin und wieder fragten ein paar der Gäste nach einem Busfahrplan oder einer Ausflugsbroschüre.

Nach einer Weile kam ein älterer Herr auf mich zu, der mich zu meiner Überraschung sogar auf Deutsch ansprach. Vermutlich hatte er mein Namensschild gesehen und eins und eins zusammengezählt. Viel deutscher als »Hartmann« konnte ein Nachname ja auch nicht klingen.

»Entschuldigung, wann kommt denn nun der Ranger für unsere gebuchte Tour durch den Nationalpark? Er sollte um neun Uhr hier sein, und jetzt ist es schon fünfzehn Minuten nach der Zeit!« Demonstrativ tippte der Mann auf seine Uhr.

Ein paar weitere Gäste, die hinter ihm standen, nickten zustimmend, wobei sich eine Frau mit auffälliger Dauerwelle aus dem Grüppchen löste.

»Unverschämt, uns hier so lange warten zu lassen!«, empörte sie sich.

»Einen kleinen Augenblick bitte, ich schaue wegen Ihrer Reservierung einmal in unseren Unterlagen nach«, entgegnete ich betont freundlich und schlug die Mappe auf, in der sämtliche Ausflüge aufgelistet waren. Und tatsächlich, für den heutigen Tag war eine Tour zur Beobachtung von Wildtieren im Nationalpark eingetragen. Leider stand nicht dabei, wer diese Exkursion durchführte, geschweige denn, wie man den Ranger erreichen konnte.

»Ich bin mir sicher, er wird in Kürze auftauchen«, versuchte ich, den Mann zu beruhigen. »Vielleicht nehmen Sie einfach noch einen Moment in der Lobby Platz?« Ich deutete auf die gemütliche Sitzecke, die sich rechts vom Empfang befand. Leider war ich längst nicht so gelassen, wie ich nach außen hin vorgab.

Der Mann murmelte etwas Unverständliches in seinen Bart, und es klang nicht besonders freundlich. Es vergingen auch keine fünf Minuten, da erschien der unsympathische Kauz erneut an der Rezeption.

»Ja, was ist denn nun, junge Frau?« Ungeduldig trommelte er mit seinen Fingern auf den Holztresen, was mich ganz kribbelig machte. So ein Giftzwerg! Am liebsten hätte ich ihm seine langen weißen Socken in den Wanderschuhen bis zu den Oberschenkeln hochgezogen.

Trotz allem bemühte ich mich, mein Lächeln beizubehalten, auch wenn mir langsam der Schweiß ausbrach.

Ich bückte mich, um die restlichen Ordner nach einer Telefonnummer des Rangers abzusuchen. Ich durchforstete sämtliche Unterlagen, konnte aber nichts Brauchbares finden. Wie auch, wenn man nicht einmal wusste, wonach man überhaupt suchte.

»Ich habe nicht den ganzen Tag Zeit, junges Fräulein!«, drängelte der Mann.

Schnaufend wischte ich mir über die Stirn.

Jetzt verstand ich, was Nell damit gemeint hatte, dass eine Menge Arbeit auf uns zukommen würde. Diese Wandergruppe war wirklich von der übelsten Sorte. Langsam, aber sicher wurde ich immer verzweifelter. Mein Puls beschleunigte sich, die zunehmende innere Unruhe ließ mich hektisch werden, und ich vergaß, auf meine Umgebung zu achten.

Ich richtete mich wieder auf, wirbelte dabei zu schnell herum und prallte gegen etwas Hartes. Als ich aufsah, blickte ich direkt in ein mir nur allzu bekanntes grünes Augenpaar.

»Ben!«, platzte es überrascht aus mir heraus, und mein Herz machte gegen meinen Willen einen Hüpfer. Ich hatte nicht damit gerechnet, ihm so schnell wieder über den Weg zu laufen.

Unwillkürlich musste ich an meinen absurden Traum denken, in dem die Augen des Elchs denen von Ben verdammt ähnlich gesehen hatten. Meine Ohren wurden heiß vor Scham, und für einen winzigen Moment blendete ich sogar den nörgelnden Giftzwerg aus, der immer noch vor dem Tresen stand.

»Alles in Ordnung?«, fragte Ben, allerdings so leise, dass nur ich es hören konnte. Er musterte mich eingehend und nahm mich ein Stück beiseite, sodass ich mit dem Rücken zu dem Gast stand.

Diese mitfühlende Geste erstaunte und irritierte mich gleichermaßen. Gestern hatte Ben mich immerhin kaum mit dem Allerwertesten angeguckt. Stattdessen hatte es ihm gar nicht schnell genug gehen können, mich wie ein Paket am Resort abzuliefern und dort stehen zu lassen.

Kurz war ich geneigt, vor Ben die Toughe zu spielen, doch ich wusste, dass ich keine sonderlich glaubhafte Schauspielerin abgab.

»Nein, nichts ist in Ordnung«, gestand ich, meine Stimme klang seltsam brüchig in meinen Ohren, Tränen traten mir in die Augen. Insgeheim war mir mein Gefühlsausbruch vor Ben etwas peinlich, und es ärgerte mich, dass ich mich bereits an meinem ersten Tag von irgendeinem dahergelaufenen Gast so aus der Ruhe bringen ließ, dennoch fühlte ich mich überfahren von der Situation.

Warum hatte ich denn auch ausgerechnet an meinem ersten Arbeitstag an einen derart unfreundlichen Gast geraten müssen?

»Hey, du zitterst ja total. Beruhig dich erst mal.« Ben strich mir aufmunternd über den Arm, was ein Kribbeln verursachte.

»Die Wandergruppe liegt mir in den Ohren, dass der Ranger für ihre Führung nicht da ist, und die Herrschaften werden immer ungeduldiger.« Ich fuhr mir durchs Haar. »Ich habe keine Ahnung, wie ich diesen Ranger kontaktieren soll, da nirgendwo seine Handynummer angegeben ist und ich auch keinen blassen Schimmer habe, wie er heißt.«

»Wird das heute noch was?«, platzte dem Mann am Empfang schließlich der Kragen. »Veranstalten Sie da noch ein Kaffeekränzchen?«

Ben ließ von mir ab und lief einmal um den Tresen herum, sodass er nun direkt vor dem Mann stand.

»Ich glaube, Sie vergreifen sich im Ton. Oder möchten Sie, dass man so mit Ihnen redet?«

»Was wollen Sie denn jetzt?!«, blaffte der aufgebrachte Gast. »Mischen Sie sich nicht in Angelegenheiten ein, die Sie nichts angehen!«

»Erstens geht es mich etwas an, wenn Sie hier völlig grundlos Ihre schlechte Laune an anderen Menschen auslassen, und zweitens nehme ich an, dass *ich* der Grund Ihrer schlechten Laune bin. Wenn ich mich vorstellen darf: Ich bin Ihr heutiger Tourguide.«

Bens Stimme war gefährlich leise. Die Kinnlade des aufgebrachten Gastes klappte nach unten, völlig verstört blickte er Ben an.

Es dauerte einen Augenblick, bis die Information auch in meinem Gehirn angekommen war und es klick bei mir machte.

»Du bist der Ranger?«, hakte ich ungläubig nach.

Erst jetzt kam ich dazu, Bens Kleidung zu betrachten. Er trug dreckverkrustete Boots, eine kakifarbene Hose und ein beigefarbenes Hemd. Auf die linke Schulter war ein rechteckiges, olivgrünes Emblem gestickt, auf dem sich ein weißer Kreis mit einem Biber in dessen Mitte befand.

Um Bens Hals baumelte ein Fernglas, und auf seinem Rücken trug er einen Wanderrucksack. Das erklärte auch, warum er so viel über das Verhalten von Elchen gewusst hatte. Plötzlich ergab alles einen Sinn.

Warum war mir das denn nicht gleich aufgefallen, als Ben am Empfang aufgetaucht war? Offensichtlich hatte der ungeduldige Gast meine Gedanken dermaßen in Beschlag genommen, dass ich alles andere um mich herum außer Acht gelassen hatte.

Ben warf mir nur einen Blick über die Schulter zu, bevor er seine Aufmerksamkeit wieder dem Mann vor sich widmete.

»Entweder Sie entschuldigen sich jetzt bei der jungen Dame für Ihr inakzeptables Verhalten, oder ich muss Sie bitten, sich einen anderen Tourguide zu suchen. Andernfalls steht es Ihnen natürlich frei, an der Führung teilzunehmen. Wir freuen uns immer über interessierte Besucher des Nationalparks.«

Das saß! Sowohl mir als auch dem Gast blieb die Spucke weg. Wie ein Pingpongball ließ ich meine Augen zwischen Ben und dem älteren Herrn hin- und hergleiten.

Auch die anderen Mitglieder der Gruppe, die sich bis eben noch lautstark in der Lobby unterhalten hatten, waren verstummt. Jeder im Raum schien gebannt der Auseinandersetzung zu folgen.

Der Mann wischte sich verunsichert über die Stirn und ruderte zurück. »Das war ein Missverständnis! Ich, also …«

»Ja?«, bohrte Ben nach.

»Es … es tut mir leid, wenn ich mich ein wenig im Ton vergriffen haben sollte«, murmelte er, und es war ihm deutlich anzusehen, wie unangenehm ihm die ganze Sache war. Offensichtlich fühlte er sich von Ben in die Enge getrieben.

»Gut, damit betrachte ich diese Angelegenheit als erledigt, und wir können uns nun hoffentlich dem Grund widmen, aus dem Sie sich heute hier eingefunden haben: unsere Tour durch den Nationalpark.« Ben klatschte unternehmungslustig in die Hände. »Ich bin gleich bei Ihnen.«

Wie ein gebeutelter Hund gesellte sich der Mann zum Rest der Gruppe und gab keinen Laut mehr von sich.

Noch immer konnte ich es nicht fassen, dass Ben für mich Partei ergriffen und mich in Schutz genommen hatte. Ich starrte ihn an wie das achte Weltwunder. Sein plötzlicher Stimmungswandel brachte mich total aus dem Konzept.

Er beugte sich zu mir herüber, wobei sein Atem sanft meine Wange streifte. Ben roch nach Aftershave, Moos und frischen Fichtennadeln, und ich ertappte mich dabei, wie ich den betörenden Duft inhalierte.

»Ich weiß, dass eine toughe Elch-Lady eigentlich keine Hilfe braucht, aber vielleicht kann ein gewisser Ranger damit sein ebenfalls schroffes Verhalten wiedergutmachen«, raunte er mit dunkler Stimme, und sämtliche Nackenhaare stellten sich bei mir auf.

War das etwa eine Entschuldigung? Für sein gestriges kühles Auftreten mir gegenüber?

Ben griff nach einem Kugelschreiber und einem Block, der an der Rezeption auslag, und schrieb etwas auf das Papier. Er riss den Zettel ab und schob ihn mir über den Holztresen hinweg zu. »Damit du nächstes Mal auch den Übeltäter anrufen kannst, der die Gäste auf ihre Führung durch den Nationalpark warten lässt.«

Auch wenn mir bewusst war, dass Ben mir seine Handynummer nicht aus privaten Gründen gab, freute ich mich über diese Geste.

»Danke«, krächzte ich und schob den Zettel in meine Hosentasche.

Bens Nähe machte mich nervös. Sein Gesicht war nur wenige Zentimeter von dem meinen entfernt. Wir blickten uns tief in die Augen. So tief, dass mir schwindlig wurde und ich das Gefühl bekam, in diesem grünen Bergsee zu ertrinken.

Für einen Moment stand die Welt still, als würde jemand die Szene wie in einer Schneekugel einfrieren.

Doch so schnell der Moment gekommen war, verflüchtigte er sich auch wieder, denn Ben wich zurück und marschierte zielstrebig auf die Wandergruppe zu.

Wie vom Donner gerührt starrte ich ihm hinterher.

»Bitte entschuldigen Sie die Verspätung, ich hatte einen Zwischenfall mit einer Elchkuh, die sich einfach nicht von der Straße bewegen wollte.«

Bei diesem Satz blickte Ben mich noch einmal kurz an, bevor er sich wieder der Gruppe vor ihm zuwandte.

»Ich hoffe, Sie sind bereits gut in Ihren Urlaub im wunderschönen Lake Louise gestartet. Ich bin Ben Montgomery, einer der Ranger des Banff-Nationalparks, und werde Ihnen die Vielfalt von Flora und Fauna in dieser Gegend näherbringen. An jeder Ecke gibt es etwas Faszinierendes zu entdecken, und ich bin zuversichtlich, dass ich Ihnen heute einige der bei uns im Nationalpark beheimateten Wildtiere zeigen kann. In den Rocky Mountains leben unter anderem Elche, Wapitis, Murmeltiere und Dickhornschafe. Mit etwas Glück sichtet man auch seltenere Tierarten wie beispielsweise Karibus, Biber, Kojoten, Pumas, Wölfe, Luchse und Schneeziegen. Und neben den zierlicheren Schwarzbären haben auch die stattlichen Grizzlybären hier ihr Zuhause gefunden. Von dem Artenreichtum einmal abgesehen, hat der Banff-Nationalpark auch eine atemberaubende Landschaft zu bieten, von der jeder von Ihnen sicherlich schon einen ersten Eindruck gewinnen konnte.«

Er legte seine Hände ineinander. »Bevor wir gleich losgehen, möchte ich Sie gerne noch mit grundlegenden Verhaltensregeln vertraut machen, die für den Naturschutz im Nationalpark unerlässlich sind. Bitte bleiben Sie auf den ausgewiesenen Pfaden und Wegen. Lassen Sie keinen Müll zurück. Entnehmen Sie nichts der Natur, da jede Pflanze eine besondere Funktion in den hier geschützten Lebensräumen hat. Füttern oder stören Sie auf keinen Fall die Tiere im Park. Und verhalten Sie sich möglichst ruhig, dann sind die Chancen höher, dass wir bei unserer heutigen Wanderung ein paar Wildtiere beobachten können. Haben Sie sonst noch Fragen?« Damit schloss Ben seinen Vortrag.

Ein einvernehmliches Kopfschütteln innerhalb der Gruppe folgte.

»Gut, dann kommen Sie bitte mit mir.«

Ben ging voran und nickte mir zum Abschied noch einmal zu, bevor er mit den Gästen den Eingangsbereich verließ. Mein Blick blieb an seinem Hinterteil haften. Zugegeben, Ben sah in der Ranger-Uniform verdammt sexy aus …

Ich biss mir auf die Lippen.

Glücklicherweise hatte ich jedoch keine Zeit mehr, mir Gedanken über Ben oder sein irritierendes Verhalten zu machen, da in diesem Moment das Telefon klingelte.

13. Kapitel

Eine Stunde später trabte Nell mit hochrotem Kopf zur Tür herein.

»Es tut mir leid, es hat länger gedauert als gedacht …« Sie ließ sich wie ein nasser Sack auf den Stuhl hinter der Rezeption fallen und pustete sich eine Haarsträhne aus der glänzenden Stirn. »Ist in meiner Abwesenheit irgendetwas passiert? Du siehst aus, als hättest du einen Geist gesehen.«

»Einen Geist nicht unbedingt, dafür habe ich die Bekanntschaft mit einem deutschen Giftzwerg der ganz besonderen Art gemacht.« Ich schnitt eine Grimasse.

»Das war bestimmt Herr Arnsdorf aus Chalet 18.« Nell stöhnte und verdrehte die Augen. »Wenn du wüsstest, wegen was der sich schon alles beschwert hat! Letztens hat er behauptet, in seinem Zimmer wäre Ungeziefer. Ein anderer Gast hat ihn davor allerdings beobachtet, wie er mit Absicht eine Eidechse bei sich ins Chalet gesetzt hat. Wahrscheinlich hat er gedacht, dadurch einen Preisnachlass zu bekommen.«

»Sachen gibt's … Wie kann man so sein?« Ungläubig schüttelte ich den Kopf. Manche Menschen waren echt nicht glücklich, wenn sie nichts zu meckern hatten.

»Frag mich was Leichteres. Der Typ ist vermutlich von Natur aus ein notorischer Dauernörgler. Leider zählt er zu unseren

Langzeitgästen, er bleibt mehrere Wochen im Resort.« Nell machte ein zerknirschtes Gesicht. »Und ich hab dich mit dem auch noch allein gelassen. Ich hoffe, du verlässt uns nach dem Desaster nicht gleich wieder.«

Ich winkte ab. »Unsinn!«

»Was wollte er denn diesmal?«, hakte Nell nach.

»Er hat sich beschwert, dass die Führung durch den Nationalpark zur Beobachtung der Wildtiere nicht rechtzeitig begonnen hat. Mir sind zum Schluss echt die Argumente ausgegangen, um den Mann zu besänftigen. Zum Glück hat mich Ben in Schutz genommen.«

»Ben?« Nell hob überrascht die Augenbrauen. Ihre Stirn war in Falten gelegt, als würde sie über etwas grübeln.

»Woher kennst du Ben eigentlich?«, fragte ich.

»Hier in Lake Louise kennt jeder jeden. Wir sind zusammen in den Kindergarten und zur Highschool in Banff gegangen. Früher haben wir viel miteinander unternommen ...«

Nell ließ den Satz offen. Ihrer bedeutungsvollen Pause entnahm ich jedoch, dass sie heute nicht mehr so ein enges und freundschaftliches Verhältnis zu Ben pflegte, wie es früher vielleicht einmal der Fall gewesen war. Auch wenn ich aus eigener Erfahrung wusste, dass Freundschaften manchmal auseinandergingen, stellte ich mir bei Nell erneut die Frage, ob etwas vorgefallen war, worüber sie nicht sprechen wollte.

Nachdenklich betrachtete ich sie von der Seite. Bei unserem Skype-Interview vor sechs Monaten hatte sie an der Seite ihres Bruders einen sehr entspannten Eindruck gemacht. Doch wenn sie sich unbeobachtet fühlte, wie auch in diesem Augenblick, wirkte sie in sich gekehrt und irgendwie bedrückt, und ich fragte mich, welcher Umstand dazu geführt haben könnte. Ob es tatsächlich in irgendeiner Weise mit Luke zusammenhing?

Ein unangenehmes Schweigen breitete sich zwischen uns aus. Nell starrte ins Leere.

Da ich nicht wusste, wohin mit meinen Händen, blätterte ich Broschüren, Prospekte und sämtliches Informationsmaterial über den Nationalpark durch. Hin und wieder erkannte ich Ben auf den abgedruckten Fotos. Mal lehnte er lässig am Stamm einer Fichte, mal war er dabei, die Wegweiser instand zu halten, und auf einem anderen Foto hielt er ein Eichhörnchenbaby auf dem Arm.

Doch beinahe alle Fotos hatten eine Gemeinsamkeit: Neben Ben stand immer ein und dieselbe Frau. Ob das seine Freundin war?

Merkwürdigerweise versetzte mir der Gedanke einen Stich, was lächerlich war. Ich kannte Ben ja kaum. Und trotzdem übte er diese ungemeine Anziehungskraft auf mich aus.

Ich betrachtete die Frau auf den Fotos eingehender. Haselnussaugen, brünettes Haar, volle Lippen, schlanke Figur. Sie war hübsch, und ihr Lächeln saß auf jedem Bild perfekt. Gekonnt spielte sie mit der Kamera, als wäre diese ein langjähriger Freund.

Möglichst beiläufig hielt ich Nell den Prospekt unter die Nase und deutete auf das Foto.

»Wer ist denn die Frau?«, fragte ich und versuchte, meine Stimme betont gleichgültig klingen zu lassen.

Nell zuckte zusammen, als hätte ich sie aus ihren Gedanken gerissen. Ihr grüblerischer Blick klärte sich, und sie besah sich das Bild.

»Das ist Morgan … Bens Ex-Freundin.«

»Oh«, machte ich lediglich und horchte auf. »Hat sie auch als Rangerin gearbeitet?«

Nell schüttelte den Kopf. »Nein, sie hat Journalismus studiert. Nebenbei hat sie ein bisschen gemodelt. Ben war es, der sie in die neue Werbekampagne für den Nationalpark eingebracht hat.«

»Was ist bei den beiden passiert?«

Nell zögerte. »Morgan hat Ben vor knapp fünf Monaten von einem Tag auf den anderen verlassen und ist nach New York abgehauen. Sie hat ihm lediglich einen Abschiedsbrief hinterlassen. Die beiden waren seit der Highschool zusammen, fast sieben Jahre.«

Mir fehlten die Worte. Wie konnte man jemandem so etwas antun?

»Entschuldigt, ich wollte eure Tratschrunde keinesfalls stören«, ertönte plötzlich eine zornige Stimme hinter mir, und ich fuhr herum.

Ben stand im Türrahmen. Er wirkte so wütend, dass ich unmerklich einen Schritt zurückwich.

Nell sah erschrocken drein. »Ben, es ist nicht so, wie du denkst …«

»Tatsächlich? Ich glaube, es ist ganz genau so, wie ich denke«, stieß Ben zwischen zusammengepressten Zähnen hervor. »Gerade du solltest wissen, wie es sich anfühlt, wenn andere hinter deinem Rücken reden!«

Seine Stimme durchschnitt die Luft, die plötzliche Anspannung war zum Greifen nah.

Verwirrt ließ ich meinen Blick zwischen Ben und Nell hin- und hergleiten. Wovon sprach Ben? Und was hatte all das mit Nell zu tun?

Sie schluckte geräuschvoll, Tränen sammelten sich in ihren Augen. »Das ist nicht fair.«

Obwohl noch immer die Sonne durchs Fenster hereinfiel, schien die Temperatur im Raum gesunken zu sein.

Ich fröstelte und rieb mir über die Arme.

»Das Leben ist nicht fair«, stimmte Ben verbittert zu.

Sein Blick blieb an mir hängen, und eine Welle aus Wut schwappte zu mir herüber. Und dennoch war da noch etwas anderes. Etwas Zerbrechliches, Verletzliches.

Ich wandte meinen Blick beschämt ab.

Ohne ein weiteres Wort stürmte Ben nach draußen. Die Tür schlug krachend hinter ihm ins Schloss, und ich zuckte zusammen.

14. Kapitel

In der Nacht schlief ich schlecht und wälzte mich unruhig von einer Seite auf die andere. Wobei ich nicht mit Bestimmtheit sagen konnte, ob es noch am Jetlag lag oder an Ben. Immerzu hatte ich sein wütendes, enttäuschtes Gesicht vor mir.

Die Gewissheit, dass dies meine Schuld war, machte es nur schlimmer. Immerhin war ich es gewesen, die Nell nach der Frau an Bens Seite ausgefragt und damit offensichtlich mehr ausgelöst hatte, als mir lieb war.

Der Mond warf ein Muster aus Licht und Schatten auf meine Bettdecke, und durch die geöffnete Balkontür wehte eine milde Brise herein.

Wie es Ben wohl in diesem Augenblick ging? Es musste entsetzlich sein, wenn einen die eigene Freundin von einem auf den anderen Tag verließ und sogar das Land wechselte.

Ich dachte an meine eigene Trennung von Vincent vor knapp einem Jahr kurz nach dem Abiball zurück. Nächtelang hatte ich mich in den Schlaf geweint, nachdem er mir offenbart hatte, dass er nach London gehen und dort Medizin studieren würde. Und dass er unter diesen Umständen keine Chance für unsere Beziehung sähe. Zwar saß der Stachel, dass er sich gegen mich und stattdessen für einen Studienplatz an seinem Wunschort entschieden hatte, noch tief, aber Vincent war während unserer Beziehung immer aufrichtig zu mir gewesen, und ich hatte nie an ihm oder seiner Liebe zu mir gezweifelt.

Meine Gedanken kehrten zurück zu Ben.

Ausgerechnet ich hatte alte Wunden bei ihm aufgerissen, dabei konnte ich von Liebeskummer selbst ein Lied singen.

Ich stöhnte auf und hätte mir vor lauter Frust am liebsten eine Kopfnuss verpasst. Aber woher hätte ich auch ahnen sollen, dass Ben auf einmal im Türrahmen auftauchte? Und dass das Thema *Morgan* offensichtlich so ein rotes Tuch war?

Hätte ich doch bloß meinen neugierigen Mund gehalten!

Ich drehte mich wieder auf die andere Seite, und plötzlich starrte Kunibert mich an.

Es war, als würde Flynn neben mir im Bett liegen und seinen betont tadelnden Blick aufsetzen, wenn er der Meinung war, dass ich etwas falsch gemacht hatte – und diesen Blick hatte er wirklich perfekt drauf.

»Nun guck nicht so vorwurfsvoll!«, murrte ich.

Ich warf die Decke zurück, schwang meine Beine über die Bettkante und schlüpfte in meine kuscheligen Einhorn-Puschen, die mir Rieke als Gag zum achtzehnten Geburtstag geschenkt hatte.

Dann ging ich zum Fenster und sah hinaus. Der Bow River glitzerte im fahlen Mondlicht, leuchtende Punkte tanzten auf der Wasseroberfläche. In der Ferne rief ein Käuzchen.

Da an Schlaf nicht zu denken war, schnappte ich mir ein paar Klamotten, die ich gegen mein Schlafshirt und meine Shorts tauschte. Nach einem prüfenden Blick aufs Display – es war bereits kurz nach Mitternacht – schob ich mein Handy in die Hosentasche und verließ das Zimmer.

Leise, um niemanden aufzuwecken, huschte ich über den Flur. Aus Louisas Zimmer drang ein lautes Schnarchen. Ich musste grinsen.

Im Gegensatz zu mir schien die ganze Anlage tief und fest zu schlafen, selbst an der Feuerstelle saß niemand mehr. Lediglich die letzten Holzscheite, die vor sich hin glommen, ließen darauf schließen, dass ein paar Gäste den Abend in einer gemütlichen Runde hatten ausklingen lassen.

Nachdenklich stand ich am Ufer des Flusses und lauschte dem beruhigenden Rauschen. Die Grashalme wogten sanft im Wind. Es war eine laue Nacht.

Ich ging ein Stück flussaufwärts und ließ die Anlage des Resorts mit ihren niedlichen Holz-Chalets langsam hinter mir. Nach einer Weile setzte ich mich auf eine Bank, während ich den Tag in meinem Kopf Revue passieren ließ.

Ich dachte an Bens Worte. *Gerade du solltest wissen, wie es sich anfühlt, wenn andere hinter deinem Rücken reden!*

Irgendetwas verschwieg Nell. Ob es mit ihrer Familie zu tun hatte?

Meine Gedanken kreisten umeinander, doch ich kam kein Stück weiter. Seufzend vergrub ich mein Gesicht in meinen Händen, als ich plötzlich ein seltsames Fiepen hörte. Zunächst kaum wahrnehmbar, dann immer eindringlicher und kläglicher.

Was konnte das sein?

Ich hob meinen Kopf und horchte in die Nacht. Für einen Moment glaubte ich schon, meine Ohren hätten mir einen Streich gespielt, doch da erklang das Geräusch erneut. Wenn mich nicht alles täuschte, kam es ganz aus der Nähe.

Ich stand von der Bank auf und scannte meine Umgebung. Da der Mond nicht ausreichend Licht spendete, schaltete ich die Taschenlampe meines Handys ein und leuchtete den Boden ab. Nichts zu sehen. Das Geräusch musste irgendwo anders herkommen.

Mein Blick wanderte den knorrigen Stamm einer alten Eiche

hinunter und blieb an der dicken Wurzel haften, unter der sich ein Loch zu befinden schien. Bestimmt bot dieses ein gutes Versteck.

Einer plötzlichen Eingebung folgend, sank ich in die Knie und durchleuchtete den Unterschlupf. Ich erschrak, als plötzlich zwei Augenpaare aufblitzten.

Mein Puls beschleunigte sich, und ich hielt die Taschenlampe meines Handys noch etwas näher an das dunkle Loch heran. Ich staunte nicht schlecht: Da waren zwei Waschbärjunge!

Sie fiepten kläglich. Ob sich ihre Mutter in der Nähe aufhielt und sich meinetwegen nicht traute, zurück zu ihrem Bau und zu ihrem Nachwuchs zu eilen?

Ich sah mich um. Noch immer riefen die Waschbären mitleiderregend.

Obwohl es mir sichtlich schwerfiel, die Kleinen zurückzulassen, beschloss ich, den Baum von der Bank und aus sichererer Entfernung im Blick zu behalten.

Eine halbe Stunde lang passierte nichts, und ich wurde allmählich unruhig. Würde sich eine Mutter so lange von ihrem Nachwuchs entfernen? Ich nagte an meiner Unterlippe.

Und wie lange würde ein Junges wohl ohne Nahrung überleben? Ich konnte sie doch nicht ihrem Schicksal überlassen!

Eigentlich gab es nur eine einzige Person, die mir in dieser Situation helfen konnte. Das Display meines Handys zeigte mir an, dass es schon ein Uhr war.

Sollte ich es wagen oder nicht?

Ich rief die Kontaktliste in meinem Smartphone auf und scrollte nach unten. Meine Finger schwebten zögernd über der eingespeicherten Nummer.

Bevor ich es mir anders überlegen konnte, wählte ich den grünen Hörer und hielt das Handy aufgeregt an mein Ohr.

Es tutete und tutete, und ich wippte nervös mit meinen Beinen.

»Ja?«, murmelte eine sichtlich verschlafene Person.

Allein der Klang seiner Stimme genügte, um meinen Puls zu beschleunigen.

»Ben, hier ist Lily. Es tut mir leid, dass ich dich zu solcher Zeit anrufe, allerdings handelt es sich um einen Notfall.«

Schweigen entstand am anderen Ende, und ich befürchtete schon, Ben hätte einfach aufgelegt.

Meine Finger verkrampften sich um mein Smartphone, und ich lauschte Bens Atem.

»Ich habe zwei Waschbärjunge gefunden, und ich glaube, da stimmt irgendetwas nicht. Die Mutter taucht einfach nicht auf«, fuhr ich fort. »Und ich habe keinen blassen Schimmer, was ich jetzt machen soll.« Meine Stimme klang dünn.

Zitternd wartete ich auf eine Reaktion von Ben.

»Wo bist du?«, fragte er ohne Umschweife.

»Flussaufwärts bei einer großen alten Eiche, etwa einen Kilometer vom Resort entfernt«, beschrieb ich ihm meinen Standort.

»Rühr dich nicht vom Fleck, ich bin gleich da«, sagte Ben und legte auf.

Vollkommen perplex starrte ich auf das Display meines Handys.

15. Kapitel

Ben hatte Wort gehalten, denn keine dreißig Minuten später bog sein Pick-up in den schmalen Waldweg ein. Eine Autotür schlug zu, und ich lief Ben in seiner Ranger-Uniform entgegen.

»Danke, dass du so schnell kommen konntest. Ich wusste einfach nicht, wen ich sonst anrufen soll …«

»Ich habe keine guten Nachrichten.« Bens Blick war ernst, und auf seiner Stirn zeichnete sich Besorgnis ab.

»Ist etwas mit der Mutter?«, fragte ich alarmiert.

»Ganz in der Nähe von hier habe ich soeben eine überfahrene Waschbärin auf der Straße gefunden, ihre Zitzen waren geschwollen. Es ist daher gut möglich, dass es sich um die Mutter handelt.«

»O nein, wie schrecklich!« Ich hielt mir entsetzt die Hand vor den Mund.

»Es kommt nicht selten vor, dass Waschbären Opfer eines Autoreifens werden«, ehrliches Bedauern schwang in Bens Stimme mit. »Wo hast du die Jungen genau gefunden?«

»Da vorne, bei der Eiche.« Ich deutete auf den mächtigen Baum vor uns, und wir eilten zu der Stelle.

Ben kniete sich vor die Öffnung und leuchtete den Bau mit seiner Taschenlampe aus. Erneut drang das leise Fiepen an mein Ohr.

»Sie können erst wenige Wochen alt sein«, mutmaßte Ben.

»Und was machen wir jetzt mit ihnen?«

»Wir nehmen sie mit. Andernfalls würden wir sie dem sicheren Tod überlassen. Aber ich stelle vorsichtshalber eine Wildtierkamera auf, die die Eiche im Blick behält, für den Fall, dass es sich bei der toten Waschbärin doch nicht um die Mutter handelt.« Entschlossen nahm Ben seinen Rucksack vom Rücken und zog eine Decke daraus hervor.

»Kannst du die mal halten?«, fragte er und reichte mir die Taschenlampe.

Während ich Ben Licht spendete, versuchte er, nach den Waschbärjungen zu greifen.

»Mist, so komme ich nicht an sie heran, sie sind zu weit in ihrem Versteck.«

Ben legte sich auf den Boden, die Ärmel seines Hemdes waren schon völlig dreckverkrustet. Das Fiepen wurde immer unerträglicher, die Kleinen mussten schrecklich verängstigt sein.

»Ich habe sie«, triumphierte Ben schließlich, und wenige Sekunden später hielt er die beiden Findelkinder in seinen Händen. Erde klebte in Bens Haaren, doch er strahlte wie ein Honigkuchenpferd.

Er hob die beiden hoch und begutachtete sie fachmännisch. »Sieht ganz danach aus, als hätten wir es mit einem kleinen Männchen und einem Weibchen zu tun.«

Ich legte die Taschenlampe beiseite, hielt die Decke bereit, und Ben wickelte die Waschbärjungen in den warmen Stoff ein. Andächtig betrachtete ich die zwei Fellknäuel, die sich an die weiche Decke schmiegten.

Was waren die beiden goldig!

Zu guter Letzt befestigte Ben seine Wildtierkamera in etwa hüfthoch an einer Fichte, sodass diese die Eiche samt näherer Umgebung überwachte.

»Hast du schon eine Idee, wo wir die Jungen unterbringen können?«, fragte ich, als wir uns zum Auto begaben. Ben ging vorneweg und hielt die Taschenlampe, während ich die Waschbären in meinen Armen wiegte.

»Im Resort gibt es einen Geräteschuppen, dort können sie vorerst bleiben. Ich werde morgen mit Nell reden«, meinte Ben und hielt mir die Tür auf der Beifahrerseite auf.

Ich kletterte mitsamt der Waschbären auf den Sitz und bettete sie sanft auf meinen Schoß. Sie hatten sich beruhigt und blinzelten müde.

Ben schlug die Tür hinter mir zu, lief einmal um den Wagen herum und nahm auf der Fahrerseite Platz. Stille kehrte ein.

»Apropos Nell«, begann ich zögernd. »Es tut mir leid, wenn dich unser Gespräch in irgendeiner Weise verärgert oder verletzt haben sollte, das war keinesfalls unsere Absicht.«

Ich hielt inne und wagte einen kurzen Seitenblick zu Ben. Er schwieg, doch mir fiel auf, wie sich seine Hände um das Lenkrad verkrampften. Seine Fingerknöchel traten weiß hervor.

Hastig sprach ich weiter, bevor mich der Mut verließ.

»Nell trifft keine Schuld. Ich habe sie auf die Frau neben dir auf den Fotos in der Nationalparkbroschüre angesprochen.«

Was er jetzt wohl denken musste? Dass ich ein Auge auf ihn geworfen hatte?

»Ich wusste nicht, dass ... Also hätte ich gewusst, dass ich damit einen wunden Punkt treffen würde ...«, stotterte ich, brach erneut ab und wusste nicht weiter.

Es verunsicherte mich, dass Ben noch immer nicht reagierte. Warum sagte er nichts? Nicht mal ein einziges Wort?

»Wir haben nicht schlecht hinter deinem Rücken geredet. Ich weiß nicht, was zwischen Nell und dir vorgefallen ist – und es geht mich auch nichts an«, fügte ich schnell hinzu, »doch es war mir wichtig, dass du meine Sicht der Dinge kennst.«

Ich holte tief Luft. »Und es tut mir leid.«

»Was tut dir leid?«, fragte Ben auf einmal.

»Das mit deiner Ex-Freundin«, sagte ich und blickte stur geradeaus, da ich mich nicht traute, Ben ins Gesicht zu schauen.

Er schnaubte. »Was weißt du schon?«

Plötzlich spürte ich seinen Blick nur allzu deutlich auf mir, und als ich ebenfalls meinen Kopf wandte, sah ich ihn direkt an. Mein Herz stockte, nur um dann doppelt so schnell loszugaloppieren.

Wieder war da dieser Sturm in seinen Augen. Ben schien so aufgebracht, dass ich ihn am liebsten in den Arm genommen hätte. Aber damit würde ich eine Grenze überschreiten, schließlich kannte ich Ben kaum. Und vielleicht würde ich damit auch alles nur viel schlimmer machen. Also hielt ich mich zurück. Er erwähnte seine Ex-Freundin auch mit keiner weiteren Silbe, stattdessen blieb er stumm.

Wortlos startete Ben den Motor, die Scheinwerfer des Autos flammten auf, und helle Lichtkegel wanderten durch den dunklen Wald.

16. Kapitel

Als wir am Lake Louise Chalet Resort ankamen, brachte Ben den Wagen auf dem Parkplatz vor dem Haupthaus zum Stehen. Das Brummen des Motors und die Scheinwerfer erstarben.

Er schulterte seinen Rucksack, ging einmal um den Pick-up herum und nahm mir die Waschbären ab, die mittlerweile tief und fest schliefen. Wir liefen nebeneinander durch das Resort, wobei sich unsere Schultern ab und an berührten. Es fühlte sich so an, als würde ich von einem Stromschlag getroffen werden.

Ich betrachtete Ben aus dem Augenwinkel, doch sein starres Gesicht ließ nicht erahnen, was ihm durch den Kopf ging.

Wir erreichten eine Hütte, die kleiner als die anderen Chalets war und etwas abgeschieden lag.

Ben tastete mit seinen Fingern über den Türrahmen, bis im fahlen Mondlicht ein silbrig glänzender Gegenstand in seiner Hand aufblitzte.

Er ließ das Schloss aufspringen und drückte die Klinke nach unten. Ein Knarren ertönte, als die Holztür aufschwang. Ben betätigte einen Lichtschalter auf der linken Seite, und eine einzelne Glühbirne, die lose an einem Kabel von der Decke herabhing, beleuchtete spärlich den Raum.

Es gab nur ein winziges Fenster. Ansonsten standen überall

irgendwelche Geräte herum, und in den Holzregalen, die sich rechts und links an den Wänden entlangreihten, stapelte sich allerhand Kleinkram.

Zielstrebig stapfte Ben auf das Gerümpel zu und holte einen geflochtenen Holzkorb daraus hervor, in den ich die Waschbären – eingewickelt in die weiche Decke – bettete. Leider wurden sie dadurch wach und begannen erneut, entsetzlich zu fiepen.

»Die zwei haben sicher Hunger. Im Nationalpark haben wir des Öfteren mit zurückgelassenen oder verwaisten Jungtieren zu tun, daher habe ich hiervon glücklicherweise immer eine Notration im Pick-up liegen.« Mit diesen Worten zog Ben eine Packung Welpenmilch aus seinem Rucksack hervor. »Bleibst du hier?«, vergewisserte er sich. »Dann würde ich in der Küche eben die Milch zubereiten.«

»Klar!« Ich nickte. »Ich passe derweil auf, dass die zwei Rabauken keinen Unfug anstellen.«

Während Ben in Richtung Haupthaus verschwand, durchforstete ich den Schuppen und legte den staubigen Holzboden mit ein paar Decken und Kissen aus, die ich in einem der Regale fand.

Kurze Zeit später kehrte Ben zurück, in seiner Hand hielt er ein Fläschchen. Im Schneidersitz machten wir es uns auf dem Boden bequem.

Als Ben so dasaß mit einem der Waschbären auf seinem Arm und dem Trinkfläschchen in der Hand, wusste ich nicht, wer in dem Moment süßer war: Das zufrieden schmatzende Waschbärjunge oder Ben, der das Jungtier liebevoll in seinen Armen hielt.

»Darf ich den anderen Waschbären füttern?«, fragte ich verlegen und strich mir eine blonde Haarsträhne hinters Ohr.

Ben reichte mir das Trinkfläschchen, wobei sich unsere Finger berührten. Ich schluckte und sah auf, direkt in Bens Augen.

Was mich überraschte, war, dass Ben nicht sofort ruckartig seine Hand wieder wegzog, sondern sie genau dort ließ, wo sie war. Es war nur eine minimale Geste, eine hauchzarte Berührung wie die einer Feder, und dennoch geriet ich ins Schwitzen.

Ben räusperte sich, und ich nahm das Trinkfläschchen an mich. Der zweite Waschbär, der bereits ungeduldig auf meinem Schoß auf Nahrung wartete, krallte seine zwei winzigen Vorderpfoten um den Hals der Flasche und trank so gierig von der Milch, dass man meinen konnte, er hätte seit Tagen nichts mehr zu fressen bekommen.

»Wusstest du, dass Waschbären bei der Geburt blind sind?«, fragte Ben.

Ich schüttelte den Kopf.

»Erst nach drei Wochen öffnen sie zum ersten Mal die Augen und können das Gesicht ihrer Mutter erblicken. Ich schätze, diese beiden hier sind in etwa sechs bis acht Wochen alt.«

Als das Junge auf meinem Arm die Flasche bis auf den letzten Tropfen geleert hatte, setzte ich den Waschbär zurück zu seinem Geschwisterchen in den Holzkorb, und die zwei kuschelten sich eng aneinander.

»Du kannst dich gerne in deinem Zimmer schlafen legen, und ich halte die Stellung. Die Kleinen müssen rund um die Uhr bewacht werden«, sagte Ben.

»Ich würde gerne hierbleiben, wenn das in Ordnung für dich ist«, wandte ich ein, was Ben mit einem zaghaften Lächeln quittierte.

Dicht an dicht, nur wenige Zentimeter voneinander entfernt, saßen wir auf dem mit Decken gepolsterten Boden, die Holzwand im Rücken.

»Erzähl mir etwas von dir«, bat Ben plötzlich, und ich dachte erst, dass ich mich verhört hatte. Doch Bens neugieriger Blick bewies mir das Gegenteil.

Kurz überlegte ich, wo ich am besten anfangen sollte. Und dann erzählte ich ohne Punkt und Komma.

Von meiner Lieblingspizzeria am Jungfernstieg, direkt an der Alster gelegen, von meiner besten Freundin Rieke, mit der ich stundenlang über alles reden konnte, und von meiner Vorliebe für Sonnenblumen. Ich erzählte davon, wie schön es war, die ein- und auslaufenden Schiffe an den Elbbrücken zu beobachten, während man eines der weltbesten Backfischbrötchen aß, die Möwen über einem in der Luft kreischten und man permanent den unvergleichlichen Geruch von salziger Luft in der Nase hatte. Und ich erzählte von meiner Leidenschaft für das Fotografieren, von meinen Eltern und meinem Bruder Flynn.

Je mehr ich redete, desto mehr fiel mir auf, wie sehr ich an meiner Heimat, meiner Familie und an Rieke hing.

Hier war alles so anders, neu und fremd. Ben hörte mir aufmerksam zu. Als ich irgendwann fertig war, blickte ich ihn gespannt an.

»Was ist mit deiner Familie? Wohnt sie auch in Lake Louise? Und hast du Geschwister?«

»Meine Eltern sind vor ein paar Jahren wegen eines Jobangebots nach Calgary gezogen. Und zu deiner zweiten Frage: Ich bin Einzelkind.«

»Und was gefällt dir an Lake Louise am besten?«

Ben zögerte keine Sekunde mit seiner Antwort. »Die Natur und die Tiere. In der Natur fühle ich mich am wohlsten … irgendwie frei. Ich liebe die Ruhe und die duftenden Wälder. Ich merke dann oft, wie Stress und Spannungen von mir abfallen.«

Ein Lächeln stahl sich bei Bens Worten auf mein Gesicht, weil ich genau wusste, wovon er sprach.

»Ich war auch ein Kind, das schon immer lieber draußen als drinnen gespielt hat«, pflichtete ich Ben bei. »In der Hinsicht komme ich voll und ganz nach meinem Vater. Von ihm habe ich auch meine Leidenschaft fürs Fotografieren.«

»Ich hätte nicht gedacht, dass dir das Fotografieren *so* viel bedeutet«, räumte Ben ein und hob ehrlich interessiert seine Augenbrauen.

»Tja, es gibt eine ganze Menge Dinge, die du noch nicht über mich weißt«, gab ich zurück.

Schweigend blickten wir einander an, doch es war keine unangenehme Stille, die sich zwischen uns ausbreitete.

17. Kapitel

Ich wurde wach, als mich etwas in der Nase kitzelte. Mit noch verschlafenen Augen blinzelte ich gegen das Sonnenlicht an, das durch das verstaubte, von Spinnennetzen verhangene Fenster hereinfiel.

Für den Bruchteil einer Sekunde war ich irritiert, warum mein Hintern mit einem harten Holzboden vorliebnehmen musste, bis mir wieder einfiel, dass Ben und ich uns in der Holzhütte des Resorts bis zum Morgengrauen um die hungrigen und verängstigten Waschbärjungen gekümmert hatten. Bis jetzt kam glücklicherweise kein Laut aus dem Korb, offensichtlich hatten sie noch Schlaf nachzuholen.

Ich strich mir eine Haarsträhne aus der Stirn. Die Nacht im Schuppen hatte Spuren hinterlassen. Mein Nacken war verspannt, mein Hinterteil schmerzte, und meine Schulter fühlte sich seltsam schwer an.

Ein Seufzen drang an mein Ohr, und als ich – noch halb im Schlaf – meinen Kopf nach rechts drehte, stellte ich perplex fest, dass Ben an meiner Schulter lehnte. Sein dunkelblondes Haar streifte mein Gesicht, und ich musste ein Niesen unterdrücken.

Von jetzt auf gleich war ich hellwach, mein Puls schnellte in die Höhe. Hatten Ben und ich die ganze Nacht in dieser Position verbracht?

Ben schlief noch tief und fest, sein Brustkorb hob und senkte sich gleichmäßig. Er gluckste leise.

Ob er etwas Schönes träumte?

Sein Haar war so perfekt verwuschelt, dass ich am liebsten mit meinen Fingern hindurchgefahren wäre, doch ich hatte Angst, dass er davon aufwachen würde, und ich wollte den Moment definitiv noch ein wenig auskosten.

Mein Blick wanderte weiter über seine breiten Schultern, über die Muskeln, die sich unter seinem dünnen Hemd abzeichneten, bis zu seiner Hose – die an einer gewissen Stelle eindeutig gewölbt war.

Wahrscheinlich war das eine ganz gewöhnliche Morgenlatte, nichts weiter. Oder er träumte von seiner Ex, meldete sich eine bissige Stimme in meinem Kopf, und ich verscheuchte sie wie eine lästige Fliege.

Ben hatte mittlerweile mehr Besitz von meinen Gedanken ergriffen, als mir lieb war. Und dennoch konnte ich nicht verhindern, dass mir ein paar nicht jugendfreie Bilder durch den Kopf schossen.

Meine Fantasie ging mit mir durch, und ich stellte mir vor, wie mich Ben mit seinen starken Armen auf den Boden drückte. Wie ich sein Gewicht auf mir spürte. Und wie er mich küsste.

Es war eindeutig zu lange her, dass mich ein Mann berührt hatte.

Wie es sich wohl anfühlte, Bens Lippen auf meinen zu spüren? Oder von seinen starken Armen gehalten zu werden?

Da sich in meinem rechten Arm mittlerweile ein Kribbeln ausbreitete, stupste ich Ben vorsichtig an, doch er rührte sich nicht.

»Ben?«, fragte ich leise.

Ein genüssliches Seufzen kam über Bens Lippen, als dieser sich völlig unerwartet im Schlaf nach mir umdrehte, mich noch ein Stück enger an sich heranzog und sein Gesicht in meiner Halsbeuge vergrub.

Ich wagte es kaum, zu atmen.

Vorsichtig tastete ich nach dem Handy in meiner linken Hosentasche und schaltete es ein. In zwei Stunden begann meine Schicht an der Rezeption, und auch Ben hatte heute sicher noch Führungen durch den Nationalpark, die er nicht einfach absagen konnte. Davon einmal abgesehen, brauchte ich dringend eine Dusche. Mittlerweile roch ich bestimmt nicht mehr nach frischen Blüten und Vanille, auch wenn mir mein Deodorant selbst nach vierundzwanzig Stunden noch einen blumigen Duft versprach …

Aber vielleicht konnte ich eine weitere Stunde entbehren. Ich stellte in meinem Handy den Wecker auf sieben Uhr, bettete meinen Kopf an Bens Brust und schloss die Augen.

18. Kapitel

BEN

Ich presste sie gegen die Wand und schob mein Bein zwischen ihre.

Sie sah so sexy aus, die Lippen vom vielen Küssen leicht geschwollen, die Haare wild und zerzaust.

Der Blick aus ihren blauen Augen traf mich bis ins Mark.

Ich ließ meine Hand unter ihr Shirt wandern und streifte den Bügel ihres BHs. Sie stöhnte leise meinen Namen, was mich beinahe um den Verstand brachte.

Mein Atem ging immer flacher und …

Ich schreckte aus meinem Traum hoch, als hätte ich soeben realisiert, dass ich am Rande einer Klippe stand. Schwer hob und senkte sich mein Brustkorb. Noch immer war ich gefangen zwischen Traum und Realität.

Während sich der Nebel langsam vor meinem inneren Auge auflöste, bohrte sich die Erkenntnis in mein Gedächtnis: Lily war bereits in mein Unterbewusstsein vorgedrungen und hatte es geschafft, meine Fantasien zu beflügeln.

Worauf mein ausgehungerter Körper auch sehr eindeutig reagierte, denn … Scheiße … der Traum hatte Spuren hinterlassen. In meiner Hose zeichnete sich nur allzu deutlich meine Erektion ab. Fuck, fuck, fuck!

Ich raufte mir mit meiner freien Hand die Haare. Es fiel mir schwer, einen klaren Gedanken zu fassen. Was auch nicht weiter verwunderlich war, da sich mein gesamtes Körperblut in meiner Mitte gesammelt zu haben schien.

Lilys Kopf lag auf meiner Brust. Unwillkürlich tauchten wieder die Bilder aus meinem Traum vor mir auf, und es durchfuhr mich abermals wie ein Blitz.

Wie um Himmels willen sollte ich Lily diese unangenehme Situation erklären, wenn sie plötzlich wach wurde?

Mir wurde abwechselnd heiß und kalt.

Ich brauchte eine Abkühlung, sofort. Aber wie kam ich am besten aus dieser misslichen Lage, ohne Lily dabei aufzuwecken?

Zumal sie sich sehr eng an mich kuschelte, was nicht unbedingt förderlich war …

Vorsichtig rutschte ich von ihr weg. Fast wäre sie wie eine Schaufensterpuppe zur Seite gekippt, doch ich konnte sie gerade noch festhalten. Glücklicherweise fand ich in Greifweite ein Kissen, das ich unter ihren Kopf schob. Sie murmelte irgendetwas vor sich hin, kuschelte ihren Kopf dann noch tiefer in das Kissen und schlief weiter.

Ich betrachtete Lily nachdenklich und strich ihr eine Haarsträhne aus der Stirn. Sie sah so zerbrechlich aus, und in mir stieg der unerklärliche Wunsch auf, sie beschützen zu wollen. Wobei sie gut auf sich selbst aufpassen konnte, wie mir ihre Begegnung mit dem Elch nur zu deutlich bewiesen hatte.

Etwas regte sich in mir, kaum wahrnehmbar – und diesmal war es nicht die Wölbung in meiner Hose. Dieses winzige Flattern in meiner Magengegend löste eine solche Heidenangst bei mir aus, dass ich meine Hand panisch zurückzog, als hätte ich mich verbrannt.

Also tat ich das, was ich am besten konnte: die Flucht ergreifen.

Glücklicherweise war im Haupthaus am frühen Morgen alles ruhig, sodass ich die Duschen komplett für mich allein hatte. Noch immer pulsierte meine Mitte unnachgiebig.

Ich drehte den Wasserhahn auf eiskalt und ließ das kühle Nass auf meine nackte Haut prasseln. So lange, bis auch der letzte Funken Lust und Erregung aus meinem Körper gewichen war. Stattdessen breitete sich mittlerweile ein taubes Gefühl in mir aus. Eventuell hatte ich es etwas übertrieben.

Ich warf einen Blick nach unten. »Tut mir leid, Kumpel, aber das musste sein.«

Frühlingsgefühle konnte ich zurzeit überhaupt nicht gebrauchen! Und ich würde gar nicht erst zulassen, dass sich da irgendetwas anbahnte. Getreu dem Motto: Lieber sofort im Keim ersticken, als am Ende wieder auf die Schnauze zu fallen.

Vor allem jetzt, da mein Herz endlich zu heilen begonnen hatte.

19. Kapitel

Als ich noch vor dem Klingeln meines Handyweckers wieder aufwachte, saß Ben im Schneidersitz auf dem Holzboden des Geräteschuppens und spielte mit den jungen Waschbären. Er war so versunken darin, dass er gar nicht bemerkte, wie ich mich aufrichtete und meine schmerzenden Glieder streckte.

Erst als ich mich leise räusperte, sah Ben von den Waschbären auf. Ein nachdenklicher Ausdruck lag auf seinem Gesicht.

Ich schenkte Ben ein Lächeln, doch er erwiderte es nur halbherzig.

»Guten Morgen«, sagte er.

Ob Ben auch vor Augen hatte, in welcher Position er und ich die Nacht verbracht hatten? Wenn ja, dann ließ er es sich in keiner Weise anmerken.

»Morgen«, nuschelte ich und rieb mir über die Augen.

Trotz der seltsamen Stimmung kam ich nicht umhin, zu registrieren, wie attraktiv Ben aussah. Es war wirklich unfair, dass Männer nach dem Aufstehen diesen unwiderstehlichen Look hatten, während man selbst in etwa die Eleganz einer Kartoffel besaß.

Ich stutzte. Bei genauerem Hinsehen waren Bens Haare leicht feucht. Hatte er im Resort etwa schon geduscht? Ich hatte nicht einmal mitbekommen, dass er sich heimlich aus dem Schuppen gestohlen hatte.

Klasse, dagegen roch ich wahrscheinlich so angenehm wie ein Iltis. Daher achtete ich peinlich genau darauf, dass ich meine Arme möglichst unten ließ.

Verlegene Stille breitete sich im Schuppen aus, die lediglich durch das Fiepen der Waschbärjungen unterbrochen wurde.

Beim Gedanken daran, dass Ben und ich vor Kurzem noch eng aneinandergekuschelt geschlafen hatten, wurde mir heiß.

»Wir müssen uns etwas für die Waschbären überlegen«, unterbrach Ben meine wirren Gedankengänge. »Sie hier im Resort unterzubringen, ist keine Dauerlösung.«

Bildete ich mir das ein, oder klang Ben unterkühlt? Er sprach nur das Nötigste, lächelte kaum und mied den direkten Blickkontakt zu mir.

War es ihm vielleicht unangenehm, dass wir die Nacht zusammen im Schuppen verbracht hatten, und er reagierte deshalb so merkwürdig? Allein der Gedanke versetzte mir einen Stich.

Eigentlich hatte ich gehofft, dass sich durch die gemeinsame Waschbärenrettungsaktion etwas zwischen uns geändert hatte, aber gerade wirkte Ben schon wieder so distanziert wie bei unserer ersten Begegnung.

»Du willst die Waschbären weggeben?« Pure Enttäuschung schwang in meiner Stimme mit, und ein Kloß bildete sich in meinem Hals. »Ich dachte, wir beide könnten uns um die Jungen kümmern und uns die anfallenden Arbeiten teilen …«, warf ich ein und wusste noch in derselben Sekunde, wie naiv mein Gedanke war.

»Wie willst du das bewerkstelligen? Die Waschbären müssen rund um die Uhr betreut werden, das lässt meine Arbeit als Ranger nicht zu. Und du bist mit deinem Job an der Rezeption der Browns auch mehr als ausgelastet. Das ist einfach nicht zu schaffen. Willst du dir zukünftig etwa jede Nacht um die Ohren schlagen?«

Auch wenn Bens Einwand durchaus plausibel war, fühlte es sich nicht richtig an, die Waschbären wegzugeben. Vielleicht war ich aber auch nicht wirklich objektiv, da mir der Gedanke, dass Ben und ich uns gemeinsam um die Waisenkinder kümmerten, zugegebenermaßen sehr gefallen hatte.

Ben seufzte. »Lily, sieh mich nicht so vorwurfsvoll an. Du machst es mir damit echt nicht leichter.« Er schien selbst hin- und hergerissen in seiner Entscheidung zu sein.

Ich verschränkte die Arme vor der Brust. »Wieso, ich mache doch gar nichts.«

»Du schaust drein wie ein angeschossener Hundewelpe«, widersprach Ben.

Ich schwieg, während Ben nach den richtigen Worten suchte.

»In Calgary gibt es eine ausgezeichnete Wildtierauffangstation, in der die Mitarbeiter verletzte und verwaiste Tiere versorgen und aufpäppeln und sich um die anschließende Auswilderung kümmern. Sie hätten es gut dort, vertrau mir.« Er zögerte. »Wärst du damit einverstanden? Ich denke, es wäre die beste Lösung. Für alle.«

Ich warf einen Blick auf die Waschbären, die miteinander rauften und dabei durch den Schuppen rollten. Die zwei waren so ineinander verkeilt, dass sie mich an ein Fellknäuel erinnerten. Sie hatten ein liebevolles Zuhause und Menschen verdient, die sich den ganzen Tag um sie kümmerten. So schwer mir die Entscheidung auch fiel, Ben hatte recht.

»In Ordnung«, lenkte ich ein.

»Wenn du magst, könnten wir nachher zusammen hinfahren«, schlug Ben vor. »Vielleicht fühlst du dich besser, wenn du dir vor Ort ein eigenes Bild von der Institution machen kannst.«

Ich horchte auf.

Erst war Ben so verschlossen, und dann fragte er mich aus heiterem Himmel, ob wir gemeinsam nach Calgary fuhren? Daraus sollte mal einer schlau werden! Doch sosehr ich mir auch den Kopf über Bens widersprüchliches Verhalten zerbrach, zu neuen Erkenntnissen kam ich nicht.

Dennoch konnte ich nicht verhindern, dass es in meinem Bauch flatterte, leichtfüßig wie ein Schmetterling. Ich musste mich zusammenreißen, um mir meine Freude nicht allzu sehr anmerken zu lassen.

»Das würde ich gerne«, entgegnete ich lächelnd.

20. Kapitel

Nach einer erfrischenden Dusche und einem schnellen Frühstück teilte ich Nell noch vor Beginn meiner Schicht an der Rezeption die Neuigkeiten über unsere tierischen Untermieter mit.

Ben war bereits zu einer morgendlichen Exkursion durch den Nationalpark aufgebrochen, bei der er auch nach der Wildtierkamera sehen würde, und hatte mich gebeten, mit Nell zu sprechen. Ich glaube, insgeheim war er sogar erleichtert darüber, eine glaubwürdige Ausrede zu haben, um ihr aus dem Weg zu gehen.

Leider hatte ich bisher noch nicht herausfinden können, was zwischen den beiden stand, aber ich hoffte, dass sich dieser Umstand bald ändern würde.

Nell reagierte auf die Nachricht über die zwei Waisenkinder genauso verzückt wie ich und war von der ersten Sekunde an in die drolligen Racker verliebt. Glücklicherweise hatte Nell nicht so viele Termine, sodass sie anbot, zwischendurch einen Blick auf die Jungtiere zu werfen, bis Ben und ich mit ihnen nach Calgary fuhren.

Ich sah Nell an, dass sie die zwei ebenfalls am liebsten im Resort behalten hätte. Dennoch war auch sie der Meinung, dass die Wildtierauffangstation das Beste für sie wäre, da sich dort erfahrene Pfleger und freiwillige Helfer weitaus besser um die Waschbären kümmern konnten.

Mit meiner Spiegelreflexkamera schossen wir zur Erinnerung noch ein paar Fotos von den beiden. Nell hatte die Idee gehabt, die Fotos auf der Website des Resorts hochzuladen, und ich wollte meiner Familie und Rieke unbedingt ein paar Bilder zukommen lassen. Flynn würde bestimmt begeistert sein! Um ihm eine Freude zu bereiten, machte ich noch ein paar Aufnahmen von seiner Eule Kunibert, die ich zu den Waschbären in den Korb setzte. Die Kleinen waren ganz angetan von der Plüscheule. Das würden tolle Fotos werden!

Meine Arbeit an der Rezeption verlief im Vergleich zum gestrigen Tag zum Glück ohne Komplikationen oder anstrengende Hotelgäste. Der Gast aus Chalet 18 ließ sich nicht ein einziges Mal blicken, was auch besser so war. Vielleicht hatten ihm Bens Worte ja einen Denkanstoß gegeben, auch wenn ich nicht glaubte, dass es bei dieser einen unangenehmen Begegnung mit dem Gast bleiben würde.

Immer wieder glitten meine Augen zu der großen Wanduhr. Leider waren die Zeiger äußerst hartnäckig und wollten sich auch durch intensives Starren meinerseits nicht schneller fortbewegen. Ben und ich hatten abgemacht, dass er nach seiner letzten Exkursion direkt ins Resort kommen und mich nach meinem Schichtende am Empfang abholen würde.

Als Louisa um vierzehn Uhr zu mir stieß, quatschten wir über Gott und die Welt. Sie gab mir Ratschläge und wertvolle Ausflugstipps und erzählte von ihrer Familie und ihren Freunden in München, während ich im Gegenzug von Hamburg erzählte.

So verging wenigstens die letzte Stunde am Empfang wie im Flug. Fast war ich überrascht, als Ben in seiner Ranger-Uniform im Türrahmen stand und mich abwartend ansah.

»Können wir los?«, fragte er und nickte Louisa zur Begrüßung zu.

Ich griff nach der Tasche mit meiner Polaroidkamera, wünschte Louisa einen angenehmen und stressfreien Nachmittag ohne allzu anspruchsvolle Gäste und folgte Ben nach draußen.

»Haben die Aufzeichnungen der Wildtierkamera noch etwas ergeben?«, fragte ich ihn, woraufhin Ben den Kopf schüttelte.

»Leider nicht. Von einer Waschbärenmutter war auf den Fotos nichts zu erkennen. Wir müssen wohl davon ausgehen, dass sie tatsächlich nicht mehr am Leben ist.«

Nachdem ich unsere Findelkinder wohlbehalten bei Nell abgeholt hatte, machten Ben und ich uns in seinem Pick-up auf den Weg nach Calgary.

Ich befürchtete, dass Ben sich während der Fahrt genauso schweigsam verhalten würde wie bei unserer ersten Begegnung, daher versuchte ich, ihn durch Fragen zum Reden zu ermutigen.

»Hast du ein Lieblingstier im Nationalpark?«

Ben überlegte nicht lange. »Vermutlich würde ich den Luchs wählen.«

»Warum?«

»Weil er ein wahrer Tarnungskünstler ist. Man bekommt ihn nur mit viel Glück zu Gesicht. Das macht ihn geheimnisvoll. Noch dazu ist er elegant und hat einen scharfen Verstand.«

Mir kam der Gedanke, dass es eindeutige Parallelen zwischen Ben und dem Luchs gab. Ob Ben das scheue Tier deshalb so gerne mochte, weil er selbst nur sehr schwer aus der Reserve zu locken war?

Ich musste mir ein Schmunzeln verkneifen.

Für einen kurzen Augenblick hatte ich Sorge, das Gespräch könnte sich schon wieder dem Ende entgegenneigen, doch so einfach ließ ich Ben nicht davonkommen.

»Was ist das Lustigste, das du in deinem Job als Ranger bisher erlebt hast?«, fragte ich.

»Oh, da haben meine Kollegen und ich schon so einiges erlebt«, begann Ben, und ich entspannte mich. Offensichtlich hatte ich den richtigen Knopf bei ihm gedrückt.

»Unsere Spezialität sind vor allem außergewöhnliche Rettungsaktionen. Einmal mussten wir zwei Wapitis befreien, deren Geweihe sich derart ineinander verkeilt hatten, dass sie nicht mehr allein voneinander loskamen. Was für ein Akt! Aber in der Brunft, wenn die Tiere miteinander kämpfen, kann so etwas durchaus passieren.«

Bens Augen glänzten, und mit jedem weiteren Satz, in dem er von seinem Alltag als Ranger erzählte, bekam ich mehr und mehr einen Eindruck, wie sehr er für seinen Job, die Tiere und die Natur brannte. Und diese Leidenschaft faszinierte mich ungemein an ihm.

Gleichzeitig führte es mir aber auch wieder vor Augen, dass ich noch immer keine Ahnung hatte, in welche berufliche Richtung es bei mir gehen sollte.

»Du liebst deinen Beruf wirklich, oder?«, fragte ich ehrlich beeindruckt.

Ben dachte nach und nickte schließlich. »Ich könnte mir keinen anderen Job als diesen vorstellen und würde ihn immer wieder wählen. Schon als Kind bin ich durch die Wälder gestreift, habe die Ruhe um mich herum genossen. Meine Mutter war nicht so begeistert, dass ich ständig mit einem verletzten Tier – sei es ein Vogel, der aus dem Nest gefallen war, oder eine Maus, die sich das Bein gebrochen hatte – zu Hause auf der Matte stand.«

Beim Gedanken daran musste Ben lächeln, doch ein ernster Ausdruck kehrte schnell in seine Augen zurück.

»Natürlich birgt der Job als Ranger auch seine Schattenseiten. Es ist kein besonders gut bezahlter Beruf, man muss bei Wind und Wetter los, und es gibt immer mal wieder gefährliche Situationen mit Wildtieren. Die vielen Touristen, die täglich durch den Nationalpark trampeln, machen es einem nicht leichter. Die Natur wird durch den Bau neuer Hotelanlagen immer weiter zurückgedrängt, Tiere verlieren ihren Lebensraum. Manchmal ist es ermüdend und frustrierend, dagegen anzukämpfen. Und dann denke ich mir wiederum: Wenn nicht wir Ranger uns für unsere Heimat einsetzen, wer soll es dann tun?«

Ben machte eine kurze Pause. »Ich war einmal bei einem Ranger-Kongress, bei dem Wildhüter aus aller Welt zusammengekommen sind. Aus Australien, Namibia, Deutschland, dem Kongo … Ich war schockiert, wie viele Ranger bei ihrer täglichen Arbeit ihr Leben lassen müssen. Besonders im Kongo haben sie viel mit Wilderern zu kämpfen. Dagegen sind die Probleme hier in Kanada, was den Tierschutz anbelangt, fast banal. Aber ich glaube, was uns Ranger allesamt verbindet, ist die Liebe zur Natur.«

»Ich finde es bewundernswert, wenn man einen Job findet, für den man brennt«, erwiderte ich. »Du kannst dich glücklich schätzen, dass du einen solchen Beruf gefunden hast. Manchmal habe ich das Gefühl, im Leben noch nicht richtig angekommen zu sein, weil mir die Orientierung fehlt. Dieses Jahr hier in Kanada ist eine Chance, mir endlich darüber klar zu werden, welche berufliche Richtung ich einschlagen möchte. Und wenn ich ehrlich bin, dann setzt mich das enorm unter Druck. Vor allem, weil ich Angst habe, andere zu enttäuschen.«

Ben hörte mir zu, während er sich auf den Verkehr konzentrierte.

»Gib dir selbst ein bisschen Zeit. Es ist nichts Schlimmes, nicht sofort zu wissen, was man machen möchte. Und glaub mir, es gibt keinen besseren Rückzugsort als den Banff-Nationalpark, wenn man ein wenig Ruhe sucht, um seine Gedanken zu sortieren. Ich kann das aus eigener Erfahrung bestätigen«, fügte er so leise hinzu, dass ich ihn fast nicht gehört hätte.

Wieder trat dieser grüblerische, in sich gekehrte Ausdruck in Bens Gesicht.

Den Rest der Fahrt legten wir schweigend zurück, jeder hing seinen eigenen Gedanken nach.

21. Kapitel

Als Ben irgendwann abbog, passierten wir ein mittlerweile schon etwas verwittertes Schild mit der Aufschrift *Wildlife Rehab.* Links waren die Fußabdrücke verschiedener Tiere aufgemalt, und auf der rechten Seite befand sich das Abbild eines Adlers mit ausgebreiteten Schwingen.

Ben parkte seinen Pick-up vor einem schlichten weißen Gebäude neben einem zerbeulten Truck.

»Diese Wildtierauffangstation finanziert sich lediglich über Spenden, viele Helfer arbeiten ehrenamtlich hier. Andernfalls würde das Ganze vermutlich nicht funktionieren«, erklärte Ben mir, als wir ausgestiegen waren.

Mehrere Hallen verteilten sich auf dem weitläufigen Areal, und ich fragte mich, welche Tiere dort wohl untergebracht waren.

Ich nahm die Waschbären, die verschlafen in ihrem Holzkorb lagen, vom Rücksitz. Zielstrebig steuerte Ben auf den Eingang der Auffangstation zu.

Im Empfangsbereich trafen wir auf eine mollige Frau mittleren Alters mit grau meliertem Haar und schwarzer Hornbrille auf der Nase. Ihre Lippen teilten sich zu einem strahlenden Lächeln, als sie uns erblickte. »Ben, wie schön, dich zu sehen! Lass dich drücken, mein Junge!«

Sie breitete ihre Arme aus und zog Ben in eine Umarmung, die dieser anstandslos über sich ergehen ließ. Ich musste beim Anblick der ungewöhnlichen Konstellation schmunzeln, denn Ben überragte die rundliche Frau um fast zwei Köpfe.

Als er sich von ihr löste, funkelten seine Augen übermütig.

»Eve, ein Sonnenschein wie eh und je«, Ben grinste schelmisch. »Ich habe dich vermisst.«

»Du alter Charmeur, du«, Eve winkte ab und hob ihren Zeigefinger, mit dem sie dicht vor Bens Nase umherfuchtelte. »Du hättest dich ruhig mal eher hier blicken lassen können. Von dir hört man ja gar nichts mehr!«

Sie ließ ihre schwarze Hornbrille tief auf ihre Nase rutschen und nahm schließlich mich und die beiden Waisen ins Visier.

»Wen hast du denn da mitgebracht, Ben?«, fragte sie etwas forsch, jedoch mit einem warmen, neugierigen Unterton in der Stimme.

»Zwei Waschbärjunge …« Ben kam nicht dazu, den Satz zu beenden, da Eve bereits dazwischenredete. Ihre fehlende Körpergröße machte sie durch ein Stimmvolumen, das für zwei Personen ausreichte, wett.

»Junge, ich spreche von deiner Begleitung, nicht von den Waschbären!«

Eve verdrehte demonstrativ die Augen und zwinkerte mir verschwörerisch zu. »Männer! Immer das Gleiche mit ihnen!«

Eine leichte Röte zog sich über Bens Wangen, und sein Mund klappte auf und zu, doch ihm fehlten die Worte.

Ich lachte herzhaft los. Auf den ersten Blick mochte Eve vielleicht etwas resolut wirken, dennoch merkte ich sofort, dass sie ein großes Herz hatte.

»Ich bin Lily«, stellte ich mich vor, da es Ben noch immer die Sprache verschlagen hatte. Die korpulente Mitarbeiterin beantwortete dies mit einem herzlichen »Du kannst mich Eve nennen«.

Hätte ich nicht den Korb mit den Waschbären in den Händen gehalten, hätte Eve mich bestimmt ohne Umschweife ebenfalls an ihren mütterlichen Busen gedrückt.

»Und nun zu euch beiden.« Eve spähte in den Korb, aus dem die Waschbären sie etwas verschreckt aus dunklen Knopfaugen ansahen. Eves Blick wurde ganz sanft.

»Ja, hallo, ihr zwei«, säuselte sie und strich den Findelkindern über das Fell. Es war unverkennbar, dass Eve Tiere über alles liebte.

Sie drehte sich zu Ben um. »Was ist passiert?«

»Autounfall«, antwortete dieser knapp, und Eve nickte wissend.

Sicherlich wurde Eve tagtäglich mit solchen Schicksalen konfrontiert. Umso schöner war es, dass es Menschen gab, die sich Tieren in Not annahmen.

»Habt ihr diese Woche wieder viele Neuzugänge bekommen?«, erkundigte Ben sich bei Eve.

Diese löste nur widerwillig ihren Blick von den zwei Waschbären und nickte. »O ja, unter anderem ein Stinktier, ein Eichhörnchen und einen Fuchs …«

»Kommt ihr denn gut über die Runden? Läuft es?«, forschte Ben weiter nach.

»Es muss«, sagte Eve lediglich, während ihr Gesicht einen bekümmerten Ausdruck annahm. Sie konnte die Sorge in ihrer Stimme nicht verbergen.

»Die Spenden laufen momentan nur schleppend, dafür bekommen wir zurzeit noch mehr verwaiste Tiere als in den vergangenen Wochen. Auch wenn viele Mitarbeiter hier ehrenamtlich arbeiten, sind die Kosten, die wir für Futter und Pflege auftreiben müssen, immens.«

Während Ben und Eve die finanzielle Situation besprachen, formte sich ein Gedanke in meinem Kopf.

»Ich würde gerne spenden«, hörte ich mich plötzlich sagen, und sowohl Bens als auch Eves Gesicht wandten sich mir zu.

»Lily, du musst nicht …«, setzte Ben an, doch ich fiel ihm ins Wort.

»Ich würde aber gerne«, beharrte ich. »Gibt es nicht vielleicht so etwas wie eine Patenschaft, die ich für die Waschbären übernehmen könnte?«

Eve warf Ben einen anerkennenden Blick zu und hob die Augenbrauen. »Das ist eine Frau ganz nach meinem Geschmack. Anpacken und nicht nur reden!«

»Unter einer Bedingung«, wandte Ben ein. »Wir beide teilen uns die Patenschaft, und ich übernehme die Hälfte der Kosten. Immerhin haben wir uns auch gemeinsam um die Kleinen gekümmert.«

Ich strahlte bis über beide Ohren.

Eve ließ ihren Blick zwischen uns hin- und herfliegen.

»Vor den Traualter führen muss ich euch aber nicht noch?«, fragte sie lachend, und ich grinste nur peinlich berührt.

Keine fünf Minuten später, dafür insgesamt achtzig kanadische Dollar ärmer, waren Ben und ich stolze Paten der Waschbären, die wir auf die Namen Bandit und Candy tauften.

Eve händigte uns noch ein Zertifikat für unsere Patenschaft aus und versprach uns, dass wir die Rabauken besuchen durften, wann immer wir wollten.

»Was passiert jetzt mit ihnen?«, fragte ich.

»Unsere Auffangstation ist nur als Zwischenstation gedacht«, erklärte Eve mir. »Unser eigentliches Ziel ist es natürlich, Bandit und Candy dahingehend aufzupäppeln, dass wir sie wieder an ein Leben in der freien Natur gewöhnen können. Leider ist eine Auswilderung nicht immer erfolgreich, weil sie von vielen Faktoren abhängt. Aber ich bin guter Hoffnung, dass Bandit und Candy es schaffen, später auch ohne menschliche Hilfe klarzukommen – die beiden haben ein Kämpferherz.«

Ein letztes Mal strichen Ben und ich Bandit und Candy über das flauschig weiche Fell, und ich machte noch ein Erinnerungsfoto mit meiner Polaroidkamera, bevor eine Pflegerin die zwei an sich nahm, um sie medizinisch zu untersuchen.

»Macht's gut, ich werde euch vermissen«, flüsterte ich.

»Mach dir keine Gedanken, sie sind hier in guten Händen«, beruhigte Eve mich, und auch Ben warf mir einen aufmunternden Blick zu.

Da ich von der Wildtierauffangstation im Gegensatz zu Ben bisher nicht mehr als den Eingangsbereich kannte, schlug Eve vor, noch eine Führung durch die Anlage zu machen.

Sie zeigte mir das *Wildlife Hospital*, die Krankenstation, in der Bandit und Candy gerade untersucht wurden.

Als wir zu den einzelnen Gehegen gelangten, war ich erstaunt, wie viele verschiedene Tiere hier ein neues Zuhause auf Zeit gefunden hatten, beispielsweise Otter, Eichhörnchen oder Eulen. Es waren jedoch auch größere Artgenossen dabei. Besonders angetan hatte es mir ein junger Schwarzbär, der ganz vernarrt in einen alten Gummireifen war und ausgelassen damit herumtollte.

Verzückt beobachtete ich das Kerlchen, und als ich mich zu Ben umdrehte, umspielte ein Lächeln seine Lippen, das meinen Puls in die Höhe trieb.

»Na komm, ich glaube, wir sollten langsam zurück nach Lake Louise fahren«, meinte er schließlich.

Ben und ich vergewisserten uns ein letztes Mal, dass es Bandit und Candy an nichts fehlen würde, verabschiedeten uns von Eve mit dem Versprechen, bald wieder vorbeizuschauen, und machten uns auf den Weg Richtung Ausgang.

22. Kapitel

»Ben? Ben Montgomery?«

Wir hatten den Parkplatz der Wildtierauffangstation fast erreicht, als mich eine aufgekratzte männliche Stimme hinter uns herumwirbeln ließ und ein schlaksiger Kerl in mein Sichtfeld trat.

»Wyatt«, entgegnete Ben völlig emotionslos, keine einzige Regung war in seinem Gesicht zu erkennen. Das Funkeln und Strahlen, das ihn zuvor bei Bandit und Candy begleitet hatte, war aus seinen Augen verschwunden, als hätte jemand das Licht ausgeknipst.

Wyatt klopfte Ben wie einem Freund, den man seit Ewigkeiten nicht mehr gesehen hatte, auf die Schulter.

»Mensch, Alter, wie lange ist es her? Ich glaube, seit der Highschool habe ich dich nicht mehr gesehen. Was machst du hier?«

»Genau das Gleiche könnte ich dich auch fragen«, erwiderte Ben trocken, klang dabei jedoch nicht einmal ansatzweise so euphorisch wie Wyatt. »Wir haben zwei Waschbärjunge vorbeigebracht. Und was treibt dich hierher?«

Wyatt kratzte sich am Hinterkopf und lachte verlegen. »Die Cops haben mich mit Alkohol am Steuer erwischt, da haben mir die Arschlöcher dann Sozialstunden aufgebrummt. Tja, jetzt darf ich hier Scheiße wegschaufeln.«

Mein Lächeln verrutschte. Was für eine Hohlbirne war der denn? Wenn der auch nur ansatzweise in die Nähe von Bandit und Candy kam, dann würde er mich kennenlernen!

»Verstehe«, sagte Ben lediglich, und es war deutlich zu hören, dass er nicht den kleinsten Hauch Verständnis für seinen ehemaligen Schulkameraden übrig hatte.

Wyatt lehnte sich ein Stück näher zu Ben rüber.

»Ach, und unter uns: Tut mir echt leid, das mit dir und Morgan. Ich war richtig schockiert, als ich erfahren habe, dass sie dich verlassen hat. Was sagt man dazu? Dabei wart ihr das Traumpaar der gesamten Highschool.«

Er schüttelte den Kopf, als könnte er es noch immer nicht fassen. Sein angedeutetes Mitgefühl klang dermaßen geheuchelt, dass sich mir der Magen allein vom Zuhören umdrehte.

Mir war die ganze Situation sehr unangenehm. Am liebsten hätte ich mir ein Loch gebuddelt, in dem ich unauffällig verschwinden konnte. Ich senkte den Kopf.

Nervös schielte ich zu Ben hinüber, der sich nach außen recht gefasst gab, doch sein Adamsapfel hüpfte angespannt auf und ab.

»Und dann ist sie auch noch nach New York gezogen, unglaublich. War da eigentlich ein anderer Typ im Spiel?«, fragte Wyatt mit unverhohlener Neugier. »Oder ist sie einfach nur des spießigen Provinzlebens überdrüssig geworden?«

Mittlerweile hätte ich ihm am liebsten den Mund gestopft, damit er endlich schwieg. Der Typ besaß in etwa so viel Feingefühl wie ein Elefant im Porzellanladen, und Ben tat mir zunehmend leid.

Ihm war anzusehen, dass er sich mit jeder weiteren Frage unwohl in seiner Haut fühlte. Die Ader auf seiner Stirn schwoll an.

Ich musste eingreifen, bevor die ganze Situation noch aus

dem Ruder lief. Ohne groß darüber nachzudenken, trat ich an Ben heran und strich ihm sanft über den Oberarm.

»Schatz, wollten wir nicht noch ein bisschen durch Calgary bummeln?«, fragte ich und versuchte, einen möglichst verliebten Eindruck zu machen.

Wyatt hielt in seinem Redefluss inne. Erstaunt hob er seine Augenbrauen und musterte mich von Kopf bis Fuß, wobei mir nicht entging, dass besonders mein Ausschnitt es ihm angetan hatte. Seine Augen verweilten eine Spur länger als nötig auf meinen Brüsten, und ich fühlte mich plötzlich nackt. Daher schob ich mich noch ein Stück enger an Ben und schmiegte mich an seine Seite.

Wyatt löste seinen Blick – wenn auch nur widerwillig – von meinem Dekolleté, seine Augen wanderten zwischen Ben und mir hin und her.

»Also, ihr zwei … ihr seid ein Paar?«, hakte er nach, Unglaube schwang in seiner Stimme mit.

Um diesem aufgeblasenen Kerl vor mir den Wind aus seinen Segelohren zu nehmen und ihm sein arrogantes Grinsen aus dem Gesicht zu fegen, griff ich nach Bens Hand.

Was glaubte dieser Wyatt eigentlich, wer er war?

Ben stand noch immer stocksteif da und rührte sich nicht, doch als sein ehemaliger Klassenkamerad erneut zu einem Kommentar ansetzte, schaltete er und legte ebenfalls seinen Arm um mich.

»Ach, stimmt, Süße, hatte ich beinahe vergessen. Dann sollten wir uns wohl besser auf den Weg machen, bevor die Geschäfte schließen. Sorry, Kumpel.« Ben hob in Wyatts Richtung gespielt bedauernd die Schultern, als wären ihm die Hände gebunden.

Ich zog Ben mit mir. Jede weitere Sekunde Aufmerksamkeit, die man diesem Kerl zukommen ließ, war vergeudete Zeit.

»Ach, Ben: Der Naturbursche und das Supermodel, das wäre auf Dauer eh nicht gut gegangen. Morgan spielt in einer ganz anderen Liga als du. Manche Dinge sollen einfach nicht sein.«

Das war letztendlich der Satz, der das Fass zum Überlaufen brachte.

Obwohl Ben sich bereits bereitwillig von mir in Richtung Auto hatte schleifen lassen, blieb er nun abrupt stehen und ließ meine Hand los. Dann drehte er sich wie in Zeitlupe um und nahm Wyatt ins Visier.

»Was hast du da gerade gesagt?«, zischte er bedrohlich und ballte seine Hände zu Fäusten, während er auf ihn zuging.

O nein, das hatte jetzt noch gefehlt, dass sich die zwei an die Kehle gingen!

»Nichts für ungut, Mann, war nicht böse gemeint.« Abwehrend hob Wyatt seine Hände und wich einen Schritt zurück. Plötzlich wirkte er ganz und gar nicht mehr wie das supercoole Großmaul, als sich Ben vor ihm aufbaute.

Er hob seine Hand. »Nenn mir nur einen Grund, warum ich dir nicht die Fresse polieren sollte.«

»Ben, nicht, bitte«, ich griff nach seinem Arm und versuchte, ihn zurückzuhalten. »Das ist der Kerl nicht wert.«

Sein Gesicht war wutverzerrt, die Muskeln zum Zerreißen angespannt.

Ich verstärkte meinen Griff um seinen Arm. »Ben, lass dich nicht auf sein Niveau herab«, fügte ich nachdrücklich hinzu, in der Hoffnung, zu ihm durchzudringen.

Er sah mich an, seine Augen zuckten unruhig hin und her.

Als er sich erneut zu Wyatt umdrehte, beugte er sich so nah zu ihm, dass sich ihre Nasenspitzen beinahe berührten.

Angespannt hielt ich den Atem an.

»Weißt du, was, Hastings? Du bist einfach nur erbärmlich, das warst du schon damals in der Highschool und bist es auch heute noch. Du tust mir leid«, spuckte Ben mit so viel Verachtung in seiner Stimme hervor, dass mir ein Schauer über den Rücken lief.

Er riss sich los und ging ohne ein weiteres Wort davon.

Ich taxierte Wyatt mit einem letzten abschätzigen Blick, dann lief ich Ben hinterher. Ich ließ ihm ein paar Minuten, um sich zu beruhigen, bevor ich mich ihm näherte.

Ben raufte sich die Haare, und als er mir direkt in die Augen blickte, waren da so viele Emotionen auf einmal. Es zerriss mich innerlich, da ich nicht wusste, wie ich ihm seinen Schmerz nehmen konnte.

Plötzlich schlug Ben mit voller Wucht auf die Motorhaube seines Pick-ups. Ich fuhr zusammen.

»Verdammt!«, schrie er, sein Atem ging gepresst.

Ich sah mich um, in der Befürchtung, Wyatt könnte Bens unerwarteten Wutausbruch mitbekommen haben, doch es war keine Spur mehr von ihm zu sehen. Vielleicht war er schon zu den Tiergehegen verschwunden, um seine Aufgaben zu erledigen. Oder um Ben aus dem Weg zu gehen.

Ich suchte in meinem Kopf nach etwas, mit dem ich Ben aufbauen konnte, als er zu meiner Überraschung das Wort ergriff.

»Ich weiß nicht, was ich getan hätte, wenn du nicht da gewesen wärst«, gestand er. »Und das macht mir Angst.« Ben stockte. »So bin ich eigentlich nicht. Und so will ich auch nicht sein.«

23. Kapitel

Schweigend fuhren Ben und ich zurück. Ich hatte den Eindruck, dass seine Wut auf Wyatt allmählich verrauchte, und als er mich am Resort absetzte und noch mit mir ausstieg, fasste er mich am Arm.

»Lily?«

»Ja?«

»Danke«, sagte er mit belegter Stimme und gesenktem Blick.

»Wofür?«, fragte ich und versuchte, mein laut klopfendes Herz zu ignorieren.

»Dass du da gewesen bist.« Ben sah nun doch auf, ein winziges Lächeln umspielte seine Lippen.

»Nicht dafür«, wehrte ich ab und lächelte ebenfalls. »Wärst du eigentlich sehr schockiert, wenn ich dir jetzt sage, dass ich diesem Wyatt ebenfalls gerne das Maul gestopft hätte?«

Ben grinste. »Echt? So viel Temperament hätte ich dir gar nicht zugetraut.«

»Tja, klein, aber oho«, konterte ich und zwinkerte Ben zu. Moment! Flirteten wir beide etwa miteinander?

Auch Ben schien die greifbare Spannung zwischen uns nicht entgangen zu sein, da er sich nervös räusperte.

»Der Typ wirkt ja nicht wie der hellste Stern am Himmel. Wie hat der überhaupt die Highschool geschafft? Denkt der eigentlich mal darüber nach, was für einen Blödsinn er redet?«, plapperte ich drauflos, um die unangenehme Stille zwischen uns zu überbrücken.

»Das Einzige, womit Wyatt denkt, ist sein Schwanz«, knurrte Ben. »Früher hat er sich schon immer für den Größten gehalten und alles angemacht, was nicht bei drei auf dem nächsten Baum saß.«

Ich lehnte mich an die Motorhaube von Bens Pick-up und zuckte mit den Achseln. »Tja, ist doch immer das Gleiche. Die Männer, die auf dicke Eier machen, haben in Wirklichkeit den kleinsten Penis in der Hose.«

Ich weiß nicht, wer von uns beiden überraschter über meine Worte war – Ben oder ich.

Ben sah mich vollkommen sprachlos an. Urplötzlich wich die Anspannung aus seinem Gesicht, stattdessen begannen seine Mundwinkel verdächtig zu zucken. Dann lachte Ben schallend los. So ausgelassen und gelöst hatte ich ihn noch nicht erlebt. Ich stimmte in sein Lachen mit ein.

»Ach, übrigens: Tut mir leid, wenn ich dich mit der Pärchen-Aktion eben ein wenig überrumpelt habe.«

»Das war echt cool von dir«, meinte Ben leise und musterte mich nachdenklich. Wieder war da dieses Geheimnisvolle in seinem Blick, das ich nicht deuten konnte. »Du hast einen gut bei mir.« Ben hielt inne. »Was hältst du davon, wenn ich dich mal auf eine Tour durch den Nationalpark mitnehme? Bisher hast du noch nicht viel gesehen, oder? Und das wäre eine tolle Gelegenheit, ein paar hübsche Fotomotive ausfindig zu machen.«

»Das ist eine sehr schöne Idee«, sagte ich.

Wir verabschiedeten uns schließlich voneinander, und mit einem strahlenden Lächeln ging ich hoch auf mein Zimmer. Als ich nach draußen auf den Balkon trat, um den Tag im Licht der Abendsonne noch einmal Revue passieren zu lassen, traute ich meinen Augen kaum.

An dem roten Futternapf schwirrte ein Kolibri mit grünweißem Federkleid – Nells Beschreibung nach musste es sich um ein Weibchen handeln – auf und ab. Seine Flügel vibrierten geräuschvoll wie ein Propeller, wobei es aussah, als würde er kurzzeitig in der Luft stehen.

Dann flog er vor-, rück- und seitwärts und tänzelte, einem Akrobaten gleich, durch die Luft, bevor er seinen langen dünnen Schnabel in die schmale Öffnung des Futterspenders tauchte und von dem Zuckerwasser kostete.

Fasziniert betrachtete ich den fliegenden Edelstein, bis sich auf einmal ein weiteres Kolibri-Weibchen und ein Männchen mit auffallend metallischem Federkleid zu seinem Artgenossen an den Futterspender gesellten.

Das Männchen stach mir nicht nur aufgrund seines farbenprächtigen Aussehens ins Auge, sondern auch wegen der weißen Kerbe, die sich ungleichmäßig durch die schimmernde rote Färbung an seiner Kehle zog.

Als hätte ihm die Natur einen ganz persönlichen Stempel verpassen wollen.

Einzigartig, schoss es mir durch den Kopf.

Genauso war es doch auch bei den Menschen.

Wir sollten uns öfter bewusst machen, dass scheinbare Schwächen und Fehler vielmehr eine Stärke waren und uns zu etwas Besonderem machten.

Auch wenn ich zugegebenermaßen lange dafür gebraucht hatte, mich selbst so zu akzeptieren und anzunehmen, wie ich war. Für mich waren meine Sommersprossen, die sich jedes Jahr pünktlich zum Sommer auf meiner Nase ankündigten, immer ein Makel gewesen, und ich hatte sie früher nicht selten weggezaubert, indem ich sie mit Make-up überschminkt hatte.

Mittlerweile machte ich mir darüber keine Gedanken mehr, ich hatte mich mit meinen Sommersprossen sogar angefreundet.

Möglichst unauffällig huschte ich nach drinnen und schnappte mir meine Spiegelreflexkamera vom Bett, doch als ich auf den Balkon zurückkehrte, flogen die zwei Weibchen davon.

Das Männchen trank jedoch weiterhin von der nektarähnlichen Flüssigkeit. Als ich vorsichtig einen Schritt nach vorne machte, um es besser mit der Kamera festhalten zu können, stob es schließlich mit flatternden Flügeln davon, wahrscheinlich auf der Suche nach einer neuen Blüte oder Energiequelle.

Ich ließ die Kamera in meiner Hand sinken und zuckte mit den Schultern. Beim nächsten Mal würde es sicher klappen, redete ich mir gut zu. Ich musste nur Geduld haben.

24. Kapitel

In den darauffolgenden Tagen pendelte ich zwischen Früh- und Spätschicht hin und her, wodurch die Zeit im Lake Louise Chalet Resort wie im Flug verging. Meine Arbeit an der Rezeption fiel mir mit jedem Tag leichter. Ich bekam mehr Routine, wurde selbstsicherer und ließ mich nicht so schnell aus dem Konzept bringen, was auch den aufmunternden Worten von Nell und Louisa zu verdanken war.

Meine Freizeit nutzte ich, um die Gegend zu erkunden und meine Fototechniken zu verbessern. An jeder Ecke gab es etwas Neues zu entdecken, und ich hatte mich augenblicklich in die Wildnis und die Schönheit Kanadas verliebt.

Dann stand plötzlich der Tag vor der Tür, dem ich in den vergangenen anderthalb Wochen mit einer Mischung aus Nervosität und Neugier entgegengeblickt hatte.

Ratlos und mit meinem Handy in der Hand stand ich am frühen Morgen vor einem Haufen Kleidungsstücke, die mittlerweile wild durcheinander in meinem Zimmer lagen.

»Meine Lily hat ein Date, ich glaube es nicht!«, quietschte Rieke in die Kamera. »Da macht sie sich am anderen Ende der Welt einfach einen heißen Holzfäller klar.«

Ungläubig blies sie die Backen auf und schüttelte ihr kastanienbraunes Haar.

»Er ist Ranger, nicht Holzfäller«, korrigierte ich meine beste Freundin. »Und ich glaube, du hast da etwas missverstanden. Das ist kein Date. Ben hat mich lediglich eingeladen, ihn durch den Nationalpark zu begleiten, damit ich ein paar neue Fotospots entdecken kann.«

Und das hatte er wahrscheinlich nur gemacht, um sich dafür zu revanchieren, dass ich ihm Wyatt vom Leib gehalten hatte, meldete sich eine unsichere Stimme in meinem Kopf zu Wort.

»Das ist eindeutig ein Date«, widersprach Rieke. »Sonst hätte er dich ja auch bei einer seiner täglichen Exkursionen mit den anderen Hotelgästen mitnehmen können, oder? Er mag dich, ich hab das im Gespür. Außerdem seid ihr frischgebackene Eltern geworden. Ist das nicht Beweis genug?«

Sie zog bedeutungsvoll die Augenbrauen hoch.

Rieke liebte es, sich die Sachen so hinzudrehen, wie sie sie gerade brauchte.

»Rieke, wir haben lediglich die Patenschaft für zwei Waschbären übernommen und keine Familie miteinander gegründet«, versuchte ich, die Euphorie meiner besten Freundin zu bremsen, aber es war zwecklos.

»Na und?«, wischte Rieke meinen Einwand beiseite. »Ich sage dir, die Waschbären sind erst der Anfang.«

Ich lachte und bemerkte plötzlich, wie sehr ich Rieke vermisste. Unsere albernen Gespräche, unsere Treffen in Riekes winziger Mietwohnung, wo wir es uns mit einer Tasse dampfendem Kaffee in der Hand auf ihrem Balkon gemütlich machten und die Leute beobachteten. »Ben will bestimmt nur nett sein. Schließlich ist es sein Job, anderen den Nationalpark zu zeigen. Und außerdem bin ich mir ziemlich sicher, dass ihm die Sache mit seiner Ex-Freundin noch nachhängt«, überlegte ich laut und dachte daran, wie sehr Wyatts Worte Ben bei unserem Besuch in der Wildtierauffangstation aufgewühlt hatten.

In Kurzfassung erzählte ich Rieke, was ich bisher über Morgan erfahren hatte.

Rieke stieß geräuschvoll die Luft aus.

»Wenn du mich fragst, dann kann Ben froh sein, dass er sie los ist. Reisende soll man nicht aufhalten.«

»Das ist jetzt aber schon etwas hart, findest du nicht?«

»Hart, aber herzlich«, entgegnete Rieke trocken.

»Dir würde ich auf jeden Fall nicht empfehlen, als Paartherapeutin zu arbeiten. Danach würde es wahrscheinlich weitaus mehr Singles geben«, prustete ich los, und auch Rieke musste bei dem Gedanken lachen.

Dann wurde sie plötzlich ernst. »Lily, lass die Dinge einfach auf dich zukommen. Hab Spaß, genieß dein Jahr in Kanada, flirte mit heißen Männern, aber verstrick dich nicht in irgendwelche komplizierten Sachen. Dein Zuhause ist hier in Deutschland, und in weniger als zwölf Monaten bist du wieder zurück in Hamburg.«

»Ja, ich weiß«, murmelte ich.

Manchmal beneidete ich Rieke um ihre sorglose Art. Sie ließ mir auch keine Zeit, weiterzugrübeln, da sie die Frage stellte, die mich selbst schon seit heute Morgen in den Wahnsinn trieb: Was sollte ich bloß anziehen?

»Was hältst du von deinem schwarzen, tief ausgeschnittenen Shirt, mit dem du Vincent damals so den Kopf verdreht hast? Und dazu deine eng sitzende Ripped Jeans?«

Während Rieke der Ansicht war, dass ich ein besonders sexy Outfit anziehen sollte, stand mir der Sinn mehr nach einer bequemen und wandertauglichen Variante. Aber was Kleidung anging, kamen Rieke und ich ohnehin nur selten auf einen gemeinsamen Nenner. Ich hatte es immer gehasst, wenn Rieke mich auf Partys geschleift und mir noch dazu irgendwelche Fummel aufgedrückt hatte, die kein bisschen zu mir passten.

Das war einfach nicht ich.

Generell waren Rieke und ich das komplette Gegenteil voneinander. Sie war extrovertiert, hatte kein Problem damit, anderen ihre Meinung auf die Nase zu binden, liebte Partys und Männer und war immer superstylish angezogen. Ich hingegen war eher zurückhaltend, mied große Menschenansammlungen, hielt mich gerne in der Natur auf und hatte von Trends keinen blassen Schimmer.

Manchmal stellte ich mir tatsächlich die Frage, wie Rieke und ich überhaupt beste Freundinnen geworden waren. Dann musste ich wieder daran denken, wie sie sich an meinem ersten Schultag in der ersten Klasse einfach neben mich gesetzt und mich angestrahlt hatte. Von da an waren wir unzertrennlich gewesen.

»Rieke, ich gehe wandern, nicht auf eine Modenshow. Soll ich vielleicht noch auf Stöckelschuhen durch den Wald stolpern?«, fragte ich, woraufhin Rieke lediglich ein Murren von sich gab.

Nach einigem Hin und Her, das mir wie eine Ewigkeit vorkam, konnten wir uns endlich auf ein Outfit einigen, mit dem wir beide zufrieden waren: ein eng anliegendes schwarzes Top, leichte beigefarbene Shorts, die – laut Aussage von Rieke – einen schönen Po machten, sowie braune Schnürboots. Meine rot-blau karierte Strickjacke band ich mir für alle Fälle um die Hüften.

Plötzlich wackelte das Bild, ein Klatschen ertönte, und im nächsten Moment stieß Rieke ein triumphierendes, aber gedämpftes »Hab ich dich endlich, du Mistvieh« aus.

»Ähm, Rieke? Alles in Ordnung bei dir?«

Es raschelte, dann tauchte Rieke wieder auf dem Bildschirm meines Smartphones auf.

»Sorry, musste meine Wohnung von diesem lästigen Blutsauger befreien. Seit heute Nacht habe ich versucht, die blöde Mücke in meinem Zimmer zu eliminieren. Ich hasse Mutter Natur«, schnaufte sie, und die Worte kamen so aus tiefster Seele, dass ich erneut lachen musste.

Rieke würde es keinen Tag in Lake Louise aushalten!

»Und, hast du bereits ein Date mit Shawn Mendes für mich organisiert?«, wechselte sie das Thema und schlug einen gespielt ernsten Tonfall an.

»Falls ich ihm im Banff-Nationalpark zwischen Elchen und Co. im Unterholz begegnen sollte, werde ich an dich denken«, spielte ich mit.

»Ich bitte darum!«

»Du fehlst mir«, sagte ich mit einem Seufzen.

»Du mir auch, Süße«, entgegnete Rieke sanft. »Pass auf dich auf in der Wildnis! Und halt mich auf dem Laufenden, was den mysteriösen Ranger anbelangt!«

25. Kapitel

Als ich mit meinem Kamerarucksack auf die Veranda des Lake Louise Chalet Resorts trat, wartete Ben bereits – ebenfalls mit einem großen Rucksack ausgerüstet – an seinem Pick-up auf mich und unterhielt sich angeregt mit ein paar Gästen.

Ich lehnte mich an das Geländer der Veranda und beobachtete, wie Ben der Familie bereitwillig und geduldig irgendetwas erklärte und schließlich in eine Richtung deutete, die die Gäste für ihre Wanderung offensichtlich einschlagen sollten. Die Familie bedankte sich vielmals bei Ben und machte sich auf, den Nationalpark zu erkunden.

Grinsend schlenderte ich über den Parkplatz auf Ben zu. »Guten Morgen«, begrüßte ich ihn gut gelaunt. »Ist das nicht ein herrliches Wetter?«

»Da kann es jemand wohl kaum erwarten, ein paar neue Fotospots zu entdecken, was?«, erwiderte Ben grinsend und musterte mein Wanderoutfit.

»Sehr schön, gutes Schuhwerk hast du auch ausgewählt. Ich habe in meinen letzten Jahren als Ranger schon so einiges erlebt. Manche Touristen laufen selbst in Flip-Flops durch die Berge. In Flip-Flops! Kannst du dir das vorstellen?«

»Tatsächlich?«

Ich hielt es für klüger, Ben zu verschweigen, dass Rieke mich am liebsten auf High Heels durch den Nationalpark gejagt hätte.

»Bist du bereit?«, fragte Ben.

»Von mir aus kann's losgehen! Müssen wir erst noch ein Stück fahren, oder starten wir direkt hier?«

»Wir können zu Fuß von hier los.« Ben schnallte den Gurt seines Rucksacks enger. Mein Blick fiel dabei auf eine Spraydose, die in der linken Netztasche steckte.

»Was ist das?«, fragte ich neugierig.

Ben griff nach der orangefarbenen Sprühflasche und hielt sie mir unter die Nase.

»Das ist Bärenspray. Man sollte es vorsichtshalber immer dabeihaben, auch wenn Bären Menschen normalerweise nicht als Bedrohung ansehen. Das Spray fügt ihnen keinen dauerhaften Schaden zu, doch es reizt ihre Schleimhäute und bewegt sie zum Umkehren.«

»Gibt es sonst noch wichtige Verhaltensregeln bei einer Begegnung mit einem Bären?«

»Versuch, ruhig zu bleiben, und renn nicht weg. Sobald man losläuft, folgt der Bär seinen Jagdinstinkten. Zeig dich als Mensch erkenntlich und mach auf dich aufmerksam, indem du redest, singst, rufst oder klatschst«, riet Ben. »Wenn man sich schon vorher daran hält, ist das Risiko, einem Bären über den Weg zu laufen, sehr gering.«

Er verstaute das Spray wieder in der Netztasche seines Rucksacks.

Wir hielten uns zunächst flussaufwärts entlang des Bow Rivers, bis wir eine Brücke überquerten und uns schließlich durch den dichten Wald schlugen. Immer wieder gab es neue Pflanzen zu entdecken, von denen mir Ben bereitwillig jeden Namen und jede Besonderheit näherbrachte. Ben erzählte und erzählte. Er war total in seinem Element und steckte mich mit seiner Begeisterung an. Ich versuchte, mir möglichst alle Informationen zu merken, damit ich später mein Fotoalbum von Kanada mühelos betiteln konnte.

Auch wenn Rieke mich gerne als altmodisch bezeichnete und nicht verstand, warum ich nicht digital ein Fotobuch erstellte, fand ich, dass die dicken, selbstgeklebten Fotoalben einfach mehr Stil hatten. Mittlerweile standen eine ganze Reihe von bunten Alben in Hamburg in meinem Regal.

Ben legte immer wieder eine Pause ein, damit ich genügend Zeit hatte, Fotos zu schießen und Eindrücke zu sammeln, wofür ich ihm sehr dankbar war.

Meine Spiegelreflexkamera hatte ich mir griffbereit um den Hals gehängt. Diesmal würde mir kein unerwartetes Fotomotiv durch die Lappen gehen.

»Siehst du das hier?«, fragte Ben mich nach einer Weile, ging in die Hocke und deutete auf die nasse Erde, in der sich deutlich die Spuren eines Tieres abzeichneten. »Weißt du, was das ist?«

Ich ging ebenfalls in die Hocke und besah mir die Spur näher. »Hmm, sieht aus wie die Pfote eines Hundes.«

»Nicht schlecht«, schmunzelte Ben. »Es ist die Fährte eines Wolfes.«

»Was, ehrlich? Ein Wolf?«, fragte ich aufgeregt, woraufhin Ben nickte.

»Leider gibt es in den Wäldern mittlerweile kaum noch welche. Wölfe sind in Kanada Freiwild. Farmer und Rancher sind nicht gut auf die Wölfe zu sprechen, da sie ihr Vieh reißen. Sie stehen in den Nationalparks zwar unter Schutz, doch auch hier finden viele von ihnen den Tod im Straßenverkehr oder auf den Bahnschienen. Zumal der Massentourismus rund um Banff wirklich ein großes Problem ist.«

»Gibt es denn gar nichts, was man machen kann, damit die Bestände in den Nationalparks wieder zunehmen?«, wollte ich wissen.

Ben wiegte den Kopf hin und her. »Solange die Regierung kein Einsehen hat, dass man den Massentourismus rund um Banff vernünftig regulieren muss, und der natürliche Lebensraum der Wölfe durch die Errichtung neuer Golfplätze, Supermärkte und Resorts immer weiter fragmentiert wird, sehe ich da schwarz«, prophezeite Ben düster.

Dann griff er in seine Hosentasche, zog ein GPS-Gerät daraus hervor und blickte auf den Bildschirm. »Komm mit. Ich will dir etwas zeigen. Wir müssen aber leise sein«, flüsterte Ben und hielt sich den Zeigefinger an die Lippen.

Wir irrten eine ganze Weile durch den Nationalpark, während Ben regelmäßig einen prüfenden Blick auf sein GPS-Gerät warf.

Nach einer halben Ewigkeit setzten wir uns hinter einen umgefallenen Baumstamm und warteten schweigend. Bis auf ein paar Mäuse, die durch das heruntergefallene Laub der Bäume raschelten, tat sich zunächst nichts.

Wachsam starrte ich in das grüne, verwachsene Dickicht und das dichte Geäst. Minute um Minute verstrich, doch irgendwann hatte ich das Gefühl, dass Ben und ich nicht mehr allein waren. Selbst die Vögel, die zuvor noch munter in den Baumkronen über uns ihre Melodien zum Besten gegeben hatten, waren verstummt. Eine gespenstische Stille breitete sich im Wald aus. Angespannt hielt ich den Atem an.

Ben tastete möglichst geräuschlos nach seinem Rucksack und hielt mir schließlich ein Fernglas entgegen.

»Da«, flüsterte er und deutete auf einen dunklen Fleck, der durch das Dickicht schlich. Ich passte die Breite des Fernglases an meinen Augenabstand an und stellte die Sehschärfe ein. Erwartungsvoll schaute ich durch das Fernglas, bis ich den Schatten erfasst hatte.

Er trieb minutenlang ruhelos hin und her, doch dann blieb er plötzlich stehen und nahm Gestalt an.

»Ein Wolf«, hauchte ich ergriffen. Er war schätzungsweise hundert bis hundertfünfzig Meter von uns entfernt. Mein Puls beschleunigte sich, und Adrenalin pulsierte in meinen Adern. Kurz fragte ich mich, ob sich der Wolf von uns bedroht fühlen und uns angreifen könnte, aber mit Ben an meiner Seite konnte mir nichts passieren.

Als der Wolf aus seinem Versteck hervorkam, leuchteten zwei bernsteinfarbene Augen auf und starrten wachsam zu Ben und mir herüber.

Aufgeregt gab ich Ben das Fernglas zurück und nahm stattdessen meine Kamera zur Hand.

Der Auslöser klickte.

Ich ließ die Kamera sinken, betrachtete das Tier und wagte kaum zu atmen, aus Angst, den Wolf damit zu verschrecken. Doch wenn er unsere Anwesenheit bemerkt hatte, schien er keine Angst vor Ben und mir zu haben.

Sein grau-schwarzer Kopf schob sich durch das Blattwerk, als Nächstes folgten seine langen schmalen Beine. Im Vergleich zu einem Hund seiner Größe waren seine Pfoten weitaus größer.

Der Wolf reckte seine Schnauze in die Luft und spitzte die Ohren. Ein letztes Mal kontrollierte er die Umgebung, dann verschwand er leichtfüßig wieder im Dickicht und verschmolz mit seiner Umgebung.

Ben und ich saßen noch eine ganze Weile so da, bis ich wieder wagte, normal zu atmen. Es klang, als würde Luft geräuschvoll aus einem Ballon entweichen, woraufhin Ben lachte.

Glücklich blickte ich auf den Bildschirm meiner Kamera.

»Ich habe Nala als etwa vier Wochen alten Welpen winselnd im Nationalpark gefunden. Sie ist daraufhin ebenfalls in die Wildtierauffangstation in Calgary gekommen. Vor ein paar Monaten ist es uns jedoch gelungen, sie wieder auszuwildern. Allerdings haben wir sie mit einem GPS-Tracker versehen, um nachverfolgen zu können, wie sie in freier Wildbahn zurechtkommt.«

»Danke, Ben, das war ein unbeschreibliches Erlebnis.« Überschwänglich legte ich ihm meine Hand auf den Arm.

»Gern geschehen«, sagte er, sein Blick verweilte dabei auf meiner Hand. Ich merkte, wie Ben unter meiner Berührung erstarrte. Sein Kiefer verkrampfte sich. Verlegen zog ich meinen Arm zurück und strich mir eine Haarsträhne hinter das Ohr.

Ben schob das GPS-Gerät wieder in seine Hosentasche. »Das war aber heute nicht unser eigentliches Ziel.«

»Es kann noch besser kommen?«, fragte ich ehrlich erstaunt. »Wie willst du das hier noch überbieten?«

»Wart's ab.«

26. Kapitel

Zunächst ging der Weg durch den Wald noch relativ geradeaus, bis es irgendwann steiler wurde. Ich war froh um meine Boots. Meine Neugier auf das, was Ben mir heute eigentlich hatte zeigen wollen, steigerte sich mit jedem Schritt.

»Wo bringst du mich denn nun hin?«, fragte ich ungeduldig, aber Ben schien Spaß daran zu haben, mich noch eine Weile zappeln zu lassen.

»Wenn ich dir das verraten würde, wäre es ja keine Überraschung mehr«, antwortete er und blickte über seine Schulter.

»Du machst es aber wirklich spannend!«, sagte ich lachend.

»Glaub mir, das Warten lohnt sich.«

Wir setzten unsere Wanderung durch den Banff-Nationalpark fort. Vereinzelt blitzte die Sonne zwischen den hohen Fichten hindurch, und es roch nach Kiefern.

Schließlich erreichten Ben und ich eine Art Plateau. Ich blieb stehen, um den Anblick und die Kulisse auf mich wirken zu lassen.

Vor uns lag ein kristallklarer Bergsee. Ein Wasserfall stürzte aus einer Höhe von vier bis fünf Metern über mit Moos und grünen Flechten bewachsene Steine in das türkis leuchtende Wasser hinab.

Ich versuchte, die Eindrücke in meinem Gedächtnis abzuspeichern.

Vögel zwitscherten in der Luft, und der intensive Geruch von nasser Erde drang mir in die Nase, während sich der laue Sommerwind in meinen Haaren verfing.

Die Lichtverhältnisse waren optimal, und ich machte ein paar Aufnahmen mit meinem Weitwinkelobjektiv, das sich gut für Landschaftsaufnahmen eignete.

Das kräftige Grün der unzähligen Nadelbäume, das funkelnde Türkis des Sees und das goldene Licht der Sonne – es war eine wahre Farbenpracht, die hier entstand, und ich konnte mich an den Farbtönen kaum sattsehen.

Ben hatte sich derweil dem Wasserfall genähert und stand auf einem Stein. Feiner Sprühnebel erfüllte die Luft.

Die Sonne schien direkt in den Wasserfall hinein, wodurch sich an dessen Fuß ein schwacher Regenbogen gebildet hatte.

Wassertropfen glitzerten auf Bens Haut und seinen langen Wimpern. Die Strahlen der Sonne ließen den Bergsee in türkisfarbenem Glanz erstrahlen.

Ben blickte gedankenverloren ins Leere und bemerkte nicht einmal, wie ich meine Kamera auf ihn richtete und versuchte, diesen besonderen Moment einzufangen.

Ich tauschte das Weitwinkelobjektiv gegen mein Teleobjektiv. Meine Finger glitten über den Auslöser, während ich durch den Sucher blickte, in der Hoffnung, den besten Winkel für das Foto zu finden. Durch die Linse beobachtete ich das beeindruckende Wechselspiel aus Licht und Schatten auf Bens Gesicht.

Er schien meine Anwesenheit völlig vergessen zu haben.

Stattdessen wirkte er tief in Gedanken versunken. Beinahe hatte ich den Eindruck, als würde er in den Tiefen des Sees nach Antworten tauchen wollen.

Zum ersten Mal hatte ich das Gefühl, dass Ben ganz und gar

er selbst war. Ohne irgendwelche aufgesetzten Masken, ohne ein falsches Lächeln, das nicht von Herzen kam.

Er war einfach nur er selbst.

Und ich wollte herausfinden, *wer* Ben wirklich war.

Noch immer verharrte mein Zeigefinger über dem Auslöser der Kamera, dann drückte ich ab. Das mir so wohlbekannte Klicken ertönte.

Es war kein gestelltes Foto, sondern eines, das aus dem Moment heraus entstanden war. Ein Foto mit Echtheitswert.

Als ich Ben so durch den Sucher meiner Kamera betrachtete, stellte ich mir plötzlich die Frage, warum es einem manchmal so schwerfiel, der Außenwelt zu zeigen, wer man wirklich war.

War es die Angst, verurteilt oder gar abgelehnt zu werden?

Es stimmte mich traurig, dass Authentizität in dieser Welt keine Rolle mehr zu spielen schien. Das machte es schwer, den richtigen Platz im Leben zu finden.

Man musste sich selbst ständig neu erfinden, um nicht als langweilig abgestempelt zu werden. Instagram war voll von geschönten Bildern, und in den Straßen sprangen einem Werbeplakate ins Auge, von denen irgendwelche halb nackten Models herablächelten und einem vorgaukelten, das perfekte Leben zu führen.

Aber was war schon perfekt?

Warum durften wir nicht diejenigen sein, die wir waren? Weil die Gesellschaft es uns verwehrte und uns immer wieder vor Augen hielt, wie wir uns fühlen sollten?

Weil die Welt uns vorgab, *wer* wir sein sollten?

Wahre Gefühle waren so viel mehr wert als ein unehrliches Lächeln oder ein aufgesetztes Grinsen.

Warum reichte das nicht mehr aus?

Wir wurden ständig geformt, von unseren Mitmenschen

und äußeren Einflüssen. Und vielleicht verloren wir uns dabei selbst.

Wer waren wir letzten Endes wirklich?

Wer wollten wir sein?

Was blieb am Ende von uns übrig?

Mein Blick ruhte immer noch auf Ben. Obwohl in diesem Moment ein flüchtiges, kaum wahrnehmbares Lächeln seine Lippen umspielte, war da auch etwas Dunkles an ihm. Schatten, die seine Seele benetzten.

Sein Bild brannte sich in meinem Gedächtnis fest und ließ mich nicht mehr los.

Ich sah seinen Schmerz, seine zerbrochene Seele. Und dennoch war da dieses Leuchten, das an die Oberfläche wollte und gegen die dunklen Schatten ankämpfte. Er war ein Bild aus tausend Nuancen.

Und vielleicht faszinierte er mich genau aus diesem Grund vom ersten Moment an: Er war perfekt unperfekt.

Ich hätte gerne erfahren, was er in diesem Moment dachte, was ihn bewegte. Und gerne wäre ich diejenige gewesen, die ihm diese unbekannte Last von seinen Schultern nehmen konnte.

Plötzlich drehte Ben den Kopf und sah zu mir herüber.

»Und, hast du ein paar gute Aufnahmen vom See machen können?«, rief er mir zu.

Wie ertappt ließ ich die Kamera sinken. Ob er wusste, dass ich *ihn* die ganze Zeit über fotografiert hatte?

Möglichst beiläufig ließ ich meine Spiegelreflex in meinem Kamerarucksack verschwinden.

»Ich denke, da sind ein paar brauchbare Fotos dabei. Das sollte erst einmal genügen«, antwortete ich ausweichend und gesellte mich zu ihm. Zum Glück ließ Ben das Thema auf sich beruhen und verlangte nicht danach, dass ich ihm meine Bilder zeigte.

27. Kapitel

»Es ist wirklich malerisch hier«, sagte ich leise und konnte meinen Blick nicht von den satten Farben der Natur um uns herum abwenden.

»Ich hatte gehofft, es würde dir gefallen«, entgegnete Ben mit belegter Stimme, und in meinem Bauch begann es überall zu kribbeln. Dennoch wagte ich es nicht, Ben anzusehen, aus Angst, er könnte mir mein inneres Gefühlschaos vielleicht anmerken.

Kurzerhand zog ich meine Boots und meine Socken aus und tauchte meine Zehen vorsichtig in das äußerst verlockend aussehende Wasser.

»Brrr, ist das kalt.« Hastig zog ich meine Füße aus dem kühlen Nass.

»So schlimm ist es gar nicht. Ein Bad in einem Bergsee ist ungemein erfrischend. Oder traust du dich etwa nicht?«, fragte Ben mich herausfordernd.

Bevor ich zu einer Antwort ansetzen konnte, hatte er sich auf einmal mit einer geschmeidigen, fließenden Bewegung sein T-Shirt über den Kopf gezogen.

Mein Atem stockte.

Obwohl ich wegsehen wollte, war ich wie gebannt, meine Augen glitten über seine Muskeln, sein definiertes Sixpack und die feinen Härchen, die im Bund seiner Jeans verschwanden.

Plötzlich wurde mir verdammt heiß.

Als Ben sich auch noch daranmachte, sich seiner Hose zu entledigen, wandte ich schnell meinen Blick ab.

Mein Herz klopfte wie verrückt, und meine Hände wurden schwitzig. Ob Ben nicht auffiel, wie sehr ich seinetwegen gerade durch den Wind war?

Erst als ich ein lautes Platschen vernahm, riskierte ich es, wieder in Bens Richtung zu sehen, der in den Bergsee abgetaucht war.

»Du bist verrückt!«, rief ich, als er wieder an der Wasseroberfläche auftauchte und sich das nasse Haar aus dem Gesicht strich.

»Komm schon, es ist herrlich! Vertrau mir«, versuchte Ben, mich zu überreden.

Der Gedanke, mit Ben ein Bad in diesem See zu nehmen, war schon verlockend, aber …

»Ich habe gar keine Badesachen dabei.«

»Na und? Unterwäsche reicht doch aus.« Ben grinste frech.

Sei nicht so verklemmt, Lily, ermahnte ich mich selbst. Was war denn schon dabei, gemeinsam mit Ben zu schwimmen? Im Freibad trug ich schließlich auch nur einen Bikini.

War meine Unterwäsche überhaupt vorzeigbar?, schoss es mir plötzlich durch den Kopf. Gedanklich atmete ich erleichtert auf, als mir bewusst wurde, dass ich heute Morgen meinen schwarzen Lieblings-BH und einen dazu farblich passenden Spitzenslip angezogen hatte.

Unterwäsche mit Kirschen oder einem glitzernden Einhorn – ebenfalls witzig gemeinte Präsente von Rieke zu meinem achtzehnten Geburtstag! – wäre vermutlich nicht so der Hingucker gewesen, und so war ich froh, dass ich mich für die schwarze Variante entschieden hatte.

Ich zögerte noch, dann lenkte ich ein: »Also gut.«

Ich band die Strickjacke von meinen Hüften, nahm meinen Rucksack ab und legte ihn in das weiche Gras.

Ben drehte sich gentlemanlike um, als ich mich flink auszog. Dann setzte ich mich ans Ufer und ließ mich, nur noch in BH und Slip gekleidet, ins Wasser gleiten. Eisige Kälte hüllte mich wie eine Decke ein und raubte mir den Atem.

»Und, ist es sehr schlimm?«, fragte Ben mich neckend, als ich prustend auftauchte.

»Es … es ist verdammt kalt«, bibberte ich und schlang die Arme um meinen Oberkörper, meine Brustwarzen verhärteten sich.

»Gleich gewöhnst du dich dran, und dann wird es besser«, versprach Ben.

Wir waren uns plötzlich ganz nah. Ich konnte die goldfarbenen Sprenkel in Bens Augen erkennen.

Um nicht erneut auf komische Gedanken zu kommen, schwamm ich ein Stück von ihm weg. Ich legte mich auf den Rücken und ließ mich von den Wellen, die der sanfte Sommerwind verursachte, über das Wasser schaukeln. Fast fühlte es sich an, als würde ich schweben. Ein leises Seufzen entwich meinen Lippen.

In mir wurde alles ganz ruhig, selbst die verwirrenden Gedanken in meinem Kopf verstummten und rückten in weite Ferne. Wattewölkchen zogen am Himmel über mich hinweg und wurden von der lauen Sommerbrise fortgetragen.

Früher, als wir noch Kinder waren, hatte ich mit Rieke oft stundenlang das Treiben der Wolken beobachtet, während wir den unterschiedlichen Formen und Konturen eine Bedeutung gegeben hatten. Der Gedanke brachte mich zum Lächeln.

Ich deutete in den blauen Himmel über uns.

»Schau mal, das dahinten sieht aus wie ein Wolf, meinst du

nicht auch?«, fragte ich Ben, der sich mittlerweile ebenfalls auf den Rücken gelegt hatte und neben mir schwamm.

»Stimmt.« Ben spielte sofort mit. »Und die große Wolke dort drüben sieht aus wie das Horn eines Einhorns.«

»Also, ich finde, sie erinnert vielmehr an eine Eiswaffel«, widersprach ich.

»Spricht da der Hunger aus dir, oder ist das lediglich eine kreative Interpretation?«, zog Ben mich auf.

»Hey, ich bin Profi im Wolkenlesen, da macht mir keiner was vor! Allerdings habe ich tatsächlich Hunger«, schob ich hinterher, und wie auf Kommando knurrte mein Magen verräterisch.

»Wie gut, dass ich etwas für uns eingepackt habe. Ich kann dich ja schlecht verhungern lassen.« Ich hörte das Schmunzeln aus seiner Stimme heraus.

Eine angenehme Stille machte sich zwischen uns breit. Ich genoss Bens Nähe und war glücklich, dass er mich heute mitgenommen hatte, um mir diesen ganz besonderen Ort zu zeigen.

28. Kapitel

Im Wasser treibend, schloss ich die Augen und lauschte den Klängen des Waldes und des Sees. Das leise Surren der Insekten vermischte sich mit dem Rauschen des Wasserfalls hinter mir.

In Hamburg war ich permanent einer Geräuschkulisse ausgesetzt, sei es Autohupen, Straßenverkehr oder das Grollen einer einfahrenden Bahn.

Aus diesem Grund erlebte ich die Ruhe der Natur noch viel intensiver. Sie nahm mich komplett für sich ein, und ich spürte, wie sie sich auf meinen ganzen Körper übertrug.

Nach einer Weile richtete ich mich auf, sodass meine Füße den schlammigen Boden des Sees erreichten und mir das Wasser bis unter die Brust reichte. Ben tat es mir gleich, und wir standen uns direkt gegenüber. Plötzlich streckte er seinen Finger aus und berührte hauchzart meine Wange und meine Nase.

Erneut begann mein Herz aufgeregt in meiner Brust zu schlagen. Zu meinem Bedauern zog Ben seine Hand wieder fort.

»Du hast ja Sommersprossen«, stellte er fest und lächelte.

Ich kräuselte meine Lippen. »Früher habe ich sie immer versteckt.«

»Dazu gibt es keinen Grund. Sie gehören zu dir. Und ich finde, sie stehen dir wirklich gut.«

Ben sah mich so durchdringend an, dass mir abwechselnd heiß und kalt wurde. Mit einem Mal war ich mir seiner Nähe und der Tatsache, dass wir beide nicht mehr als unsere Unterwäsche trugen, mehr denn je bewusst.

Ich konnte nicht mehr klar denken, und in meinem Unterleib begann es zu prickeln.

Ben hielt mir seine Hand entgegen, die ich zaghaft ergriff. Mit einer einzigen, kraftvollen Bewegung zog er mich durch das Wasser zu sich, bis ich sanft gegen seine Brust stieß.

Bens starke Arme um mich und seine Berührungen auf meiner Haut waren ein wunderschönes Gefühl. Ich wollte nicht, dass es jemals wieder aufhörte.

Sein Blick verweilte an meinen leicht geöffneten Lippen und nahm mich gefangen, während er abermals seine rechte Hand hob. Er schien noch einen winzigen Moment zu zögern, dann fuhr er mit seinem Zeigefinger sanft die Konturen meiner Lippen nach.

Mein Körper reagierte prompt auf Bens Berührung, das Ziehen und Prickeln in meinem Unterleib verstärkte sich.

Ich atmete schwer. Auch Ben war die starke Reaktion auf ihn nicht entgangen, da er seine Augen über meinen Körper wandern ließ, ihn erkundete und mit seinem Blick liebkoste.

Plötzlich war die Luft um uns herum wie elektrisch aufgeladen und knisterte beinahe.

In meinem Kopf herrschte ein Vakuum. Alles, woran ich denken konnte, war Ben.

Mein Körper stand in Flammen, eine einzige von Bens Berührungen vermochte mein Innerstes zum Glühen zu bringen.

Sein Gesicht war mir ganz nah, und ich stellte mir seine Lippen auf den meinen vor. Ben legte seine Hand in meinen Nacken und zog mich noch ein Stück näher zu sich heran. Sein heißer Atem strich über meine Wange.

Ich schloss die Augen, der Aufruhr in meinem Inneren glich einem Orkan.

Erwartungsvoll reckte ich mich nach vorne, um die letzte Distanz zwischen uns zu überbrücken – da ließ der Griff in meinem Nacken überraschenderweise nach.

Ich blinzelte verwirrt und öffnete die Augen, als wäre ich soeben aus einem wundervollen Traum erwacht, nur um in der bitteren Realität anzukommen.

Ben hatte bereits einen Meter Abstand zwischen uns gebracht und mied meinen Blick.

»Es … es tut mir leid, Lily, ich kann das nicht«, sagte er mit gepresster Stimme. Dann drehte er sich um und schwamm mit wenigen kraftvollen Zügen zurück zum Ufer, ohne sich auch nur noch ein einziges Mal nach mir umzublicken. Er flüchtete regelrecht.

Ein Kloß bildete sich in meinem Hals, und ich schluckte schwer. Fröstelnd schlang ich die Arme um meinen nassen Oberkörper, auf dem sich mittlerweile eine Gänsehaut gebildet hatte. Der euphorische Glückszustand, in dem ich bis vor wenigen Sekunden geschwebt hatte, wich einem Gefühl von Scham.

Am liebsten wäre ich in die Tiefen des Sees abgetaucht und dort geblieben, damit ich Ben nicht unter die Augen treten musste.

Was war da eben passiert? Wie hatte die Stimmung so schnell kippen können? Ich hatte mir das verheißungsvolle Knistern zwischen uns beiden doch nicht nur eingebildet, oder?

Da es langsam sehr frisch wurde und ich nicht wie ein Häufchen Elend allein im See zurückbleiben wollte, schwamm ich ebenfalls ans Ufer.

Ben reichte mir ein trockenes Handtuch aus seinem Rucksack, das ich schweigend an mich nahm. Ich traute mich nicht, ihm in die Augen zu sehen, da er sonst wahrscheinlich in mir hätte lesen können wie in einem offenen Buch.

Ich würde ihm nicht zeigen, wie sehr mich seine unerwartete Abweisung verletzt hatte. Wenn mir schon mein rationales Denk- und Beurteilungsvermögen offensichtlich abhandengekommen war und stattdessen ein ausgiebiges Bad im See nahm, so hatte ich zumindest noch meinen Stolz. Auch wenn ich diesen aus den tiefsten Ecken meiner selbst zusammenkratzen musste.

Ben hielt mir einen Müsliriegel entgegen. »Möchtest du auch einen?«, fragte er, Unsicherheit schwang in seiner Stimme mit.

Ich schüttelte schweigend den Kopf und unterdrückte ein Schnauben. Was sollte ich denn jetzt mit einem lächerlichen Müsliriegel, mal ganz davon abgesehen, dass ich gerade ohnehin keinen einzigen Bissen hinunterbekommen hätte?

Ich wollte Antworten, keinen Müsliriegel, verdammt!

29. Kapitel

Da ich keine Lust hatte, Ben dabei zuzusehen, wie er sich umzog, und ich mich nicht erneut vor ihm entblößen wollte – im wahrsten Sinne des Wortes –, verschwand ich mit meiner Kleidung hinter einem Felsvorsprung. Sollte Ben mich halt als prüde abstempeln.

Glücklicherweise war es heute so warm, dass meine Unterwäsche binnen weniger Minuten luftgetrocknet war. Ehrlich gesagt, wäre ich auch nicht sonderlich erpicht darauf gewesen, die zwei Stunden Fußmarsch zurück zum Resort im Britney-Spears-Look zurückzulegen und ohne Unterwäsche herumzulaufen.

In Windeseile zog ich mich um und band mir meine Strickjacke um die Hüften.

Als ich wieder hinter meinem Felsvorsprung hervorkam, hatte Ben schon seine Sachen zusammengepackt.

Ich reichte ihm wortlos das Handtuch, schulterte meinen Kamerarucksack und schlug zielstrebig den Weg nach rechts ein, als er mich auf einmal zurückhielt.

»Lily …«, setzte er zögernd an, und mein dummes, verräterisches Herz wartete nur darauf, dass er noch irgendetwas sagte. Etwas, das mir bewies, dass diese ganze Situation zwischen uns gerade nicht so verfahren war, wie es sich anfühlte.

Stattdessen kratzte Ben sich am Hinterkopf und deutete mit seinem Zeigefinger in die entgegengesetzte Richtung.

»Zum Resort geht es da entlang.«

Zum Resort geht es da entlang? Mehr hatte er nicht zu sagen?

Ohne Ben auch nur noch eines Blickes zu würdigen, stapfte ich hocherhobenen Hauptes an ihm vorbei. Dabei war ich nicht einmal ansatzweise so gefasst, wie ich Ben vorzumachen versuchte.

Ein leises Seufzen ertönte in meinem Rücken, dann folgte Ben mir.

Die Stimmung war gedrückt, und ich fühlte mich so unwohl in meiner eigenen Haut, wie ich es schon lange nicht mehr erlebt hatte.

Wieso hatte Ben sich so plötzlich von mir zurückgezogen und tat jetzt so, als wäre nichts vorgefallen?

Ich nagte an meiner Unterlippe.

Während ich schnellen Schrittes durch den Wald lief, als säße mir ein Geist im Nacken – der auf den Namen Ben hörte –, vergaß ich, auf meine Umgebung zu achten, und blieb mit meinem Schuh an einer dicken Baumwurzel hängen, die sich direkt vor mir über den Weg schlängelte.

Ich schlug der Länge nach hin. Ein stechender Schmerz fuhr durch meine Knie und meine Handflächen, und ich stöhnte auf.

»Lily!«, rief Ben bestürzt hinter mir. Binnen eines Wimpernschlages war er an meiner Seite.

»Geht es dir gut? Hast du dir wehgetan?«, fragte er. In seinen Augen spiegelte sich ehrliche Besorgnis.

Nein, nein, nein, er sollte nicht besorgt sein, das machte alles nur noch schlimmer!

»Es … es geht schon«, krächzte ich, zog jedoch scharf die Luft ein, als ich mir meine aufgeschürften Knie und Handflächen besah.

»Zeig mal her«, verlangte Ben. »Die Wunde ist zum Glück nur oberflächlich. Wie geht es deinen Knien? Kannst du aufstehen?«

»Ich glaube, es geht …«, meinte ich benommen, noch immer benebelt und erschrocken über den Sturz.

Mithilfe von Ben, der stützend seinen Arm um mich legte, rappelte ich mich auf. Und trotz der Schmerzen konnte ich nur daran denken, wie gut sich Bens Nähe anfühlte.

»Setz dich mal hier vorne auf den Felsen«, bat Ben mich. »Dann kann ich mir das Ganze näher anschauen.«

Da ich keine Kraft hatte, zu widersprechen, ließ ich mich auf dem Stein nieder. Mir war zum Heulen zumute.

Ben kniete sich vor mich und nahm meine Handflächen sanft in seine. Prüfend begutachtete er meine Verletzungen. Diese Berührung genügte, um die Schmetterlinge in meinem Bauch wieder zum Leben zu erwecken.

»Das verheilt schnell wieder«, versprach Ben und sah mich aufmunternd an.

Merkte er denn nicht, was er in mir auslöste, wenn er so zu mir war? So fürsorglich und liebevoll …

Er sollte mich nicht so ansehen, nicht so berühren …

Für einen Moment verhakten sich unsere Blicke ineinander. Nervös drehte Ben den Kopf weg und kramte stattdessen in seinem Rucksack, bis er ein rotes Erste-Hilfe-Päckchen daraus hervorholte.

Was hatte er denn noch alles dabei?

»Wir sollten die Wunden vorsichtshalber desinfizieren, damit sie sich nicht entzünden.« Ben zog eine Sprühflasche aus dem Erste-Hilfe-Päckchen.

Ich nickte.

»Achtung, das könnte jetzt etwas wehtun«, warnte Ben mich vor. Behutsam sprühte er etwas von dem Desinfektionsspray auf meine Handflächen und meine aufgerissenen Knie. Ich biss die Zähne zusammen, da das Zeug auf meiner aufgeschürften Haut höllisch brannte.

Dann befeuchtete Ben ein Taschentuch mit ein wenig Wasser aus seiner Trinkflasche und wischte mir das Blut ab, das meine Beine heruntergelaufen war.

»Darf ich?« Ben deutete auf meine Hände.

»Sicher …«, murmelte ich und hielt ihm meine verwundeten Handflächen entgegen, die er nun ebenfalls mit dem feuchten Taschentuch säuberte. Zu guter Letzt klebte Ben noch Pflaster auf die jeweiligen Stellen und verstaute das Erste-Hilfe-Päckchen wieder in seinem Rucksack.

»Meinst du, du schaffst den Rest des Weges zu Fuß? Oder soll ich jemanden benachrichtigen, der uns abholen kommt?«, hakte Ben nach.

Ich presste meine Lippen zu einer schroffen Linie zusammen. »Nein, das geht schon.«

»Versprich mir, dass du jetzt ein bisschen besser aufpasst, wo du langgehst, ja? Nicht dass du dich noch ernsthaft verletzt.«

Ich nickte abermals, während mir durch den Kopf ging, dass Ben gut reden hatte, schließlich war er der Grund für meine Unachtsamkeit gewesen.

Dennoch versuchte ich, mich zusammenzureißen und mich nicht erneut von meinen Gefühlen und Gedanken kontrollieren zu lassen.

Den restlichen Weg bis zum Lake Louise Chalet Resort hatten wir uns nichts mehr zu sagen. Ich war erleichtert, als die mir mittlerweile so vertrauten Holzhäuser in mein Sichtfeld traten. Keine weitere Minute hätte ich die erdrückende Stille zwischen Ben und mir ertragen.

30. Kapitel

BEN

Die Stimmung war unterkühlt, als Lily und ich unseren Ausgangspunkt wieder erreichten. Den ganzen Rückweg über hatte sie kein einziges Wort mehr mit mir gesprochen und, ehrlich gesagt, konnte ich es ihr nicht einmal verübeln. Ich hatte alles dafür getan, dass sie mich verachtete.

Lily mied jeglichen Blickkontakt zu mir und sah stattdessen zu Boden. Ja, ich hatte es vergeigt. Wobei das noch die Untertreibung des Jahrhunderts war. Genau genommen, hatte ich es so richtig verbockt. Und dafür könnte ich mir selbst einen Arschtritt verpassen. Wenn ich doch bloß nicht so feige wäre!

Lily knetete nervös ihre Hände. Ich hätte sie gerne in den Arm genommen, doch dies wäre angesichts der verzwickten Situation wohl unangebracht gewesen.

»Vielleicht schaust du später noch mal nach deinen Wunden?«, durchbrach ich die Stille, nur um irgendetwas zu sagen. Der Gedanke, dass sie nie wieder ein Wort mit mir wechseln würde, nach dem, was geschehen war, machte mir mehr zu schaffen, als ich mir selbst eingestehen wollte. Vielleicht, weil ich mir dann ernsthaft die Frage stellen musste, was Lily mir bedeutete.

Und dazu war ich nicht bereit.

»Okay«, antwortete sie einsilbig. Doch selbst dieses eine Wort aus ihrem Mund klang so eisig, dass mir unweigerlich ein Schauer über den Rücken lief. Die Schneekönigin wäre neidisch geworden.

»Tja, also dann …« Lily sah auf, doch es hatte den Anschein, als blickte sie lediglich durch mich hindurch.

»Man sieht sich«, sagte sie. Obwohl sie sich bemühte, freundlich zu sein, war ihr Ton deutlich distanziert. Offensichtlich konnte es ihr gar nicht schnell genug gehen, von mir wegzukommen.

»Ja, man sieht sich …«, erwiderte ich lahm. Lily musste mich für völlig gefühlskalt halten.

Sie schluckte schwer, und ein verdächtiges Schimmern trat in ihre Augen. Schließlich wandte sie sich von mir ab, doch ich griff nach ihrem Arm.

»Lily, warte!«

»Was?«, fragte sie bissig und wirbelte zu mir herum. Wütend funkelte sie mich an, während ich von ihr abließ.

Ich versuchte, den Gedankenstrudel in meinem Kopf zu bändigen. Es gab so vieles, was ich Lily sagen wollte.

Dass ich nichts lieber getan hätte, als sie zu küssen. Dass der gemeinsame Tag mit ihr der schönste seit Langem gewesen war. Und dass meine Zurückhaltung nichts mit ihr zu tun hatte.

Und dennoch wollte mir nichts davon über die Lippen kommen. Es war, als wäre ich wie erstarrt.

Ich wusste, dass ich mir selbst im Weg stand.

Mit jeder weiteren Sekunde, die verstrich, sah ich die zunehmende Enttäuschung in Lilys Gesicht.

»Ist das alles?«, vergewisserte sie sich ungläubig. Sie schüttelte den Kopf, als könnte sie es nicht fassen.

Da ich noch immer nicht reagierte, ließ sie mich endgültig stehen. Mit hängenden Schultern blickte ich ihr hinterher, wie sie die Treppenstufen zum Resort hinaufging, ohne sich noch ein einziges Mal nach mir umzusehen.

Erst als sie im Schutz der Lobby verschwunden war, stieg ich in meinen Wagen, ließ den Motor an und fuhr los.

Ich zerbrach mir den Kopf darüber, was zwischen Lily und mir im See passiert war. Fast hätten wir uns geküsst.

Aber ich musste mich zusammenreißen. Um meiner selbst willen. Weil es sonst kein Zurück mehr gegeben hätte. Denn sosehr ich es auch leugnen wollte, aber während unseres gemeinsamen Bades im See hatte ich an nichts anderes denken können, als daran, Lily nahe zu sein.

Doch es war nicht Lilys Äußeres, das mich anzog. Zumindest nicht nur.

Es war ihre ganze Art, ihr Wesen, das mich faszinierte. Ihr Sturkopf. Ihre Leidenschaft fürs Fotografieren. Ihre fröhliche Natur. Das Funkeln in ihren Augen.

Auch jetzt noch verspürte ich den inständigen Wunsch, Lily einfach an mich zu ziehen und in meinen Armen zu halten. Jede einzelne ihrer wunderschönen Sommersprossen zu küssen. Durch ihr blondes Haar zu streichen und ihr zu sagen, wie hübsch sie war.

Ich hatte nicht daran geglaubt, noch einmal einen Menschen zu treffen, der mich so sehr in seinen Bann zog. Nicht seit … Morgan.

Und sosehr ich mich auch dagegen wehrte: Lily war mir bereits viel näher gekommen, als gut war. Ich wusste, wie tief die Liebe einen ins Verderben stürzen konnte.

Diesen Fehler würde ich nicht noch einmal begehen.

31. Kapitel

Meine Laune sah auch am nächsten Morgen nicht wesentlich besser aus. Ich hatte kaum geschlafen, meine Knie taten weh, die Abschürfungen an den Händen brannten – doch das war nichts im Vergleich zu meinem verletzten Herz. Meine Gedanken schweiften wieder zu Ben.

Ob er das, was zwischen uns vorgefallen war, vielleicht nicht für erwähnenswert hielt? Wenn man es genau nahm, war ja auch nichts passiert, zumindest nicht im eigentlichen Sinne.

Vielleicht war es für ihn lediglich ein belangloser Flirt gewesen, dem keine größere Bedeutung beizumessen war? Ein Trostpflaster für seine verflossene Ex-Freundin?

Erneut rief ich mir seinen intensiven Blick ins Gedächtnis, mit dem er mich gestern angesehen hatte. Allein der Gedanke reichte aus, dass mir schon wieder heiß und kalt wurde.

Prompt geisterten Riekes Worte durch meinen Kopf.

Hab Spaß, genieß dein Jahr in Kanada, flirte mit heißen Männern, aber verstrick dich nicht in irgendwelche komplizierten Sachen.

Wenn Rieke das mal meinen verrücktspielenden Gefühlen klarmachen konnte …

Mit meinem morgendlichen Kaffee in der Hand trat ich auf den Balkon. Als ich einen Schluck aus der Tasse nahm, vibrierte mein Handy, und ich zog es aus meiner Hosentasche.

Eine Nachricht von Rieke ploppte auf dem Display auf, und ich hätte mich vor Lachen fast verschluckt.

Ich hatte sowohl meiner besten Freundin als auch meinen Eltern gestern noch meinen Wolfsschnappschuss via Whatsapp geschickt.

Riekes Reaktion darauf war einfach göttlich.

Ehrlich gesagt, hatte ich mir Ben etwas weniger haarig vorgestellt, aber ein pelziger Freund hat im tiefsten Winter in Kanada sicherlich auch seine Vorzüge. :P

Ich antwortete mit drei tränenlachenden Smileys und einem Knutschmund und öffnete unsere Familiengruppe bei Whatsapp.

Mittlerweile hatten auch meine Eltern das Wolfsfoto gesichtet. Während mein Vater sich vor lauter Begeisterung förmlich überschlug, war meine Mutter schon wieder zu einer überfürsorglichen Glucke mutiert und schickte eine Reihe von bestürzten Smileys, kombiniert mit etwa zwanzig Ausrufezeichen.

Meine Finger schwebten über der Tastatur, und ein Grinsen umspielte meine Lippen.

Keine Sorge, der will nur spielen,

schrieb ich in die Gruppe und verstaute mein Handy schließlich wieder in der Tasche meiner Jeanshose.

Mittlerweile hatte ich meine Tasse Kaffee geleert. Als ich bereits auf halbem Weg zurück in mein Zimmer war, registrierte ich aus dem Augenwinkel eine Bewegung am Futterspender, die mich dazu veranlasste, mich noch einmal umzudrehen.

Ich erkannte das Kerlchen an seiner speziellen Färbung sofort wieder. Es war dasselbe Kolibri-Männchen, das mich gestern schon einmal besucht hatte.

Fasziniert beobachtete ich, wie es abermals von Öffnung zu Öffnung schwirrte, um von dem süßen Zuckerwasser zu trinken.

»Hallo, mein kleiner Freund. Da bist du ja wieder«, sagte ich leise.

Als der Kolibri seinen Energiebedarf an dem Futterspender vorerst gedeckt hatte, ließ er sich auf dem massiven Holzbalken der Balkonbrüstung nieder und sonnte sich in dem bereits angenehm warmen Licht der Morgensonne.

Genießerisch schloss er die Augen, wobei er hin und wieder ein zufrieden klingendes, hohes Piepsen von sich gab. An meiner Anwesenheit schien er sich nicht zu stören.

»Weißt du, was? Ich taufe dich auf den Namen Ruby«, beschloss ich feierlich. »Was hältst du davon?«

Der kleine Vogel blinzelte, als er meine Stimme hörte.

Da ich mein Glück nicht wieder verspielen wollte, holte ich meine Kameraausrüstung und war erleichtert, dass der Kolibri noch immer so entspannt auf dem Geländer saß, als ich wieder auf dem Balkon erschien. Es überraschte mich, dass er noch nicht das Weite gesucht hatte. Vermutlich genoss er es, ein bisschen Sonne zu tanken.

Möglichst ruhig positionierte ich das Stativ mit meiner Kamera. Die Sonnenstrahlen fielen seitlich auf das Gefieder des Kolibris. Gerade zu dieser Uhrzeit, in den frühen Morgenstunden, war das Licht besonders schön warm und hüllte den Kolibri in einen goldenen Schimmer, wobei das Streiflicht Schatten warf, die dem Bild die notwendige Tiefe verliehen.

Das Federkleid erinnerte mich an unzählige Pailletten, die an einem teuren Abendkleid funkelten und seinen Träger zu einem wahren Hingucker werden ließen.

Ruhig sitzend war ein Kolibri wesentlich leichter zu fotografieren. Wenn das Motiv sich wenig bewegte, konnte ich viel besser auf die Bildkomposition achten. Die Bäume im Hintergrund bildeten eine schöne Kulisse, die mit dem Himmel verschmolz.

Mein Zeigefinger verharrte geduldig auf dem Auslöser. Erst als ich mit der Komposition, dem Winkel und dem Licht vollständig zufrieden war, drückte ich ab. Ich machte mehrere Aufnahmen, in der Hoffnung, dass später wenigstens ein gutes Foto dabei sein würde. Löschen konnte ich immer noch.

Ich verbrachte noch ein paar Minuten auf dem Balkon, bis Ruby sich schließlich wieder elegant in die Lüfte erhob und davonschwirrte.

Selig lächelnd blickte ich ihm hinterher. Zurück im Zimmer konnte ich es nicht erwarten, die Kolibri-Fotos anzuschauen. Ich rief die Bilder auf dem Display der Kamera auf und klickte mich durch die Aufnahmen. Ich hatte mehr Fotos von Ruby gemacht als gedacht und sprang von einem zum nächsten, bis ich wieder bei den Bildern von gestern landete.

Ich schluckte, als Bens Foto auf dem Bildschirm erschien. Wie er gedankenversunken ins Leere starrte und der See zu seinen Füßen in allen möglichen Blau- und Grüntönen funkelte. Es war ein ausdrucksstarkes Bild.

Sein nachdenklicher, in sich gekehrter Blick und der eindrucksvolle Wasserfall, der hinter ihm donnernd in die Tiefe rauschte.

Ich seufzte.

Was tat ich hier eigentlich? Ich zerbrach mir den Kopf über einen Typen, den ich erst vor zwei Wochen kennengelernt hatte.

Warum konnte ich nicht wie Rieke einfach ein bisschen Spaß haben und einen harmlosen Flirt genießen, ohne in alles und jeden etwas hineinzuinterpretieren?

32. Kapitel

In den nächsten Stunden kam ich zum Glück nicht mehr dazu, mir den Kopf zu zerbrechen, da ich an der Rezeption vollauf damit beschäftigt war, den Wünschen unserer Gäste gerecht zu werden.

Und irgendwann – ich hatte gehofft, dass sich unsere Wege nicht so schnell wieder kreuzen würden – stand der unangenehme Gast aus Deutschland erneut auf der Matte.

Als ich seine übellaunige Miene registrierte, ahnte ich Schlimmes. Innerlich wappnete ich mich gegen das drohende Gewitter.

Grimmig stapfte er auf die Rezeption zu.

»Verehrtes Fräulein, ich wurde bestohlen!« Theatralisch warf er die Arme in die Luft.

»Bitte beruhigen Sie sich. Was genau ist denn passiert?«, versuchte ich, Herrn Arnsdorf zu besänftigen, und sah mich hektisch um, da andere Gäste in der Lobby uns bereits argwöhnisch musterten. Diebstahl war nun wirklich keine gute Publicity für das Resort.

»Ich hatte in meinem Zimmer lediglich ein bisschen gelüftet, komme nichts ahnend vom Frühstück zurück, betrete mein Chalet – und ertappe den Eindringling auf frischer Tat!«, echauffierte sich der Gast und sprach dabei in solch einer

Lautstärke, dass man ihn vermutlich fünfhundert Meter weiter noch verstanden hätte.

»Geht es Ihnen gut?«, fragte ich entsetzt und verspürte das erste Mal so etwas wie Mitleid mit dem Mann. Zugleich überlegte ich, was jetzt zu tun war. Nell informieren? Die Polizei anrufen? Panik ergriff mich.

»Natürlich geht es mir nicht gut!«, brauste Herr Arnsdorf auf. »Das blöde Eichhörnchen hat meine gesamte Zartbitterschokolade angeknabbert. Und das war die teure von Lindt! Wer ersetzt mir denn jetzt den Schaden?«

Bitte was? Ich blinzelte irritiert. In der Hoffnung, dass gleich irgendjemand »Herzlich willkommen bei der versteckten Kamera!« rief, blickte ich mich um. Leider geschah nichts dergleichen.

»Der Eindringling war also ein … Eichhörnchen?«, hakte ich vorsichtig nach, und das Mitleid, das ich eben noch verspürt hatte, verwandelte sich in Fassungslosigkeit. Ich konnte mir das Lachen kaum verkneifen.

»Das habe ich doch eben schon gesagt, oder sind Sie schwer von Begriff? Unternehmen Sie lieber etwas, statt zu grinsen!«

»Vielleicht legen Sie die Schokolade das nächste Mal besser in den Safe?«, schlug ich mit süßlicher Stimme vor.

»Jetzt werden Sie mal nicht frech, junges Fräulein! Hat Service und Qualität denn heutzutage gar keinen Stellenwert mehr?!«

»Natürlich werde ich den Vorfall an die entsprechende Abteilung weiterleiten. Die Zufriedenheit der Gäste steht für uns an erster Stelle«, leierte ich die Philosophie von Nells Eltern herunter und betete, dass der Kerl endlich Ruhe gab.

»Dafür bekommen Sie eine negative Bewertung, darauf können Sie sich verlassen!«

Er warf mir noch einen letzten und äußerst giftigen Blick

zu, bevor er auf dem Absatz kehrtmachte. Als er aus meinem Sichtfeld verschwunden war, stöhnte ich auf und ließ meinen Kopf frustriert auf die Holzplatte des Tresens sinken.

»Oje, war es so schlimm?«, vernahm ich plötzlich Louisas mitfühlende Stimme in meinem Rücken und hob den Kopf.

»Noch schlimmer, als du dir vorstellen kannst«, bestätigte ich und strich mir eine Haarsträhne aus der Stirn.

Binnen ein paar Sätzen hatte ich Louisa von dem unverschämten Eichhörnchen erzählt, das Jagd auf Lindt-Schokolade gemacht hatte. Louisa lachte sich schlapp und konnte kaum glauben, was ich ihr da erzählte.

»Wieso bekomme ich diesen Herrn Arnsdorf nie zu Gesicht? Ziehst du solche Leute magisch an?«, fragte sie grinsend.

Ich hob die Schultern und rieb mir über meinen verspannten Nacken.

»Das wüsste ich auch gerne«, seufzte ich. »Aber kannst du mir mal sagen, warum die Leute sich immer beschweren müssen? Kann man seinen Urlaub nicht einfach mal genießen, ohne ständig das Haar in der Suppe zu suchen? Wieso kommen die Gäste nicht an die Rezeption, um Komplimente auszusprechen? Um zu sagen, dass ihnen der Service gefällt? Dass die Chalets sehr ansprechend eingerichtet sind? Oder dass das Essen hervorragend ist?«, redete ich mich in Rage, als mich eine samtige Männerstimme mit starkem französischem Akzent herumwirbeln ließ.

»Das ist jetzt aber sehr negativ. Es gibt auch nette Gäste, die gerne mal ein Kompliment machen. Vor allem, wenn man von so einer hübschen Frau in Empfang genommen wird.«

Mir gegenüber stand ein junger Mann Mitte zwanzig, der so verdammt hinreißend lächelte, dass mir die Knie weich wurden. Eine dunkle braune Locke fiel ihm in die Stirn. Und, wow, was hatte der Kerl für Augen! Wenn ich es von hier aus richtig erkennen konnte, dann waren sie sogar verschiedenfarbig, denn eines hatte die Farbe von Kastanien, während das andere in einem faszinierenden Grün-Blau funkelte.

Louisa stieß mir sanft ihren Ellenbogen in die Rippen, da ich noch immer zu keiner Antwort angesetzt hatte.

»Ähm, d-danke«, stotterte ich verlegen und wusste nicht, was ich sonst auf die Worte des hübschen Unbekannten erwidern sollte. Ich fragte mich, wie er Louisas und meine Unterhaltung überhaupt hatte verstehen können, da wir uns doch die ganze Zeit auf Deutsch unterhalten hatten.

»Sie sprechen Deutsch?«, fragte ich daher.

»Ich habe mal ein Auslandssemester in München verbracht. Zu sagen, ich könnte Deutsch sprechen, wäre übertrieben, aber ich verstehe es ganz gut.« Das Lächeln des Mannes vertiefte sich, wobei ein Grübchen auf seiner rechten Wange erschien.

»Wer von euch kann mir denn beim Check-in helfen?«, fragte er.

»Da meine Schicht offiziell erst in drei Minuten beginnt, musst du wohl mit meiner reizenden Kollegin Lily vorliebnehmen.« Louisa grinste frech.

Plötzlich reichte mir der attraktive Fremde seine Hand.

»Rafael Morin, freut mich, dich kennenzulernen, Lily.«

Sein französischer Akzent bescherte mir eine Gänsehaut. Es gefiel mir, wie Rafael meinen Namen aussprach, so als ob er etwas ganz Besonderes war.

Als ich seine ausgestreckte Hand ergriff, verlor ich mich für einen Moment in seinem Blick.

Hinter mir murmelte Louisa etwas auf Deutsch, das verdächtig nach »Schau mir in die Augen, Kleines« klang.

Ich war beinahe erleichtert, als unsere Hände sich wieder lösten. Doch selbst als ich mich seiner Buchungsbestätigung widmete, spürte ich seinen Blick nur allzu deutlich auf mir.

»Du kommst aus Québec?«, hakte ich nach, während ich seine Unterlagen studierte. Das erklärte auch seinen französischen Akzent.

»Oui. Ich besuche hier einen Freund aus Schulzeiten. Und wo kommst du her, Lily mit dem unwiderstehlichen Lächeln?«

Der Kerl war echt direkt. Mir kam der Gedanke, dass er wirklich gut zu Louisa passen würde. Oder zu Rieke, aber die war zu weit weg.

»Ich komme aus Hamburg und mache hier mein Auslandsjahr«, entgegnete ich ein wenig verlegen, während ich Rafael in unserem System eincheckte und ihm seine Unterlagen und den Chaletschlüssel aushändigte.

»Also, Lily«, er beugte sich über den Tresen, »falls du mal ein bisschen Nachhilfe in Französisch benötigst ... du weißt, wo du mich findest«, sagte er mit einem verruchten Unterton in der Stimme und klimperte mit dem Schlüssel in seiner Hand. Er zwinkerte Louisa und mir noch einmal zu, bevor er sich zum Gehen wandte. Dabei entging mir nicht, wie Louisa dem neuen Gast äußerst verzückt hinterherblickte und ihre Augen nicht von dessen Hintern abwenden konnte.

Sie seufzte.

»Also, der Typ könnte mir gerne Nachhilfe in Französisch geben ... Was für ein Leckerbissen, oder? Und hast du diesen geilen Knackarsch gesehen?«

»Es war nicht zu übersehen, dass er dir gefallen hat«, kommentierte ich amüsiert.

»Äh, wer jetzt? Rafael oder sein Hintern?«

»Sowohl als auch.«

»Weißt du, was, Lily? Ich nehme zurück, was ich neulich beim Frühstück gesagt habe. Für diesen heißen Kerl würde ich jeden Pancake liegen lassen. Ich wusste schon immer, dass mir

Französisch gefällt«, schob sie zweideutig hinterher, ihre Augen sprühten Funken.

»Wir reden hier jetzt aber schon noch von der Sprache, oder?«, scherzte ich.

Louisas Blick sprach Bände. Wir sprachen eindeutig *nicht* mehr von der Sprache.

»Andererseits«, überlegte Louisa laut, »hätte ich nichts dagegen einzuwenden, wenn Rafael im Bett noch mit ein paar französischen Vokabeln um sich wirft.«

Ich runzelte die Stirn. »Obwohl du nichts verstehen würdest?«

Louisa zuckte mit den Schultern. »Na und? Es kommt doch nur auf den Klang seiner Worte an!«

Ich prustete los.

»Weißt du, was, Louisa?«, stieß ich zwischen zwei Lachsalven hervor. »Ich glaube, du würdest dich sehr gut mit meiner besten Freundin Rieke verstehen. Die nimmt auch kein Blatt vor den Mund und ist immer für einen Flirt zu haben.«

»Du musst sie mir in Deutschland unbedingt mal vorstellen.«

Wir waren so in unser albernes Wortgefecht vertieft, dass wir Nell erst bemerkten, als sie plötzlich hinter dem Empfangstresen auftauchte.

»Was ist denn so lustig?«

»Ach, Louisa hat bloß ein paar heiße Tagträume«, antwortete ich beschwingt.

Nell ließ ihren Blick zwischen Louisa und mir hin- und herschweifen. »Was habe ich verpasst?«

»Bis auf die Tatsache, dass hier eben ein äußerst heißer Kanadier mit betörendem französischen Akzent aus Québec aufgetaucht ist und noch dazu sehr offensichtlich mit Lily geflirtet hat, hast du rein gar nichts verpasst … Von der verrückten Eichhörnchen-Story wollen wir jetzt mal nicht sprechen.«

»Heißer Kanadier? Verrücktes Eichhörnchen?«, hakte Nell irritiert nach. »Möchte mich vielleicht mal jemand von euch aufklären?«

Louisa winkte ab. »Vergiss Herrn Arnsdorf und das Eichhörnchen, viel interessanter ist Rafael Morin.«

Nell wurde hellhörig. »So?«

Louisa erzählte Nell alle wichtigen Details über den ebenso mysteriösen wie attraktiven Rafael. Wir lachten ausgelassen.

»Ben könnte sich ruhig mal eine Scheibe von eurer guten Laune abschneiden«, murrte Nell plötzlich. »Der ist mir eben auf dem Parkplatz mit einem Gesicht wie sieben Tage Regenwetter entgegengekommen und hätte mich fast über den Haufen gerannt. Keine Ahnung, was in den gefahren ist. Ich kann nur hoffen, dass er mit der Stimmung nicht auch seine heutigen Exkursionen durchgeführt hat, sonst vergrault er uns noch alle Gäste.«

Ich horchte auf. »Du hast Ben gesehen?«

Nell nickte. »Habt ihr ihn denn nicht gesehen? Er kam aus Richtung Empfang.«

Hatte Ben etwa mitbekommen, wie Rafael mit mir geflirtet hatte?

»Ich fürchte, Lily und ich hatten in dem Moment nur Augen für Rafael«, witzelte Louisa, doch mir war das Lachen plötzlich vergangen.

Könnte … könnte es sein, dass Rafael der Grund für Bens schlechte Laune war? Aber warum? Immerhin hatte Ben *mich* abgewiesen. Bloß hatten Louisa und Nell keine Ahnung davon.

Mir wurde schlecht bei dem Gedanken, dass Ben womöglich unser gesamtes Gespräch mit angehört hatte. Insbesondere Rafaels Einladung, mir Französisch beizubringen …

Ich grübelte, was auch Louisa und Nell nicht entging.

»Hey, ist alles in Ordnung?«, erkundigte sich Louisa. »Du siehst so nachdenklich aus.«

Da ich unbedingt mit jemandem reden musste und Rieke leider mehrere Tausend Kilometer entfernt war, schilderte ich Louisa und Nell den Ausflug mit Ben, angefangen damit, dass er mir viele verschiedene Ecken im Nationalpark gezeigt und wir sogar einen Wolf zu Gesicht bekommen hatten. Ich erzählte von unserem Bad im See, unserem Fast-Kuss und dass Ben sich aus heiterem Himmel mir gegenüber wieder verschlossen und unnahbar gezeigt hatte, obwohl wir uns so gut miteinander verstanden hatten. Zu guter Letzt berichtete ich von meinem unfreiwilligen Sturz und deutete auf meine aufgeschürften Hände.

»Ach ja, Liebe ist schon schmerzhaft«, scherzte Louisa, wurde jedoch prompt wieder ernst, als sie meinen bedrückten Gesichtsausdruck registrierte. »Männer sind kompliziert. Manchmal denke ich, man müsste Gedanken lesen können, um sie zu verstehen.« Louisa verdrehte vielsagend die Augen, und ich fragte mich, ob das eine Anspielung auf ihren Ex-Freund aus Deutschland war.

Nell legte den Kopf schief. »Möglicherweise hängt Bens plötzlicher Rückzug auch doch mit Morgan zusammen. Immerhin waren die beiden sehr lange ein Paar. Das schüttelt man bestimmt nicht einfach in ein paar Monaten ab.«

»Du magst Ben, oder?«, fragte Louisa, an mich gewandt.

Ich zuckte mit den Schultern. »Ich weiß zurzeit nicht so recht, was ich fühle. In mir herrscht ein einziges Chaos.«

»Sprich noch mal mit Ben«, versuchte Nell, mich aufzubauen. »Ich kenne ihn schon so lange und würde vermuten, dass mehr hinter seinem Rückzug steckt.«

An dieser Stelle hätte ich gerne nachgehakt, wie gut sich

Nell und Ben wirklich kannten und was zwischen ihnen stand, aber das passte gerade nicht hierher, vor allem, weil Louisa dabei war.

»Das hoffe ich!«, antwortete ich seufzend. Dankbar sah ich meine neuen Freundinnen an. »Es hat gutgetan, mit euch darüber zu sprechen.«

»Immer gerne.« Louisa zwinkerte mir zu. »Ich bin für jedes noch so schmutzige Gespräch zu haben.«

Ich lachte gelöst und fühlte mich wesentlich leichter.

»Ihr Lieben, so gerne ich weiter mit euch plaudern würde, ich habe noch eine Verabredung mit meinen Eltern. Es geht um neue Marketingstrategien, zu denen sie gerne meine Meinung hören würden«, wechselte Nell das Thema.

»Ich mache mich auch mal auf den Weg. Vielleicht spaziere ich noch ein bisschen durch den Nationalpark und nehme meine Kamera mit«, überlegte ich laut.

»Ja, lasst mich ruhig alle mit den ganzen merkwürdigen Gästen allein«, kommentierte Louisa betont theatralisch und grinste. »Hoffentlich bekomme ich den Stinkstiefel nicht zu Gesicht.«

»Und selbst wenn: Ich bin sehr zuversichtlich, dass du mit ihm fertigwirst«, wandte ich zwinkernd ein.

Als ich hinter dem Empfang hervorkam, entdeckte ich neben der Tür zur Veranda ein Handy, das auf dem Boden lag. Ich hob es auf und drehte es in meiner Hand.

»Wisst ihr, wem das gehört?«, fragte ich Louisa und Nell. Letztere kam zu mir und runzelte die Stirn.

»Das könnte Bens Handy sein. Vielleicht ist es ihm vorhin aus der Tasche gefallen. Ich kenne niemanden außer ihn, der heute noch so ein altes Teil besitzt.«

In der Tat war das Handy nicht auf dem neuesten Stand. Es war eines dieser uralten Modelle, bei denen der Bildschirm so winzig war, dass man kaum etwas darauf erkennen konnte. Anscheinend war ich nicht die Einzige, die einen Hang zum Altmodischen pflegte.

Nachdem Nell Bens Nummer angerufen hatte und das Handy in meiner Hand klingelte, bestand auch kein Zweifel mehr daran, dass es sich tatsächlich um das von Ben handelte.

»Was ist das denn für eine halbe Telefonzelle? Will Ben damit Kontakt zu Außerirdischen aufnehmen?«, fragte Louisa belustigt.

Da bei mir nichts weiter anstand, entschied ich spontan, Ben sein Handy vorbeizubringen. Außerdem war das ein guter Anlass, um ihn zur Rede zu stellen. Vielleicht hatte ich Glück, und er war schon zu Hause. Nell gab mir seine Adresse, wobei ich feststellte, dass seine Wohnung ganz in der Nähe des Resorts lag und ich somit zu Fuß gehen konnte.

Ich winkte Louisa und Nell zum Abschied zu, dann machte ich mich auf den Weg.

33. Kapitel

BEN

Normalerweise war die Natur mein Zufluchtsort. Mein Ruhepol, wenn die Gedanken in meinem Kopf nicht aufhörten, zu kreisen. Mein sicherer Hafen, wenn ich nicht wusste, wohin mit mir.

Doch an diesem Nachmittag konnte mich weder meine Exkursion noch die kanadische Landschaft ablenken.

Während ich mit sechzehn Gästen des Lake Louise Chalet Resorts durch den Nationalpark trottete und ihnen die Bedeutung von Flora und Fauna näherbrachte, dachte ich einzig und allein an Lily.

Oder besser gesagt: an Lily und diesen schnöseligen Kanadier aus Québec, der ihr beinahe in den Ausschnitt gekrochen war.

Das Blut in meinen Adern brodelte gefährlich.

Eigentlich hatte ich Lily um Entschuldigung bitten wollen. Ich fühlte mich schlecht und machte mir Vorwürfe, dass ich mich nach unserem Ausflug zum See von ihr so distanziert und ihr nicht einmal eine Erklärung für mein Verhalten gegeben hatte.

Daher hatte ich sie vor meiner nächsten Nationalparktour unbedingt aufsuchen und unter vier Augen sprechen wollen.

Doch als ich den Empfang betrat und Lily sich angeregt mit diesem schmierigen Supermodel unterhalten hatte, hatte ich nicht mit der Welle an Gefühlen gerechnet, die mich in dem Augenblick regelrecht überrollte.

Er würde ihr gerne Französisch beibringen ... ja, das konnte ich mir lebhaft vorstellen! Französisch im Bett oder was?!

Ich hätte kotzen können.

Blöder Lackaffe!

Aber Lily schien voll auf den Kerl abzufahren, denn sie hatte mich nicht einmal bemerkt.

Offensichtlich verschwendete sie gar keinen Gedanken an unseren Ausflug zum See, während ich fast nichts anderes im Kopf hatte.

Ich verlor allmählich den Verstand. Und die Kontrolle. Was noch viel schlimmer war.

Herrgott, was war denn nur los mit mir?!

Routiniert zog ich mein Programm mit den Hotelgästen durch, war aber überhaupt nicht bei der Sache. Ich schaute weder nach rechts noch nach links, sondern folgte stumpf der Beschilderung durch den Nationalpark.

Ob Rafael Lily auch noch auf ein Date eingeladen hatte? Allein der bloße Gedanke machte mich rasend!

Ich kam erst wieder ein bisschen zur Ruhe, als unsere kleine Gruppe tiefer in den Nationalpark eintauchte.

Wie ein Ertrinkender füllte ich meine Lunge gierig mit der klaren Luft, atmete den Duft des Waldes ein und ließ das Grün der Bäume auf mich wirken.

»Wann geht es denn nun endlich weiter?«

Ich erschrak, als Herr Arnsdorf plötzlich neben mir auftauchte und mich mit seinem fordernden Blick durchbohrte.

Mein Gott, ging der Kerl mir vielleicht auf den Sack! Mittlerweile musste er den Nationalpark eigentlich wie seine Westentasche kennen, so viele Exkursionen hatte er schon mitgemacht.

Leider war der ältere Herr auch etwas anhänglich und nicht unbedingt von der einfachen Sorte. Ich konnte verstehen, dass Lily sich in seiner Gegenwart verunsichert fühlte.

Lily. Schon wieder schossen mir tausend Gedanken durch den Kopf.

»Keine Sorge, Herr Arnsdorf, wir machen nur eine kleine Pause.«

Ich versuchte mich an einem Lächeln, während in mir zugleich der Wunsch aufkam, bei dem ganzen Chaos in meinem Kopf auch mal die Pause-Taste zu drücken.

34. Kapitel

Nach einem fünfzehnminütigen Fußmarsch fand ich mich einem mehrgeschossigen Haus in Holzbauweise gegenüber, dessen Balken durch die Sonnenlichteinwirkung mittlerweile sehr dunkel aussahen. Der kleine Vorgarten war verwahrlost und so grau und trist, als sei jegliches Leben aus ihm gewichen.

Hier also wohnte Ben.

Ich zögerte. Jetzt keine Panik, Lily, rief ich mich selbst zur Ruhe. Immerhin wollte ich Ben nur sein Handy zurückgeben und ihn nicht um ein Date bitten.

Ich ging auf das Haus zu und ließ meinen Blick suchend über die Namensschilder gleiten, bis ich das von Ben entdeckt hatte.

Mit schwitzigen Fingern drückte ich auf die Klingel und wippte nervös auf und ab. Während ich darauf wartete, dass mir jemand öffnete, fiel mir einer der Briefkästen ins Auge, aus dem lauter ungeöffnete Schreiben hervorquollen, einige von ihnen waren bereits auf den Boden gefallen.

Ich schmunzelte. Da schien wohl jemand kein sonderlich großer Fan der Post zu sein. Als ich etwas genauer hinsah, stellte ich zu meiner Überraschung fest, dass sämtliche Briefe an Ben adressiert waren.

Ich runzelte die Stirn.

Den vielen Mitteilungen nach zu urteilen, hatte Ben bereits

seit einer halben Ewigkeit keinen Blick mehr in den Briefkasten geworfen.

Aber warum?

Erneut betätigte ich die Klingel, doch es tat sich nichts. Ich sah die Straße hinunter, konnte Bens zerbeulten Pick-up zwischen den anderen parkenden Autos aber nicht ausfindig machen. Möglicherweise war er noch im Nationalpark unterwegs?

Was hatte es mit den vielen ungelesenen Schreiben auf sich? Es wirkte fast, als sei Ben seit Wochen nicht mehr zu Hause gewesen. War Ben zwischenzeitlich vielleicht umgezogen, ohne jemandem seine neue Adresse zu geben?

Langsam wurde ich unruhig. Irgendetwas war merkwürdig an der Sache.

Obwohl ich wusste, dass sich so etwas nicht gehörte, bückte ich mich nach den am Boden liegenden Briefen. Es sah aus, als befänden sich etliche Mahnungen und Rechnungen darunter.

Beschämt stopfte ich die Schreiben zurück in den Briefkasten. Das hier ging mich nichts an. Und dennoch wollte ich wissen, was los war.

Heute würde ich allerdings keine Antwort mehr bekommen. Unschlüssig stand ich auf der Türschwelle. Plötzlich ärgerte ich mich, dass ich heute Nachmittag nicht einfach mit meiner Kamera losgezogen war. Was für eine Schnapsidee, Ben sein Handy vorbeibringen zu wollen, da ich nicht einmal wusste, ob er überhaupt zu Hause war!

Frustriert seufzte ich auf. Ein letztes Mal sah ich an der Hausfassade empor.

Ich wollte mich gerade zum Gehen wenden, als die Haustür geöffnet wurde und eine ältere Dame mit einem Yorkshireterrier an der Leine heraustrat. Sie bedachte mich mit einem freundlichen Blick.

»Kann ich Ihnen weiterhelfen, Miss?«

»Ich bin auf der Suche nach Ben Montgomery. Er wohnt doch hier, oder?«

Die Dame horchte auf, Erstaunen trat in ihre blassgrauen Augen.

»Ben Montgomery? Den habe ich schon seit etwa fünf Monaten nicht mehr gesehen.« Ein Schatten huschte über ihr faltiges Gesicht, während sie den vor lauter Schreiben überquellenden Briefkasten betrachtete.

»Aber das … das kann nicht sein«, stammelte ich. »Meine Kollegin hat mir seine Adresse gegeben. Ich arbeite im Lake Louise Chalet Resort und wollte Ben gerne sein Handy wiedergeben.«

Wie zur Bestätigung fischte ich in meiner Hosentasche nach Bens Telefon und hielt es der Frau unter die Nase.

Betrübt schüttelte sie den Kopf. »Es tut mir wirklich leid, aber hier werden Sie ihn nicht antreffen. Ich kann Ihnen zu meinem Bedauern nicht weiterhelfen.«

Die Dame sah zu ihrem Yorkshireterrier hinab. »Mein Lucky ist auch ganz traurig darüber, nicht wahr? Ben hat ihm immer besonders tolle Leckerlis mitgebracht.« Ein Lächeln umspielte ihre Mundwinkel.

Dann hob sie ihren Kopf und musterte mich. »Sie sind Arbeitskollegen, sagten Sie? Hat Ben Ihnen denn auch nicht gesagt, wo er ist?«

»Leider nicht«, flüsterte ich. Plötzlich kam mir in den Sinn, dass ich Ben eigentlich überhaupt nicht kannte …

»Ben ist ein Guter, wissen Sie«, riss mich die Dame aus meinen Gedanken. Ihre Augen begannen zu glänzen. »Er war der einzige meiner Nachbarn, der stets hilfsbereit war. Hat mir immer die Tür aufgehalten oder die schweren Einkaufstüten nach oben getragen. Ein feiner Kerl. Ganz im Gegensatz zu seiner Ex-Freundin.«

»Meinen Sie … Morgan?«, hakte ich vorsichtig nach.

Die Dame winkte ab und verdrehte die Augen. »Wenn Sie mich fragen: ein fürchterlich verwöhntes und egozentrisches Gör. Ständig hat sie den armen Ben herumkommandiert. Wenn Sie wüssten, wie laut die in ihrer Wohnung manchmal gestritten haben! Nicht auszuhalten! Aber das hatte ja irgendwann ein Ende, als sie mit gepackten Koffern auf der Straße stand und abgehauen ist.«

Verschwörerisch beugte sie sich zu mir hinüber, als wollte sie mir ein Geheimnis anvertrauen.

»Nicht dass Sie mich jetzt für eine neugierige alte Schachtel halten, die den ganzen Tag am Fenster steht und Leute ausspioniert«, raunte sie und strich ihrem Lucky über den Kopf, »aber das war wie bei einem Unfall, man konnte einfach nicht wegsehen.«

Bens ehemalige Nachbarin schien nicht nur äußerst wissbegierig, sondern auch sehr redselig zu sein. Ich war überrascht, dass sie sich mir anvertraute, als wären wir gute Freundinnen.

Sie seufzte. »Nach der Trennung habe ich Ben nur noch ein oder zwei Mal zu Gesicht bekommen, danach war er auf einmal wie vom Erdboden verschluckt.«

Sie hielt sich beschämt die Hand vor den Mund. »Ich rede schon wieder viel zu viel, verzeihen Sie. Ich weiß auch nicht, was da über mich gekommen ist.«

»Nein, ich danke Ihnen. Ich glaube, Sie haben mir dabei geholfen, einiges besser zu verstehen.«

»Tja, wie heißt es so schön: Man schaut den Menschen nur vor den Kopf, aber wie es dahinter aussieht, das erfahren nur die wenigsten«, murmelte sie und wirkte plötzlich tief in Gedanken versunken.

Ich blickte ihr hinterher, wie sie mit ihrem Yorkshireterrier die Straße entlanglief.

Noch lange dachte ich über ihre Worte nach. Unweigerlich blitzte das Bild von Ben am See vor mir auf.

Ich hatte an dem Tag die Schatten zu sehen bekommen, dunkle Schatten, die seine Seele benetzten.

Wer war Ben wirklich?

Ich wusste es nicht.

Aber ich war fest entschlossen, es herauszufinden.

35. Kapitel

Als ich Ben am nächsten Morgen über den Weg lief, war er genauso kühl und mürrisch wie bei unserer ersten Begegnung am Flughafen. Ich war noch allein in der Lobby, der Empfangsbereich lag ruhig und verlassen da – ein seltener Zustand, besonders jetzt in der Hochsaison.

Mein Puls schnellte in die Höhe, als Ben über die Türschwelle trat.

»Morgen«, brummte er schlecht gelaunt und würdigte mich dabei kaum eines Blickes. »Ich wollte nur die Teilnehmerlisten für die heutigen Exkursionen abholen.«

»Guten Morgen«, entgegnete ich betont freundlich und versuchte, mich von seiner frostigen Art nicht irritieren zu lassen. Stattdessen griff ich gezielt nach der Mappe mit den Teilnehmerlisten und übergab Ben die gewünschten Exkursionsunterlagen.

Wortlos nahm er sie an sich und schien auf dem Absatz kehrtmachen zu wollen. Doch so leicht würde er mir diesmal nicht wieder entwischen.

»Ben, warte mal«, sagte ich und kam hinter der Rezeption hervor. Ich hielt ihm sein Handy unter die Nase. »Das musst du gestern hier in der Lobby verloren haben …«

Ben zog überrascht die Nase kraus. »Oh, danke«, murmelte

er und griff nach dem Handy, wobei sich unsere Hände berührten. Stille trat ein, und Ben und ich sahen einander an.

Plötzlich fühlte ich mich an den Tag am See zurückversetzt. Ich dachte daran, wie nah Ben und ich einander gewesen waren. Mein Blick blieb an seinen Lippen hängen, und ich fragte mich, wie es sich wohl angefühlt hätte, ihn zu küssen. Der Gedanke genügte, dass mein Puls in die Höhe schoss.

Auch jetzt spürte ich wieder dieses intensive Kribbeln und Prickeln, das sich bis in meine Fußspitzen ausbreitete und mich regelrecht schweben ließ.

Ob es Ben genauso ging?

Prompt entzog sich Ben diesem intimen Moment und nahm seine Hand zurück, während ich peinlich berührt die Holzdielen des Empfangsbereichs musterte.

»Also dann …«, sagte Ben gedehnt.

»Warst du gestern noch mal im Resort? Ich habe dich gar nicht gesehen«, sprudelte es aus mir heraus.

Ben runzelte die Stirn. Am liebsten hätte ich mich für mein dämliches Gestotter selbst einmal kräftig durchgeschüttelt.

»Du warst ja auch sichtlich beschäftigt, da hättest du ohnehin nicht mitbekommen, wer die Lobby betritt.«

Was meinte Ben denn jetzt damit? Redete er etwa von Rafael?

Und bildete ich mir das nur ein, oder schwang da tatsächlich ein Hauch von Eifersucht in seiner Stimme mit? Aber warum? Immerhin war er derjenige gewesen, der mich zurückgewiesen und mir damit ziemlich eindeutig zu verstehen gegeben hatte, dass wir nicht mehr als Freunde waren. Wenn wir denn überhaupt so etwas wie Freunde waren …

»Ach, du meinst Rafael?«, erwiderte ich betont beiläufig und winkte schmunzelnd ab. »Ich glaube, Männer aus Québec sind sehr redselig.«

Leider fand Ben das nicht annähernd so lustig wie gedacht, stattdessen verdunkelte sich seine Miene.

»So kann man das natürlich auch formulieren«, kommentierte er mit einem bitteren Unterton in der Stimme. Wieso war Ben so gereizt? Und überhaupt … Was sollte seine Anspielung bedeuten? Warum gab er mir schon wieder das Gefühl, irgendetwas falsch gemacht zu haben?

»Tja, kommt selten vor, aber es gibt auch Männer, die einfach nur *nett* sein wollen«, erwiderte ich zickig, da mich Bens Art so langsam richtig nervte.

»Nett?«, wiederholte Ben spöttisch. Allein die Art, wie er dabei überheblich die Lippen kräuselte, trieb mich zur Weißglut.

»Mir würden bei diesem Rafael ziemlich viele Begriffe einfallen. Nett gehört allerdings nicht dazu …«, höhnte Ben. »Es war ja wohl mehr als offensichtlich, auf was er aus war.«

Allmählich wurde ich wütend. Was war denn eigentlich Bens Problem? Ich verstand den Kerl einfach nicht!

»Manche Menschen wissen halt, was sie wollen«, sagte ich spitz und hätte mir im Nachhinein am liebsten auf die Zunge gebissen. Verdammt, das klang jetzt äußerst zynisch …

Das hatte auch Ben offensichtlich so aufgefasst. In seinen Augen loderte es.

»Na dann, viel Spaß«, zischte er. Ben drehte sich um und wollte mich stehen lassen, aber heute würde er nicht das letzte Wort behalten.

»Ach übrigens, ich soll dich von deiner alten Nachbarin grüßen«, setzte ich an und wartete gespannt auf Bens Reaktion. Er blieb ruhig, doch sein Kopf wirbelte eine Spur zu schnell zu mir herum.

»Meine Nachbarin?« Die Wut war aus seiner Stimme verschwunden, stattdessen begann sein Blick zu flackern, als hätte ich ihn soeben auf frischer Tat ertappt. Ich las einen Anflug von Panik in seinen Augen.

»Ich wollte dir gestern Nachmittag noch dein Handy zu Hause vorbeibringen. Dabei ist mir dann diese alte Dame mit ihrem Yorkshireterrier begegnet. Sie war sehr traurig, dass sie dich schon so lange nicht mehr gesehen hat.« Ich wählte meine Worte mit Bedacht.

»Ach, Grace.« Ben kratzte sich nervös am Hinterkopf. »Da müssen wir uns in den letzten Wochen wohl immer verpasst haben. Das liegt wahrscheinlich daran, dass ich oft früh das Haus verlasse und abends erst spät zurück bin. Man weiß ja nie, welches Tier man gerade wieder retten muss.«

Er lachte, aber es klang gekünstelt.

»Wahrscheinlich.« Ich bemühte mich um ein Lächeln, während die Enttäuschung in mir hohe Wellen schlug.

Warum log Ben mich an? Obwohl er nach außen hin ziemlich gefasst wirkte, entging mir nicht, wie angespannt er war. Er gab sich betont locker, aber während er sprach, mied er meinen Blick. Ein weiteres Zeichen dafür, dass er mir nicht die Wahrheit sagte.

»Tja, dann …«, Ben wackelte mit seinem Handy in der Hand, »danke noch mal dafür.«

»Keine Ursache«, erwiderte ich niedergeschlagen.

Ben war bereits bei der Türschwelle. Er hielt inne, als schien er zu zögern. Insgeheim hoffte ich, dass er sich noch mal nach mir umdrehen würde und sich mir anvertraute.

Doch er tat es nicht.

36. Kapitel

Da ich mich in den vergangenen Wochen nur im Resort und im Nationalpark aufgehalten und von dem Örtchen Lake Louise als solches bisher nur recht wenig gesehen hatte, lieh ich mir an meinem nächsten freien Tag von Nell ein in die Jahre gekommenes, schon etwas rostiges Fahrrad, um am Nachmittag eine Erkundungstour zu machen.

Heute war es im Vergleich zu den vergangenen Tagen relativ kühl, sodass ich mich für lange Jeans und einen gemütlichen Kapuzen-Hoodie entschieden hatte.

Ich legte einen Zwischenstopp im Lake Louise Visitor Centre ein, in dem ich einige interessante Eckdaten zu dem Ort und der Umgebung erfuhr.

Während ich durch die Straßen von Lake Louise fuhr, sprang mir am Ende der Village Road kurz hinter der Samson Mall ein niedliches Gebäude aus Backsteinen und Holzelementen ins Auge. Rauch stieg aus dem gemauerten Schornstein empor.

»Annie's Bakery«, las ich auf einem Schild und verlangsamte mein Tempo, die Bremsen des alten Fahrrads quietschten unangenehm.

Kein Wunder, dass Nell den Gästen im Resort diese olle Klapperkiste nicht mehr anbieten wollte …

Ich stieg vom Rad und lehnte es an die Außenfassade der

Bäckerei. Mit meiner Polaroidkamera, in die ich heute Morgen einen neuen Film eingelegt hatte, machte ich verzückt ein paar Schnappschüsse von den Holztrögen, die vor dem Schaufenster standen und in denen viele verschiedene bunte Blumen wuchsen, darunter Vergissmeinnicht und Petunien. In Kombination mit dem Rot der Backsteine und dem hellen Braun des Holzes im Hintergrund gab das ein hervorragendes Motiv ab.

Ich wartete, bis die Polaroid ein Bild ausspuckte, begutachtete den Schnappschuss und verstaute ihn samt der Kamera zufrieden in meinem Rucksack.

Dann betrat ich den Laden. Über mir kündigte das sanfte Klingeln einer Glocke meine Anwesenheit an.

Ein himmlisch süßer Geruch drang mir in die Nase, und ich schloss für einen Moment genießerisch die Augen. Wieso hatte ich diese schnuckelige Bäckerei nicht schon viel eher entdeckt?

Ich sah mich um, aber außer mir war niemand im Verkaufsraum. Neugierig beugte ich mich über die Theke und inspizierte ausgiebig die angebotenen Köstlichkeiten. Aus einem der hinteren Räume trat eine Dame mit einem Haarreif und einer rot-schwarz gestreiften Schürze. Als sie mich erblickte, legte sich ein freundliches Lächeln auf ihre Lippen, ihre Wangen schimmerten in einem zarten Rotton.

»Immer hereinspaziert«, begrüßte sie mich fröhlich. »In *Annie's Bakery* findest du alles, was das süße Herz begehrt.«

Ich lachte. »Ich kann mich auch gar nicht entscheiden … Das sieht alles so verlockend aus!«

»Also wenn es nach mir ginge, würde ich immer dieses Schmuckstück hier empfehlen.« Die Frau zögerte nicht lange und griff gezielt nach einem runden Doppelkeks, zwischen dessen Deckeln eine dicke Cremeschicht herausquoll. »Es ist ein *Maple Cream Cookie,* ein mit Ahorncreme gefüllter Keks. Und sie sind gerade frisch aus dem Ofen gekommen.«

Sie reichte mir den Cookie über die Theke, und ich biss in den noch lauwarmen Keks. Sogleich legte sich mir ein unbeschreiblicher Geschmack von zartem Ahornsirup und einer himmlisch nussigen Buttercreme auf die Zunge.

Es war Liebe auf den ersten Biss.

Ein leises Stöhnen entwich mir, und ich hielt mir entschuldigend die Hand vor den Mund. »Mhhm, wirklich unfassbar lecker.«

Die Dame lachte. »Glaub mir, wer keine *Maple Cream Cookies* probiert hat, der war nicht wirklich in Kanada.«

»Jetzt verstehe ich, warum die Kanadier so verrückt nach Ahornsirup sind.« Ich grinste und leckte die Reste der Creme von meinen Lippen.

»Bist du länger hier in Lake Louise?«, fragte die Frau mich neugierig. »Du wirkst nicht wie eine normale Touristin. Die hetzen meist nämlich nur von einem Fotospot zum nächsten.«

»Ich arbeite im Lake Louise Chalet Resort und bin erst vor ein paar Wochen angekommen«, antwortete ich lächelnd.

Plötzlich machte die Dame ein Gesicht, als fiele es ihr wie Schuppen von den Augen.

»Dann musst du Lily aus Deutschland sein!«, rief sie freudig aus.

Jetzt war ich wirklich verwirrt.

»Was hat mich verraten?«, fragte ich überrascht. Diesmal hatte ich schließlich nicht meinen auffälligen Hamburg-Koffer dabei, der mich hätte enttarnen können.

»Die Browns bestellen die Backwaren für ihre Gäste immer bei uns. Kürzlich hat mir Caroline davon erzählt, dass eine junge Frau aus Deutschland sie für die kommenden zwölf Monate als *Chalet Girl* unterstützt. Da war es nicht schwer, eins und eins zusammenzuzählen. Und neue Gesichter fallen in einem kleinen Ort wie Lake Louise schnell auf. Glaub mir, jede Neuigkeit verbreitet sich hier schneller als ein Lauffeuer.«

Das glaubte ich ihr gerne …

Sie kicherte, kam hinter der Theke hervor und hielt mir ihre Hand entgegen. »Bitte, nenn mich Annie.«

Überrumpelt hielt ich ihr ebenfalls meine Hand entgegen. »Freut mich, ich bin Lily.«

»Also, Lily, was kann ich dir Gutes tun?« Annie deutete auf die zahlreichen Backwaren.

Ich entschied mich schließlich für drei von den köstlichen *Maple Cream Cookies* und nahm noch zwei Erdnussbutter-Cookies dazu. Annie legte zusätzlich einen gratis *Blueberry Muffin* für mich obendrauf.

»Zum Testen«, sagte sie zwinkernd. »Die Blaubeeren sind nicht zu verachten.«

Nachdem Annie alle Köstlichkeiten in einer Papiertüte verstaut und ich bezahlt hatte, legte sich ein fast schon betrübter Ausdruck auf Annies Gesicht.

»Die Familie Brown hatte es in letzter Zeit wirklich nicht leicht gehabt. Wie schön, dass sie jetzt jemanden wie dich gefunden haben, der sie unterstützt, seitdem Luke …«, sie seufzte laut, »… in Calgary ist.«

Ich horchte auf. Schon wieder diese kryptischen Andeutungen. Jeder schien zu wissen, was hier vor sich ging – außer mir. Es war wirklich frustrierend.

Ich wollte Genaueres erfahren, und es schien mir, als hätte Annie gerne noch mehr erzählt, aber genau in diesem Augenblick betrat ein neuer Kunde den Laden.

Ich hob die Hand zum Gruß, bedankte mich noch mal bei Annie und versprach, bald wieder bei ihr vorbeizuschauen.

Draußen schnappte ich mir mein Rad und verstaute die Bäckertüte in meinem Rucksack.

Ich musste über Annies Worte nachdenken.

Auf den ersten Blick war Lake Louise einer dieser Orte, der in jedem romantischen Vorabendfilm sein Zuhause gefunden hätte. Und dennoch taten sich hier Geheimnisse und Rätsel auf, die mich eher an *Pretty Little Liars* erinnerten.

Die Idylle hatte Risse, schoss es mir durch den Kopf. Doch ich würde schon noch herausbekommen, was es mit Bens merkwürdigem Verhalten auf sich hatte und warum niemand mit mir über Luke sprechen wollte …

Ich warf einen Blick gen Himmel. Die Sonne hatte sich mittlerweile verzogen, der Wind war aufgefrischt, und ein kalter Hauch strich über mein Gesicht. Dunkle Wolken hingen bedrohlich über Lake Louise.

Ich war erstaunt, wie schnell das Wetter hier in den Rockies umschlug. Am Horizont zogen diesige Nebelschwaden um die Gipfel der Berge.

Wahrscheinlich war es besser, mich langsam auf den Rückweg zu machen, wenn ich noch vor Beginn des Sturms im Resort sein wollte.

Bei dem Gedanken daran, mich gleich mit einem Buch, einer dampfenden Tasse Kaffee, einer Decke und den Cookies von Annie in die Fensternische zu setzen und von drinnen das Unwetter zu beobachten, legte sich ein vorfreudiges Lächeln auf meine Lippen.

Plötzlich konnte ich es kaum noch erwarten, den Rest meines freien Tages gemütlich ausklingen zu lassen.

37. Kapitel

Ich schulterte meinen Rucksack, schwang mich auf den Sattel des alten Drahtesels und ließ die Einkaufsstraße mit *Annie's Bakery* und der Samson Mall hinter mir, bis ich wieder auf die breite Village Road bog.

In dem Moment fuhr ein ausgebeulter und schlammverkrusteter Pick-up so haarscharf an mir vorbei, dass ich schwankte und Mühe hatte, mich auf dem Fahrrad zu halten. Was für ein Blödmann!

Als mein Blick auf das Autokennzeichen fiel, stockte ich, und mein Puls beschleunigte sich.

War das nicht Bens Wagen gewesen? Ob er so in Gedanken gewesen war, dass er mich nicht gesehen hatte?

Meinem Instinkt folgend, beschleunigte ich mein Tempo und heftete mich an Bens Fersen. In der Ortsmitte konnte ich mit seinem Pick-up noch mithalten, aber sollte er gleich auf den Highway abbiegen, würde meine Verfolgungstour enden, bevor sie überhaupt begonnen hatte.

Als sich Bens Pick-up der nächsten Kreuzung näherte, fuhr er jedoch nicht wie befürchtet Richtung Trans-Canada Highway, sondern bog nach rechts auf den Lake Louise Drive ab.

Ich zögerte nicht lange und blieb an ihm dran.

Keine dreihundert Meter später verließ er den Lake Louise

Drive wieder und folgte stattdessen der Straßengabelung nach links über den Fairview Drive.

Zahlreiche Nadelbäume, überwiegend Fichten, wuchsen am Wegesrand und flogen an mir vorbei.

Wir ließen den Ortskern von Lake Louise hinter uns, was leider auch dazu führte, dass Ben das Tempo beschleunigte.

Ich trat so kräftig in die Pedale, wie es mir nur möglich war, und versuchte, dem immer stärker aufziehenden Wind zu trotzen. Binnen kürzester Zeit begannen meine Oberschenkel zu schmerzen, und meine Lunge brannte.

Zeitgleich betete ich, dass Ben nicht allzu oft in seinen Rückspiegel blicken und mich auf dem Fahrrad erkennen würde, daher zog ich mir vorsichtshalber die Kapuze meines grauen Hoodies tief ins Gesicht.

Wo wollte er bloß hin? Seine Wohnung lag jedenfalls in der entgegengesetzten Richtung.

Vielleicht wurde ich auch schon paranoid, und er hatte einfach nur noch etwas Berufliches zu erledigen, während ich hier Sherlock Holmes spielte und mich lächerlich machte. Aber dann musste ich wieder daran denken, wie merkwürdig Ben in Bezug auf seine Wohnung reagiert hatte. Irgendeinen Grund musste es geben, dass er mich angelogen hatte …

Obwohl es eigentlich nicht meine Art war, anderen Leuten hinterherzuspionieren, und mein schlechtes Gewissen sich auch schon zu Wort meldete, ignorierte ich die Stimme in mir, die mich zum Umkehren bewegen wollte.

Denn vielleicht war ich gerade auf dem besten Weg, dem Grund für Bens widersprüchliches Verhalten zumindest einen Schritt näher zu kommen. Auch wenn ich zugegebenermaßen keine Ahnung hatte, was genau ich mir eigentlich von dieser Verfolgungstour erhoffte.

Leider hatte sich der Abstand zu Bens Pick-up mittlerweile

beachtlich vergrößert. Obwohl ich alle Energiereserven meines Körpers mobilisierte, musste ich einsehen, dass es geradezu aussichtslos war, an Ben dranzubleiben.

Ab und an kam mir auf der anderen Straßenseite ein Auto entgegen, ansonsten war Bens Pick-up weit und breit der einzige Wagen, der in einiger Distanz vor mir fuhr.

Glücklicherweise führte der Fairview Drive nahezu permanent geradeaus, sodass ich einen Großteil der Strecke einsehen konnte. Dennoch verlor ich Bens Pick-up aus den Augen, da ich mit meinem Fahrrad einfach nicht schnell genug war. Also folgte ich der Straße immer weiter, in der Hoffnung, dass Bens Auto irgendwann wieder vor mir auftauchte und nicht ungesehen vom Fairview Drive abfuhr.

Obwohl die Luft sich merklich abgekühlt hatte, rann mir vor lauter Anstrengung der Schweiß von der Schläfe. Jeder Tritt in die Pedale fiel schwer, der Wind blies mir unablässig ins Gesicht.

Ich kam an einem Wegweiser mit der Aufschrift *Lake Louise Campground* vorbei. Steuerte Ben diesen Campingplatz an? Aber warum?

Ich war heilfroh, als ich den Pick-up in nicht mehr allzu weiter Entfernung vor mir an einem Wärterhäuschen erspähte, das rechts am Straßenrand stand.

Als es mir tatsächlich gelang, zu Bens Wagen aufzuschließen, schnaufte ich wie ein Nilpferd. Ich stellte mein Fahrrad im Schutz des Holzhäuschens ab, sodass Ben mich nicht sehen konnte, und nutzte die Pause, um wieder zu Atem zu kommen. Meine Beine zitterten und fühlten sich an wie Wackelpudding.

Was wollte Ben hier? Hatte ein Camper ein verletztes Tier gefunden? Oder war es einem Bären gelungen, auf den Campingplatz vorzudringen?

Ich beobachtete, wie Ben das Fenster auf der Beifahrerseite

seines Pick-ups herunterfuhr, sich hinüberbeugte und die Hand locker zum Gruß hob. Dann fuhr er langsam auf den Campingplatz.

Ich schob mein Fahrrad möglichst unauffällig auf der straßenabgewandten Seite an der Anmeldung des Campingplatzes vorbei, sodass der Mann darin mich nicht sehen konnte. Als ich das Häuschen hinter mir gelassen hatte, schwang ich mich wieder auf den Sattel.

Leider kam ich nicht weit, da sich mir eine junge Frau mit zwei weinenden Kindern an der Hand näherte.

»Entschuldigen Sie, Miss, können Sie mir sagen, wo hier die nächstgelegenen Toiletten sind?«

Ich hielt mit quietschenden Bremsen an, zuckte bedauernd mit den Schultern und deutete hinter mich auf das kleine Häuschen, wo man ihr bestimmt weiterhelfen konnte.

Als ich meine Augen suchend über den Campingplatz gleiten ließ, war von Ben und seinem Pick-up keine Spur mehr zu sehen. Mist, jetzt hatte ich ihn aus den Augen verloren!

Da ich nicht bereit war, nun einfach wieder umzukehren und mich auf den Heimweg zu machen, fuhr ich eine Zeit lang etwas hilflos zwischen den Campern und Wohnwagen herum. Der Campingplatz war weitläufiger, als ich es vermutet hatte, und noch dazu fast vollständig belegt. Hin und wieder entdeckte ich zwischen den Pinienbäumen jedoch ein paar leere Stellplätze.

Ich fuhr an einer Familie vorbei, die ihre Campingstühle und den Grill vor dem drohenden Unwetter zusammenpackte. Im Hintergrund nahm ich das aufgewühlte Wasser des Bow Rivers wahr, der neben dem Campingplatz entlangrauschte.

Wo konnte Ben bloß stecken? Mittlerweile hatte ich beinahe den gesamten Campingplatz abgefahren und kam mir immer bescheuerter vor. Was tat ich hier bloß?

Wenn mich nicht alles täuschte, dann endete der Campingplatz dort hinten. Und Ben hatte ich noch immer nicht gefunden.

Er konnte sich doch nicht so einfach in Luft auflösen?

Ich wollte bereits umdrehen, da sah ich zwischen den Pinienbäumen ein einsames olivfarbenes Auto aufblitzen.

Erleichterung breitete sich in mir aus, als ich Bens ausgebeulten Pick-up entdeckte, der unmittelbar hinter einem alten weißen Wohnwagen stand.

Ich lehnte mein Fahrrad gegen den Stamm einer knorrigen Kiefer. Die umherstehenden Fichten wiegten bedrohlich hin und her, und der stetig zunehmende Wind zerrte heulend an den Ästen. Am Himmel türmten sich mittlerweile dicke graue Wolken, die jegliches Licht schluckten.

Ich zuckte zusammen, als die ersten Regentropfen herabfielen und meine Wangen hinabrannen.

Zögernd näherte ich mich dem Wohnwagen.

Von einem Strommast führte ein langes Kabel ins Innere. Ansonsten entdeckte ich einen Picknick-Tisch und eine Feuerstelle neben dem Stellplatz.

Durch die Vorhänge, die im Fenster hingen, drang ein gedämmtes Licht. Ob … ob Ben in dem Wohnwagen war?

Als ich mich schemenhaft in dem Fensterglas wiedererkannte, die Kapuze tief ins Gesicht gezogen wie ein Stalker, der nicht erkannt werden wollte, überkam mich plötzlich abgrundtiefe Scham, dass ich Ben gefolgt war. Was hatte ich mir dabei nur gedacht? Ich hatte auf diesem Campingplatz nichts zu suchen. Es war falsch, und ich hatte kein Recht dazu, in Bens Privatsphäre herumzuschnüffeln.

Mich selbst in diesem Fenster zu sehen, fühlte sich so an, als würde mir jemand einen Spiegel vorhalten. Entsetzt über mein eigenes Verhalten machte ich ein paar Schritte zurück.

Doch gerade als ich beschämt auf dem Absatz kehrtmachen wollte, öffnete der Himmel seine Pforten, und ein wahrer Regenschauer prasselte auf mich herab. Grelle Blitze durchleuchteten den vom Unwetter tintenschwarzen Himmel, und ich zuckte abermals zusammen, gleich darauf folgte ein ohrenbetäubendes Donnergrollen.

Ich hatte die Wahl: mich auf meinem Fahrrad direkt ins Unwetter zu begeben oder reumütig bei Ben an die Tür zu klopfen.

Da meine Angst vor dem aufziehenden Gewitter überwog, entschied ich mich notgedrungen für die zweite Möglichkeit.

Ich atmete tief ein und aus, mein Puls raste so schnell, dass Übelkeit in mir aufstieg. Doch ich nahm meinen ganzen Mut zusammen, setzte die Kapuze meines Hoodies ab und klopfte an die Tür des Wohnwagens. Ein unangenehmes Grummeln breitete sich in meiner Magengegend aus.

Aus dem Inneren des Wohnwagens war kein Laut zu vernehmen. War vielleicht doch niemand dort? Oder hatte ich womöglich nicht laut genug geklopft?

Nachdem ein weiteres Donnergrollen mich einmal mehr fast zu Tode erschreckte, formte ich meine rechte Hand zur Faust und klopfte erneut.

38. Kapitel

BEN

Als ich die Tür meines Wohnwagens öffnete, traf mich fast der Schlag.

Vor mir stand eine klitschnasse Lily.

Ich weiß nicht, womit ich gerechnet oder wen ich bei dem Unwetter draußen erwartet hatte. Aber ausgerechnet Lily hier vorzufinden, verschlug mir die Sprache. Sie schien nicht minder irritiert über meinen Anblick zu sein, und so starrten wir einander für ein paar Sekunden fassungslos an.

»Lily?«, fragte ich entgeistert. »Was zur Hölle machst du hier?!«

Die Gedanken in meinem Kopf überschlugen sich. Wie hatte sie mich gefunden? War sie spontan hier in der Gegend unterwegs gewesen und unabsichtlich auf meinen Pick-up und den Wohnwagen gestoßen? Das wäre ein verdammt großer Zufall …

Es sei denn, es war kein Zufall und Lily war mir gefolgt. Mir kam der Fahrradfahrer in den Sinn, den ich eine ganze Weile im Rückspiegel gesehen hatte. Bloß hatte ich mir nichts dabei gedacht.

Meine Miene verfinsterte sich.

»Ich … ich wollte … Ich dachte …«, stammelte sie und brach ab. Regentropfen fielen auf sie herab, während ihr Blick hinter mich in den Wohnwagen fiel. Ich konnte förmlich sehen, wie es hinter ihrer hübschen Stirn arbeitete. Wie sie versuchte, eine Erklärung für all das hier zu finden.

Wütend kniff ich meine Augen zusammen und funkelte Lily an. Ich musste mich zusammenreißen, damit ich nicht die Beherrschung verlor. Sie hatte eine Grenze übertreten, eindeutig.

»Bist du mir etwa gefolgt?«, presste ich zwischen zusammengebissenen Zähnen hervor.

»Ich, also …« Sie atmete tief ein und aus, als müsste sie all ihren Mut zusammennehmen. »Ja, bin ich«, gab Lily kleinlaut zu und sah mich an. In ihren Augen las ich Scham und Reue. Tränen schimmerten in ihren wunderschönen Augen.

Wie ein kleines Kind, das gerade bei einer Dummheit erwischt worden war, stand sie vor mir.

Und obwohl meine Wut darüber, dass sie mir nachspioniert hatte, eigentlich stärker sein sollte, kam ich nicht umhin, festzustellen, wie süß sie in diesem Augenblick aussah. So zerbrechlich und aufgewühlt.

Ich fluchte leise vor mich hin. Sie hatte ja nicht den blassesten Schimmer, was sie mit mir machte. Welche Wirkung sie auf mich hatte. Welche widerstreitenden Gefühle sie in mir auslöste. Und in welches Chaos sie mich damit stürzte.

»Es tut mir leid …«, sagte sie und zuckte zusammen, als ein weiterer Blitz den Himmel erleuchtete.

Ich streckte die Hand nach ihr aus und zog sie in die Wärme des Wohnwagens.

»Komm rein, bevor du dir bei dem Unwetter noch den Tod holst«, grummelte ich. Ich sah mich draußen noch einmal vergewissernd um, da ich keine Lust hatte, dass wir morgen das Gesprächsthema Nummer eins auf diesem Campingplatz waren.

Dann zog ich die Tür hinter uns zu.

39. Kapitel

Ohne mich eines Blickes zu würdigen, stellte Ben sich wortlos an die Küchenzeile und setzte heißes Wasser auf.

Er war wütend. Ich merkte es an seiner Körperhaltung und an der Art, wie er schwieg. Wie er jeglichen Blickkontakt mit mir vermied. Scham breitete sich wie glühend heiße Lava in meinem Körper aus.

Verstohlen sah ich mich im Wohnwagen um. Ein schmales Bett, ein kleiner Tisch mit Sitzecke und die Küchenzeile gehörten zur Innenausstattung. Überall flogen Klamotten, Geschirr und anderer Krimskrams herum.

»Setz dich«, brummte Ben und deutete auf die Sitzecke.

Schweigend nahm ich gegenüber Ben Platz, der mir eine dampfende Tasse Kaffee vor die Nase stellte. Er selbst hatte sich lediglich ein Glas Wasser eingeschenkt.

Während ich meine Hände an der heißen Tasse aufwärmte und der intensive Geruch von Kaffeebohnen in meine Nase stieg, beäugte ich Ben unsicher. Wie fing ich denn jetzt am besten an? Wie sollte ich ihm meine Anwesenheit erklären? Ich konnte mir ja selbst keinen Reim mehr darauf machen, warum ich ihm gefolgt war. Und mich beschäftigte immer noch die Frage, was es mit Ben und diesem Wohnwagen auf sich hatte.

»Was machst du hier?«, kam Ben mir schließlich zuvor.

Nervös nestelte ich an meinem Hoodie.

»Als ich dir neulich dein Handy vorbeibringen wollte, habe ich die vielen ungeöffneten Briefe gesehen, die in deinem Briefkasten und auf dem Boden lagen. Als mir deine Nachbarin dann erzählte, dass sie dich bereits seit einigen Wochen nicht mehr gesehen hatte ... Das hat mich gewundert ...«

»Ach, und dann hast du einfach mal beschlossen, mir nachzustellen?« Ben klang gereizt. »Hast du schon mal was von Privatsphäre gehört, Lily?«

Ben war lauter geworden.

Mein Gesicht wurde, wenn überhaupt möglich, noch eine Spur heißer.

»Es tut mir leid. Mich hat es bedrückt, dass du mir nicht die Wahrheit gesagt hast. Ich wollte mit dir reden ...« Ich brach erneut ab und schluckte. »Als ich dir dein Handy im Resort zurückgegeben habe, da war keine gute Gelegenheit dazu. Und als ich dich heute durch Zufall bei meiner Radtour durch Lake Louise in deinem Pick-up auf der Village Road gesehen habe, da ... da bin ich dir gefolgt. Ich habe nicht nachgedacht.«

Ich senkte den Kopf und spielte beschämt an dem Henkel der Tasse herum. Es fiel mir schwer, Ben in die Augen zu sehen.

Er schnaubte.

»Tja, dann weißt du es ja jetzt«, sagte Ben bitter und machte eine ausladende Handbewegung in Richtung des Wageninneren.

»Nein, um ehrlich zu sein, weiß ich gar nichts, Ben.«

Plötzlich fegte er sein Wasserglas vom Tisch, und ich zuckte erschrocken zusammen. Das Glas schepperte gegen die Tür des Wohnwagens, fiel auf den Boden und zersprang klirrend in seine Einzelteile. Eine Wasserlache sammelte sich auf dem Boden.

Mein erster Impuls war, ruhig sitzen zu bleiben. Als Ben jedoch sein Chaos aufzuräumen begann, bückte ich mich ebenfalls.

Ben hob seinen Kopf, und wir sahen einander an. Wieder hatte ich das Gefühl, in diesen leuchtend grünen Augen zu ertrinken. Fast fühlte es sich an, als befände ich mich in einem Strudel, einer Art Sog, dem ich nicht entkommen konnte.

Erneut flackerten Bilder vor meinem inneren Auge auf, wie Ben sich um mich gekümmert hatte, als ich im Wald über die Wurzel gestürzt war und mir das Knie aufgeschrammt hatte.

Auch Ben sah für einen Moment so aus, als wäre er in seinen eigenen Erinnerungen gefangen, ein Schleier hatte sich über seine Augen gelegt.

Dann fing er sich wieder und sammelte weiter die Scherben ein. Als ich mich daranmachen wollte, ihm zu helfen, hielt Ben mich zurück.

»Setz dich, ich mach das«, sagte er mit gequälter Stimme.

Widerstandslos ließ ich mich auf die löchrige Sitzbank plumpsen und beobachtete Ben dabei, wie er die letzten Glassplitter mit einem Kehrblech auffegte und in einen Mülleimer unter der Küchenzeile schmiss.

40. Kapitel

Ben lehnte an der Arbeitsplatte.

»Und wieder bist du diejenige, die mir dabei zusieht, wie ich die Kontrolle verliere. Es tut mir leid«, sagte er leise.

»Du brauchst dich nicht zu entschuldigen«, erwiderte ich ebenso leise und wagte, Ben dabei in die Augen zu blicken. »Gefühle sind menschlich. Und du hattest ja auch allen Grund, wütend zu sein.«

Stille kehrte ein, lediglich die Geräusche des Windes und des Regens, der unaufhörlich gegen die Seiten und auf das Dach des Wohnwagens trommelte, durchbrachen unser Schweigen.

Im Moment hatte ich das Gefühl, dass sich zwischen Ben und mir ein Berg auftat, der für mich nicht so einfach zu erklimmen, geschweige denn zu überwinden war. Offensichtlich hatte Ben mit Dämonen zu kämpfen, von denen ich keinen blassen Schimmer hatte. Ich wusste nicht, welchen Kampf er tief im Inneren ausfocht, dennoch spürte ich seinen Schmerz.

Ich wartete, bis Ben sich wieder mir gegenübersetzte.

»Ich weiß gar nicht, wo ich anfangen soll. Ich bin nicht gut in solchen Sachen, Lily …«, flüsterte Ben und sah todunglücklich aus.

»Ich bin mir sicher, dass ich dir trotzdem folgen kann. Und

ich glaube, der Regen wird noch etwas anhalten, so schnell wirst du mich also nicht los.« Ich schnitt eine Grimasse und hoffte, die Stimmung dadurch ein wenig aufzulockern.

Tatsächlich konnte ich Ben sogar ein winziges Schmunzeln entlocken. Wenn er lächelte, machte mein Herz stets einen kleinen Hüpfer.

»Möchtest du vielleicht noch einen Kaffee? Oder einen Tee?«, fragte Ben, als wollte er damit nicht nur mich, sondern auch sich selbst ablenken. Er war schon dabei, aufzustehen, doch diesmal war ich diejenige, die ihn davon abhielt, indem ich ihm sanft meine Hand auf den Arm legte.

Ben verstand und setzte sich wieder.

»Manchmal kann das Leben echt ein verdammtes Arschloch sein«, sagte er.

Er blickte ins Leere und schien mit seinen Erinnerungen beschäftigt zu sein. Es war ein ähnlicher Gesichtsausdruck wie der, den ich bei ihm am See erlebt hatte. Nachdenklich, in sich gekehrt. Innerlich zerrissen.

»Als Morgan und ich damals zusammenkamen, waren wir noch sehr jung«, setzte Ben an. »Sie war fünfzehn, ich war gerade erst sechzehn geworden. Ich hatte sie damals in einer Phase kennengelernt, als es ihr nicht gut ging. Ihre Eltern wollten sich trennen, was Morgan damals sehr belastete. Ich war für sie da, als es niemand anderer war. Obwohl wir schon damals beide sehr unterschiedlich in unseren Interessen und Charakteren waren, wurden wir ein Paar. Es war nicht einmal ein Hindernis, dass Morgan aus reichem Hause war, während ich aus eher einfachen Verhältnissen stammte und mit Morgans teurem Lebensstil nicht mithalten konnte. Es fühlte sich tatsächlich so an, als könnte uns nichts und niemand etwas anhaben. Als würden wir gegen den Rest der Welt ankämpfen.«

Er machte eine kurze Pause.

»Anfangs war die Beziehung mit ihr unbeschwert und unkompliziert. Ich kannte zwar auch ihre andere Seite, die, die theatralisch, überheblich und gehässig sein konnte. Aber bei mir war sie einfach nur sie selbst. Nicht das verzogene Püppchen, für das sie alle hielten, sondern einfach … Morgan. Und in dieses Mädchen hatte ich mich damals verliebt.«

Während Ben in Erinnerungen schwelgte, umspielte ein Lächeln seine Lippen, und seine Augen begannen zu glänzen.

Es versetzte mir einen Stich. Vielleicht, weil ich seinen Worten anhören konnte, wie sehr er Morgan geliebt hatte.

Sein Blick wurde wieder nachdenklich und ernst.

»Doch wenn ich jetzt zurückblicke, weiß ich nicht, ob unsere Beziehung nicht auch damals schon eine einzige große Lüge war. Und ob sie nur bei mir blieb, weil sie niemand anderen hatte.«

Bens Stimme hatte einen verächtlichen Tonfall angenommen.

»Als ich nach der Schule die Ausbildung zum Ranger antrat, nahmen wir uns eine Wohnung in Lake Louise. Morgan hatte sich derweil an der Universität in Calgary für ein Journalismusstudium eingeschrieben. Etwas zwischen uns veränderte sich. Wir stritten oft, und ich konnte ihr nichts mehr recht machen. Tief im Inneren wusste ich wahrscheinlich, dass sie nicht glücklich war und ihr das beschauliche Leben in Lake Louise nicht genügte. Sie war schon immer eine Person, die nach Größerem strebte. Und dennoch hatte ich den naiven Glauben, dass es ausreichte, einander zu haben. Dass wir zwei uns genügten und sich an unserem Motto ›Wir gegen den Rest der Welt‹ nichts geändert hatte. Ich wollte einfach nicht wahrhaben, wie unterschiedlich wir waren und dass wir beide nicht die gleichen Vorstellungen vom Leben teilten …«

Ben hielt inne, bevor er stockend weitersprach.

»Als ich von einer dreitägigen Ranger-Exkursion in den Bergen zurückkam, hatte Morgan all ihre Klamotten aus unserer gemeinsamen Wohnung geholt. Ich fand lediglich einen Abschiedsbrief von ihr vor. Zu verstehen, dass sie unser gemeinsames Leben offensichtlich so angeödet hatte und sie nach New York geflüchtet war, riss mich in ein tiefes Loch«, fuhr er leise fort. »Ich versuchte permanent, sie zu erreichen, doch sie ignorierte sowohl meine Anrufe als auch meine Nachrichten. Bis auch ich begriff, dass es vorbei war.«

Ben atmete tief ein und sah mir direkt in die Augen. Der blanke Schmerz darin erschrak mich.

»Weißt du eigentlich, was für ein beschissenes Gefühl das ist, wenn dich der Mensch, von dem du dachtest, du würdest ihn kennen, einfach verlässt? Offensichtlich war ich ihr nicht einmal mehr ein klärendes Gespräch wert.«

Bens Stimme war brüchig, und er wirkte nur noch wie ein Schatten seiner selbst.

»Nicht in dem Ausmaß, nein«, gab ich zu. »Aber ich weiß, wie schmerzhaft eine Trennung sein kann.« Ich dachte an mein eigenes Beziehungsende mit Vincent zurück und konnte Bens große Enttäuschung nachvollziehen.

Er lehnte sich nach vorne. »Plötzlich musste ich alles infrage stellen, an das ich bisher geglaubt hatte. Mein Leben war ein einziger Scherbenhaufen. Obwohl ich versuchte, die Leere in meinem Inneren zu füllen, gelang es mir nicht. Ich begann, mir die Schuld an der ganzen Misere zu geben. Immerzu fragte ich mich, ob ich Morgans Wünsche und ihre Interessen nicht genügend respektiert hatte. Diese Gedanken machten mich verrückt.«

Ben spielte nervös mit seinen Händen.

»Ich kenne Morgan nicht, und ich denke, ich bin auch nicht in der Position, mir ein Urteil über eure Beziehung erlauben zu können«, begann ich zögerlich. »Aber eines weiß ich mit Gewissheit, Ben: Selbstvorwürfe helfen nicht.«

Er schnaubte. »Das ist manchmal gar nicht so einfach.«

»Ist Morgan auch der Grund für …«, ich machte eine ausschweifende Handbewegung durch den Wohnwagen, »… all das hier?«

Ben nickte.

»In unserer gemeinsamen Wohnung hatte ich das Gefühl, zu ersticken. Ich ertrug all die Erinnerungen nicht, die in diesen vier Wänden auf mich einprasselten. Noch dazu das geheuchelte Interesse und das Mitleid in den Augen meiner Nachbarn, Freunde und Familie … Es war einfach zum Kotzen.«

Er klang verbittert.

»Allerdings war ich auch noch nicht so weit, die Wohnung zu kündigen. Vielleicht, weil mir erst dann die Endgültigkeit von allem bewusst geworden wäre. Also packte ich das Nötigste zusammen, schnappte mir den alten Wohnwagen meines Großvaters, der noch in der Garage stand, und fuhr los. Hier, mitten im Wald, mitten im Nirgendwo, ging es mir besser. Die Natur war schon immer mein Rückzugsort. Sie gibt mir Ruhe und Zuversicht. Durch die Nähe zum Wald und zu den Tieren hatte ich endlich das Gefühl, wieder aufatmen zu können, wieder am Leben zu sein … Verstehst du, was ich meine?«

Ich nickte. Es beruhigte mich, zu hören, dass Ben die Natur dabei half, einen Weg zu finden, um mit der Vergangenheit abschließen zu können.

Er kratzte sich am Kopf und sprach weiter. »Ich kenne den Betreiber des Campingplatzes. Jack war so nett, mir diesen abgelegenen Stellplatz umsonst zu überlassen. Dafür schaue ich nach Feierabend auf dem Campingplatz noch mal nach dem Rechten. Kontrolliere, dass die Camper nicht ihren Müll oder ihren Grill draußen stehen lassen, damit keine Bären angelockt werden. So was eben. Und Jack stellt keine Fragen. Er macht einfach sein Ding.«

»Dann weiß außer Jack also niemand hiervon? Nicht einmal deine Ranger-Kollegen? Oder Nell und ihre Eltern?«

»Nein«, gestand Ben. »Ich wollte nicht, dass irgendjemand hiervon erfährt. Ich habe mich geschämt. Mich selbst als schwach empfunden, weil ich nicht gegen diese dunklen Gefühle in mir ankam. Die Selbstzweifel, die Wut und diese verdammte Hilflosigkeit. Es fällt mir schwer, mir einzugestehen, dass ich nicht so stark bin, wie ich es gerne hätte.«

»Und … fühlst du dich immer noch, als würdest du ertrinken?«, wisperte ich.

Ben zuckte mit den Schultern. »Ich weiß es nicht, Lily. Ich weiß es wirklich nicht.«

Ein zögerliches Lächeln umspielte seine Lippen. »Vielleicht fange ich langsam wieder an zu schwimmen.«

»Mein Bruder Flynn kann dir für alle Fälle sicherlich auch seine Schwimmflügel leihen.«

Das war der Moment, in dem Bens Mauer zu bröckeln begann. Er lachte.

Ungläubig schüttelte er den Kopf. »Jemanden wie dich habe ich wirklich noch nicht kennengelernt«, meinte er sanft, und sein Blick genügte, um meine Welt aus den Angeln zu heben. »Lily?«

»Ja?«, fragte ich, und meine Hände wurden schwitzig.

»Was neulich zwischen uns im Wald passiert ist … Es tut mir leid. Ich glaube, ich brauche noch etwas Zeit«, sagte er leise.

Wir lauschten noch eine Weile dem prasselnden Geräusch des Regens. Irgendwann gähnte Ben hinter vorgehaltener Hand.

»Ich glaube, wir sollten langsam schlafen, meinst du nicht auch? Es ist spät.«

Als ich auf das Display meines Handys blickte, war ich überrascht, dass es bereits kurz vor Mitternacht war. Ben und ich hatten mehrere Stunden geredet, dabei war mir die Zeit nicht einmal annähernd so lang erschienen.

»Tja, dann …«, setzte ich an, »… mache ich mich mit meinem Rad mal auf den Weg ins Resort.«

»Du denkst doch nicht ernsthaft, dass ich dich zu dieser Uhrzeit und bei dem Wetter zurück ins Resort fahren lasse?« Ben schien regelrecht empört aufgrund meines absurden Vorschlags. »Und ich halte es auch nicht für sonderlich klug, dich jetzt noch mit dem Auto zu bringen, die Sicht ist total schlecht.« Er deutete auf die schmale Schlafnische. »Du kannst dich ins Bett legen, ich schlafe auf dem Boden.«

»Nichts da«, protestierte ich. »Wenn überhaupt, dann schlafe ich auf dem Boden.«

Damit wollte sich Ben jedoch auch nicht zufriedengeben.

»Gut, dann schlafen wir halt beide im Bett. Oder ist das ein Problem für dich?«

Ben und ich nur wenige Zentimeter voneinander entfernt in ein und demselben Bett? Mir war jetzt schon klar, dass ich kein Auge zutun würde.

»Wieso sollte das ein Problem sein?«, gab ich mich möglichst cool. »Wir sind ja alt genug.«

Ben runzelte irritiert die Stirn, und ich ärgerte mich über mich selbst. Noch offensichtlicher ging es wirklich nicht.

Ein wenig befangen stand ich von der gepolsterten Bank auf.

Als Ben begann, sich auszuziehen, entgleisten mir jegliche Gesichtszüge.

»W-was machst du da?«, stammelte ich.

»Ähm, mich ausziehen?« Ben zog eine Augenbraue hoch. Als sein Blick von mir zum Bett wanderte, schien auch ihm ein Licht aufzugehen.

»Andererseits ist es heute Nacht wirklich frisch, vielleicht lasse ich die Sachen doch lieber an«, murmelte er.

Komplett angezogen lagen Ben und ich schließlich nebeneinander, wobei ich mich möglichst dünn zu machen versuchte und mich so nah an die Außenwand des Wohnwagens presste, dass jeglicher Körperkontakt vermieden wurde.

»Ben?«, fragte ich in die Stille hinein.

»Hmm?«

»Danke. Danke, dass wir miteinander sprechen konnten.«

Ich dachte schon, Ben wäre eingeschlafen, doch dann sagte er etwas, das mein Herz zum Beben brachte.

»Bei unserem Ausflug … Ich hätte dich gerne geküsst, Lily. Aber ich hatte Angst.«

Seine Worte waren nur ein Flüstern. Und dennoch schlugen sie mit der Wucht eines Kometen ein.

Hatte … hatte Ben gerade wirklich das gesagt, was ich glaubte, gehört zu haben? Mein Mund war staubtrocken, meine Zunge fühlte sich plötzlich schwer an.

Gleich darauf fragte ich mich, wovor Ben solche Angst hatte. Vor Nähe? Seinen eigenen Gefühlen?

»Ich hätte dich auch gerne geküsst«, erwiderte ich leise.

Angespannt hielt ich die Luft an, wartete auf eine Antwort. Doch stattdessen drang ein gleichmäßiges Atmen an mein Ohr.

»Ben?« Keine Reaktion. Er war eingeschlafen.

Nachdenklich verschränkte ich meine Arme hinter dem Kopf und blickte an die Decke. Und blieb mit lauter Fragen und verwirrenden Gefühlen allein zurück.

41. Kapitel

Die ganze Nacht (oder das, was davon noch übrig geblieben war) hatte ich angespannt neben Ben gelegen, darauf bedacht, ihm nicht zu nah zu kommen – dementsprechend steif fühlte sich am nächsten Morgen auch mein Körper an.

Vorsichtig und ein wenig ungelenk stieg ich über Ben hinweg. Dann trat ich nach draußen und schloss leise die Tür des Wohnwagens hinter mir, um Ben nicht zu wecken.

Ich streckte mich, bis meine Gliedmaßen zumindest halbwegs wieder in ihrem ursprünglichen Zustand waren, und ließ meinen Blick durch den lichten Wald schweifen, der langsam zum Leben erwachte.

Noch war es relativ ruhig auf dem Campingplatz, vereinzelt drangen entfernte Stimmen oder das Zuschlagen von Autotüren an mein Ohr. Im Hintergrund rauschte der Bow River, und die ersten Vögel stimmten ihre Morgenmelodie an. Sanfte Nebelschwaden schlängelten sich zwischen den Bäumen hindurch. Zuerst überlegte ich, zurück in den Wohnwagen zu gehen und meine Polaroidkamera zu holen, entschied mich dann aber dagegen und beschloss, diesen stimmungsvollen Augenblick einfach zu genießen.

Der Nebel wirkte wie ein Meer.

Als kleines Mädchen hatte ich mir immer ausgemalt, dass

sich hinter einer solchen Nebelwand eine geheime, verborgene Welt befand.

Ich schloss meine Augen und genoss die Stille. Als ich tief einatmete, drang mir der erdige, frische Duft des Waldes in die Nase.

Ich fühlte eine tiefe Zufriedenheit in mir. Als befände ich mich in völligem Einklang mit meiner Umgebung.

Langsam öffnete ich die Augen wieder. Beim Anblick der grünen Nadeln, an denen die Regentropfen hinabperlten, und dem glitzernden Gras überkam mich ein Gefühl purer Glückseligkeit. Ich spürte die Energie und die Kraft der Natur bis in meine Zehenspitzen.

»Störe ich?«, vernahm ich plötzlich eine Stimme und drehte mich um.

Ben stand mit zerzausten Haaren und noch leicht verschlafenem Blick im Türrahmen, ein verwegenes Lächeln umspielte seine Mundwinkel. Er wirkte fast schüchtern, wie ein Schuljunge an seinem ersten Schultag.

»Nein, natürlich nicht«, sagte ich und lächelte.

Ben gesellte sich nur wenige Minuten später mit zwei dampfenden Kaffeetassen zu mir.

»Kannst du die mal nehmen?«, bat er mich und hielt mir die zwei Tassen entgegen.

Dann holte er zwei Klappstühle aus dem Wohnwagen, und wir machten es uns darauf bequem.

»Hmm, so lässt es sich leben«, schwärmte ich und nippte an dem heißen Kaffee.

Ben lachte und nahm ebenfalls einen Schluck aus seiner Tasse. Dann seufzte er. »Das tut gut. Allerdings könnte ich so langsam auch etwas zu essen vertragen …«

Bei dem Stichwort fiel mir siedend heiß ein, dass ich die Köstlichkeiten von Annie in meinem Rucksack vergessen hatte!

Perplex beobachtete Ben, wie ich von meinem Campingstuhl aufsprang, im Inneren des Wohnwagens verschwand und kurz darauf wieder auf der Bildfläche erschien.

Bedeutungsvoll hielt ich die Papiertüte der Bäckerei in die Luft und schwenkte sie hin und her.

»Ich könnte noch mit Cookies und Muffins von gestern dienen. Interessiert?«

Ben grinste. »Wer könnte da schon widerstehen?«

Wir teilten die *Maple Cream Cookies* und die Erdnussbutterkekse sowie den Blaubeermuffin und verputzten alles bis auf den letzten Krümel. Trotz der Tatsache, dass die süßen Kreationen die ganze Nacht über im Wohnwagen gelegen hatten, schmeckten sie noch immer köstlich. Mit vollen Bäuchen beobachteten wir zufrieden, wie sich der Nebel auflöste und stattdessen die ersten Sonnenstrahlen zwischen den Baumkronen hervorblitzten.

»Es ist schön hier«, bemerkte ich.

»Erzähl das mal den Campern, die ihren Stellplatz weiter hinten direkt an der Eisenbahnschiene haben. Die werden nachts aus ihren Betten geworfen, wenn die Züge vorbeirattern.« Ben schnitt eine Grimasse. »Spaß beiseite, mir gefällt die Einfachheit am Campen. Der Minimalismus und die Nachhaltigkeit. Noch schöner ist es natürlich abseits der Campingplätze, allerdings ist Wildcampen in den Nationalparks streng verboten. Und als Ranger wäre ich kein sonderlich gutes Vorbild, würde ich mich nicht an die Regeln halten.«

Ben zuckte bedeutungsschwanger mit den Schultern.

»Ich hätte Lust, mal einen Roadtrip zu machen. Einfach drauflosfahren«, sinnierte ich.

»Dir stehen seitens des Resorts doch ein paar Urlaubstage zu, oder? Wenn du möchtest, könnten wir irgendwann eine Tour machen«, schlug Ben spontan vor.

War das etwa eine Einladung?

Ben und ich lächelten einander an, dann lehnten wir beide uns in unseren Campingstühlen zurück.

»Lily?«, fragte Ben nach einer Weile.

»Ja?« Ich hob die Augenbrauen.

»Gestern bei unserem Gespräch … Da war ich sehr aufgewühlt. Habe ich …« Ben wusste offensichtlich nicht, wie er sich am besten ausdrücken sollte, da er abbrach. Sein Blick flackerte nervös.

»Ich hoffe, ich bin nicht zu emotional gewesen?«

Bens Worte von letzter Nacht kamen mir in den Sinn. *Bei unserem Ausflug … Ich hätte dich gerne geküsst, Lily. Aber ich hatte Angst.*

Ob er sich nicht mehr daran erinnerte? Ob er die Worte vielleicht im Halbschlaf gesagt hatte?

Ich betrachtete Ben. Und merkte, dass es mir mittlerweile immer schwerer fiel, die Anziehung, die ich zu Ben verspürte, zu ignorieren.

Aber es ging hier gerade nicht um mich. Es ging darum, dass Ben seine Trennung verarbeiten musste.

Was er brauchte, war ein Freund, der ihm Halt gab, keine Beziehung, die ihn zusätzlich ins Chaos stürzte und in Aufruhr versetzte.

Daher schluckte ich meine Gefühle tapfer hinunter, verschloss sie tief in mir.

»Nein, das warst du nicht.«

Ben schien ehrlich erleichtert. »Dann bin ich beruhigt. Ich war mir nicht mehr sicher.«

Da ich Angst hatte, Ben könnte in meinem Gesicht lesen, was gerade in mir vorging, wandte ich meinen Blick von ihm ab und sah stattdessen wieder in den Wald hinein.

Wir blieben noch so lange sitzen, bis der Nebel vollständig

verschwunden war und die frühmorgendliche Stimmung auf dem Campingplatz durch buntes Stimmenwirrwarr ersetzt wurde.

»Kann ich dich um noch etwas bitten, Lily?«, durchbrach Ben unser Schweigen.

»Sicher.«

»Kann das hier vorerst unser Geheimnis bleiben? Ich mag dich wirklich sehr gerne, Lily, aber ich benötige noch etwas Zeit, um mein Leben wieder in geordnete Bahnen zu lenken.«

Ich nickte und lächelte Ben an, auch wenn seine Worte mir einen Stich versetzten.

42. Kapitel

Ich war noch vor dem Frühstück zurück im Lake Louise Chalet Resort. Ben hatte mich in seinem Pick-up mitgenommen und das Fahrrad auf der Ladefläche verstaut. Der Regen hatte über Nacht sichtbare Spuren hinterlassen. Die Waldwege waren zum Teil mit großen Schlammlöchern und Pfützen übersät, sodass es kein Spaß gewesen wäre, dort mit dem Fahrrad hindurchzufahren. Glücklicherweise versprach es heute wieder schöneres Wetter zu werden.

Auf der Veranda der Anlage stieß ich beinahe mit Nell zusammen. »Wo kommst du denn schon so früh her, Lily?« Nell blickte verwundert auf ihre Armbanduhr.

»Ach, ich wollte noch den Sonnenaufgang fotografieren«, flunkerte ich und hoffte, dass Nell meine kleine Notlüge schlucken würde. Ich fühlte mich schlecht dabei, trotzdem wollte ich nichts über meine Nacht bei Ben verraten.

»Da ich dich gerade sehe: Es gibt Neuigkeiten, die ich unbedingt mit dir besprechen muss«, verkündete Nell und legte mir enthusiastisch ihre Hand auf den Arm. »Hast du einen Moment für mich?«

Ihre Wangen leuchteten in einem zarten Rotton. So euphorisch und gut gelaunt hatte ich Nell bisher selten erlebt.

»Klar. Kann ich nur noch schnell duschen?«, fragte ich.

»Natürlich, mach dich in Ruhe fertig. Treffen wir uns in einer halben Stunde wieder hier auf der Veranda?«

Ich nickte und blickte Nell verblüfft hinterher, ihr dunkler Pferdeschwanz wippte neckisch auf und ab.

Ich überlegte, was der Grund für Nells gute Laune war, doch eine erfrischende Dusche war das Einzige, an das ich ernsthaft denken konnte.

Ich seufzte genüsslich auf, als das heiße Wasser über meinen nackten Körper prasselte. Meine Muskeln entspannten sich merklich, und ein wohliges Prickeln breitete sich in meinem Körper aus.

Ich nahm eine besonders lange Dusche, bis es an der Zeit war, sich für das Treffen mit Nell fertig zu machen.

Schnell schlüpfte ich in eine dünne Hose und ein frisches T-Shirt, bevor ich mich wieder auf der Veranda einfand.

Nell saß auf der Brüstung und ließ ihre Beine baumeln. Als sie mich im Türrahmen entdeckte, sprang sie auf.

»Also …«, setzte Nell an, während wir gemeinsam durch die Anlage schlenderten. Es war merkwürdig, wie schnell ich mich an mein neues Zuhause gewöhnt hatte. Mittlerweile waren mir die kleinen Holz-Chalets so vertraut, als wäre ich nie woanders gewesen.

»Ich hatte doch neulich mit meinen Eltern ein Gespräch, in dem es um neue Marketingstrategien, Werbung und so weiter, ging. Weißt du noch?« Nell warf mir einen aufgeregten Blick von der Seite zu.

Ich erinnerte mich daran, dass Nell an jenem Nachmittag an der Rezeption ein Gespräch mit ihren Eltern erwähnt hatte und deswegen eher gegangen war.

Ich nickte.

»Dabei ist meinen Eltern und mir eine wunderbare Idee gekommen. Und du spielst dabei eine wichtige Rolle!«

»Ich?« Verwirrt blieb ich stehen. »Was habe ich denn mit euren Marketingplänen für das Resort zu tun?«

Nell lächelte geheimnisvoll.

»Nun …« Sie legte ihre Fingerspitzen aneinander. »Wir würden gerne eine Art Infotag im Resort durchführen. Einen Tag, an dem unsere Gäste über die Bedeutung von Naturschutz im Nationalpark und die alltäglichen Arbeiten eines Rangers informiert werden. Es wäre tolle Werbung, nicht nur für das Resort, sondern auch für Lake Louise und die Umgebung. Zum einen erhoffen wir uns dadurch, neue Gäste auf uns aufmerksam zu machen, und zum anderen können wir einen guten Beitrag zum Schutz der Natur rund um den Banff-Nationalpark leisten.« Nell beobachtete aufmerksam meine Reaktion.

»Das ist eine tolle Idee, ehrlich«, pflichtete ich Nell bei. »Allerdings verstehe ich nicht so recht, was ich damit zu tun habe. Geschweige denn, wie ich zu diesem Projekt beitragen könnte.«

»Wir haben uns überlegt, den Infotag mit einer Ausstellung zu begleiten und Bilder vom Nationalpark und der Umgebung zu zeigen. Und da kommst du ins Spiel. Es wäre uns eine Freude, wenn wir ein paar deiner Fotos im Resort präsentieren dürften. Was denkst du darüber?«

Gespannt hielt Nell den Atem an.

»Ich … ich weiß gar nicht, was ich sagen soll«, entgegnete ich perplex.

»Du musst einfach nur Ja sagen!« Nell lachte.

Ich konnte es nicht glauben … Nells Eltern wollten, dass ich meine Fotos am Infotag präsentierte!

»Es wäre mir eine Ehre«, stimmte ich ihrem Vorschlag gerührt zu.

»Wunderbar!« Nells leuchtenden Augen war anzusehen, wie sehr sie sich auf das Event und über meine Zusage freute.

Plötzlich kam mir ein Gedanke.

»Weiß Ben schon davon? Er wird als Ranger doch vermutlich ein wichtiger Bestandteil dieses Projektes sein, oder?«

»In der Tat«, druckste Nell und wirkte mit einem Mal sichtlich verlegen. »Allerdings hatte ich gehofft, dass du vielleicht mit ihm darüber reden könntest …«

Nun war ich vollends verwirrt. »Warum denn ausgerechnet ich?«

»Weil ich die Befürchtung habe, dass er mir nicht einmal zuhören würde«, seufzte Nell. »Ehrlich gesagt, haben wir keinen sonderlich guten Draht mehr zueinander. Aber das ist eine andere Geschichte.«

Noch so eine Baustelle. Die Einwohner in Lake Louise schienen ein Faible für Geheimnisse zu haben.

Nell sah mich flehentlich an.

»Also gut, ich versuche mein Glück«, gab ich mich geschlagen.

»Du bist einfach die Beste!« Mit diesen Worten fiel Nell mir stürmisch um den Hals.

43. Kapitel

In den nächsten Tagen besuchte ich Ben fast jeden Tag in seinem Wohnwagen. Wir ließen den Feierabend mit Pizza und einem kühlen Bier auf seinen klapprigen Campingstühlen ausklingen, während wir das Treiben um uns herum beobachteten und dabei zusahen, wie die untergehende Sonne den Campingplatz und den Wald in orangefarbenes Licht tauchte.

Ich begann zu verstehen, was Ben an seinem vorübergehenden Tapetenwechsel so sehr zu schätzen wusste: die Unabhängigkeit, die Flexibilität und das Gefühl, frei zu sein.

Wir spazierten am Bow River entlang, besprachen nebenbei den geplanten Infotag im Resort, dem Ben glücklicherweise sofort zugestimmt hatte, und sammelten Ideen.

Ben taute mehr und mehr auf, und wir konnten zusammen scherzen und lachen. Ich merkte, wie viel mir seine Freundschaft bedeutete, auch wenn sich hin und wieder eine kleine Stimme in mir zu Wort meldete, die mir sagte, dass ich eigentlich mehr wollte als nur Freundschaft. Dennoch war ich dankbar für das, was Ben und ich hatten.

Obwohl der Lake Louise ein absolutes Highlight der Region war und von Beginn an auf meiner To-do-Liste gestanden hatte, war in den letzten Wochen immer etwas dazwischengekommen. Da der See ein Motiv war, das in der Fotoausstellung am Infotag im Resort auf keinen Fall fehlen durfte, schlug Ben vor, einen gemeinsamen Ausflug dorthin zu machen.

Mit gepackten Rucksäcken saßen Ben und ich in seinem Pick-up. Das Wetter war herrlich, die Sonne strahlte vom Himmel herab, und die Temperaturen waren angenehm mild.

Wir überquerten die Brücke, die über den Bow River verlief, und fuhren den Lake Louise Drive entlang. Obwohl es noch recht früh war, waren schon einige Wanderer unterwegs.

»In den frühen Morgen- oder den späten Abendstunden, wenn nicht so viele Touristen am Lake Louise sind, ist es am schönsten«, schwärmte Ben, und ein Lächeln stahl sich auf seine Lippen.

»Hat dir schon mal jemand gesagt, dass du einen guten Ranger und Tourguide abgeben würdest?«, zog ich ihn grinsend auf, was er ebenfalls mit einem Grinsen erwiderte.

»Und ich dachte schon, ich hätte mir den falschen Job ausgesucht«, stieg Ben in mein Geplänkel mit ein.

Er drehte das Radio auf, und die Klänge von Popmusik erfüllten das Wageninnere. Im Gegensatz zu meiner ersten Autofahrt mit Ben war es diesmal jedoch kein Ausdruck dessen, dass er seine Ruhe vor mir haben wollte, sondern zeugte lediglich von seiner guten Laune.

Seine Heiterkeit war ansteckend, und so kam es, dass wir beide lauthals – und noch dazu ziemlich schräg – zu Bryan Adams *Summer of '69* mitsangen.

Ein paar Wanderer warfen uns schiefe Blicke zu, aber das störte uns nicht im Geringsten und tat der guten Stimmung keinen Abbruch. Ganz im Gegenteil.

Nach einer kurzen Autofahrt von etwa zehn Minuten kamen wir an unserem heutigen Ziel an, und Ben lenkte den Pickup gekonnt in eine der Parklücken auf dem großen Parkplatz am Ufer des Lake Louise.

Als wir ausgestiegen waren, ließ ich meinen Blick schweifen. Der See war von hier aus noch nicht zu sehen, dafür lenkte etwas anderes meine Aufmerksamkeit auf sich.

Ich schirmte meine Augen gegen die gleißende Sonne ab, um das Gebäude besser betrachten zu können. Ich hatte das Hotel schon auf etlichen Broschüren und Websites gesehen und sofort wiedererkannt.

Anmutig reckten sich die einzelnen Türme des schlossähnlichen Gebildes in den wolkenlosen Himmel. Dennoch kam ich nicht umhin, festzustellen, dass dieser riesige Klotz inmitten der unberührten Landschaft ein wenig fehl am Platz wirkte.

»In diesem Fünfsternehotel haben schon einige Prominente gewohnt. In den Fluren hängen etliche eingerahmte und signierte Fotos, zum Beispiel von Justin Bieber, Ellie Goulding, Shawn Mendes …«

»Shawn Mendes?«, fiel ich Ben aufgeregt ins Wort.

Wenn Rieke das gehört hätte!

»Ähm, ja?« Ben runzelte irritiert die Stirn.

»Meine beste Freundin Rieke ist ein riesiger Fan von Shawn Mendes«, fügte ich erklärend hinzu.

»Ah, verstehe. Also ist sie eine dieser hysterisch kreischenden Frauen?«

»Eigentlich nicht«, widersprach ich. »Genau genommen, ist Rieke sogar die coolste Frau, die ich kenne. Wenn es allerdings um Shawn Mendes geht, verwandelt sie sich in ein kleines Fangirl.«

Plötzlich grinste Ben vielsagend.

»Was ist?« Misstrauisch zog ich die Stirn kraus.

»Was würde Rieke denn dazu sagen, wenn Shawn Mendes hier in der Gegend eines seiner Musikvideos gedreht hätte? Und ich durch meine Arbeit als Ranger dabei gewesen wäre?«

Ich starrte Ben aus großen Augen an. »Nicht im Ernst, oder?« Ich blies die Backen auf.

Ben schwieg geheimnisvoll und nutzte meine Neugier aus.

Ich stupste ihn an. »Stimmt das? Ist das wahr? Jetzt sag schon!« Ich hielt in meinem Redefluss inne und musterte Ben skeptisch. »Du nimmst mich auf den Arm, oder?«

Plötzlich war es mit Bens Pokerface vorbei. Seine Mundwinkel zuckten verdächtig, dann verlor er endgültig die Beherrschung und lachte lauthals los.

»Du hättest mal dein Gesicht sehen sollen«, japste er nach Luft. Nachdem sein Lachanfall abgeklungen war, warf er mir ein unverschämtes, allerdings auch ziemlich süßes Lächeln zu, das meine Beine weich werden ließ.

»Ja, Lily, ich hab dich nur verarscht. Tut mir leid, aber du hast eine verdammt gute Steilvorlage geboten, da konnte ich nicht widerstehen.«

»Hey!« Gespielt empört knuffte ich Ben in die Seite. »Du hast wirklich ein sehr überzeugendes Pokerface. Fast hätte ich dir geglaubt.«

»Ich habe so einige verborgene Talente, von denen du noch nichts weißt«, entgegnete Ben betont ernst, jedoch umspielte ein spitzbübisches Lächeln seine Mundwinkel.

O ja, ich war mir sicher, dass Ben so einige Talente besaß. Vor allem hatte er ein ganz besonderes Talent dafür, mich regelrecht um den Verstand zu bringen …

»Lily?«

Plötzlich wedelte Ben mit seiner Hand vor meinem Gesicht hin und her, und ich erwachte peinlich berührt aus meinen heißen Tagträumen. Ich musste aufpassen, dass ich in Bens Nähe nicht zu einem sabbernden Teenager mutierte.

»Hmm, was?«, fragte ich verwirrt.

Ben schmunzelte. »Hast du schon wieder geträumt? Muss ja was Schönes gewesen sein, wenn du so am Grinsen bist.«

Erdboden, tu dich auf.

Ich zwang mich dazu, einen kühlen Kopf zu bewahren. *Ben und ich sind nur Freunde, wir sind nur Freunde,* wiederholte ich die Worte wie ein Mantra in meinem Kopf. Denn genau das hatte er mir nach unserer Nacht in seinem Wohnwagen zu verstehen gegeben. Wir sind nur Freunde.

»Oh, ich habe mir lediglich vorgestellt, wie Rieke reagiert hätte, wenn du Shawn Mendes tatsächlich bei einem Dreh begleitet hättest. Du hättest keine Ruhe mehr vor ihr gehabt.«

Kaum hatte ich den Satz beendet, formte sich ein Gedanke in meinem Kopf.

»Sag mal …«, begann ich. »Es gibt nicht zufällig die Möglichkeit, sich dieses unterschriebene Shawn-Mendes-Foto anzusehen und ein Beweisbild für Rieke zu machen, oder?«

Ben schnalzte mit der Zunge, seine Augen funkelten wie Sterne. »Ich denke, das sollte machbar sein.«

44. Kapitel

Ich setzte ein möglichst selbstbewusstes Gesicht auf, als Ben und ich geradewegs auf besagtes Fünfsternehotel zuhielten.

Vor dem Eingangsbereich standen Concierges in schicken blauen Anzügen und mit roten Krawatten und nahmen die Koffer der anreisenden Gäste entgegen.

Als Ben und ich die Lobby betraten, staunte ich nicht schlecht. Auch wenn das Hotel schon etwas in die Jahre gekommen war, strahlte das gesamte Interieur pure Eleganz, Erhabenheit und kühle Schönheit aus.

Der Boden war mit schwerem, dunkelblauem Teppich ausgelegt, durch den sich geschwungene goldfarbene Ornamente zogen. Ein riesiger Kronleuchter hing von der Decke herab und war zweifelsohne das Herzstück der gesamten Lobby.

»Und jetzt?«, fragte ich.

»Jetzt lässt du mich einfach nur machen«, erwiderte Ben schelmisch und spazierte munter auf eine der Rezeptionistinnen zu. Ich trottete ihm folgsam wie ein Entenküken hinterher, in der Hoffnung, dass Ben wusste, was er da tat.

Die Mundwinkel der jungen Dame hinter dem Tresen hoben sich bei Bens Anblick plötzlich zu einem strahlenden Lächeln. Ihr dezenter roséfarbener Lippenstift und ihr Lidstrich saßen perfekt, wie ich insgeheim und mit einer Spur Bewunderung feststellte.

Ich hatte mich bisher in meinem ganzen Leben genau ein einziges Mal an einen Lidstrich gewagt – als Rieke mich unbedingt zu einer Party mitschleifen wollte, obwohl ich mich viel lieber mit einem Buch in mein Bett verkrümelt hätte. Das Ergebnis der Lidstrich-Aktion war, dass ich an jenem Abend mehr Ähnlichkeit mit einem Waschbären hatte als mit jenem verruchten Partygirl, das Rieke aus mir hatte machen wollen. Ich besaß in der Hinsicht einfach kein Talent. Davon mal abgesehen, war ich ohnehin eher der natürliche Typ; unter zig Tonnen Schminke fühlte ich mich einfach nicht wohl.

»Olivia, wie schön, dich wiederzusehen! Meine Freundin müsste dringend auf die Toilette. Dürften wir mal eure Sanitärräume benutzen?«, fragte Ben und schenkte der jungen Dame vor uns ein Tausend-Watt-Lächeln, das jeden Scheinwerfer in den Schatten stellte.

Moment mal … *Freundin?* Hmm, an diese Bezeichnung könnte ich mich durchaus gewöhnen …

Dann stutzte ich. Wieso hatte Ben vorher mit keinem Sterbenswort erwähnt, dass er in diesem Hotel bekannt war? Andererseits hätte ich da auch von allein draufkommen können, immerhin war er Ranger und führte sämtliche Touristen durch den Nationalpark …

Die Rezeptionsdame schenkte mir keine Aufmerksamkeit, sie hatte einzig und allein Augen für Ben.

»Ben, lange nicht mehr gesehen. Wann beehrst du uns denn mal wieder mit deiner Fachkompetenz als Ranger?«, säuselte sie und klimperte kokett mit den Wimpern. Ihr Blick blieb für meinen Geschmack eine Spur zu lange an Bens muskulösen Armen und seinem durchtrainierten Oberkörper hängen.

»An mir soll's nicht scheitern. Besorg mir die Touristen, und ich bin schneller hier, als du gucken kannst«, gab Ben zurück.

Ich widerstand meinem inneren Drang, die Augen zu verdrehen, konnte jedoch nicht verhindern, dass sich ein winziger Stachel der Eifersucht in mir regte.

»Ich habe wirklich viel Wasser getrunken, es ist dringend«, mischte ich mich nun in die Unterhaltung ein, da mir die intensiven Blicke von Olivia langsam zu viel des Guten waren.

Fast wirkte es so, als schien die junge Frau erst jetzt von mir Notiz zu nehmen. Ihre perfekt geschminkten Lippen verzogen sich zu einem schmalen Strich, was ich wohlwollend zur Kenntnis nahm.

»Am besten nehmt ihr die Toiletten in der ersten Etage, hier im Erdgeschoss wird zurzeit saniert«, wandte sich die Rezeptionistin wieder an Ben und ignorierte mich.

Nachdem sich Ben und Olivia endlich voneinander trennen konnten, dirigierte Ben mich so souverän über eine Wendeltreppe in die erste Etage, als wäre das Hotel sein Zuhause.

»Das klappt ja noch besser als gedacht.« Ben rieb sich die Hände.

»Du hast ja auch wirklich alles dafür gegeben«, sagte ich, wobei zu meinem eigenen Ärger ein spitzer Unterton darin mitschwang. Leider war auch Ben dies nicht entgangen, da er mich sachte am Arm fasste und mich somit zwang, stehen zu bleiben und mich zu ihm umzudrehen.

»Bist du etwa eifersüchtig?«, fragte er unvermittelt und brachte mich damit aus dem Konzept. Mit dieser Frage hatte ich nun wirklich nicht gerechnet.

Daher überging ich sie schlichtweg, drehte mich um und marschierte den Gang entlang. Hauptsache weg, weg von Ben, der mich nicht so ansehen sollte. Dabei wusste ich, dass ich durch mein Schweigen unweigerlich ein Eingeständnis gemacht hatte …

Da ich keine Ahnung hatte, wo ich überhaupt hinmusste, drosselte ich mein Tempo wieder und wartete notgedrungen auf Ben.

Als er zu mir aufgeschlossen hatte, ließ er das Thema glücklicherweise auf sich beruhen, trotzdem schwebte die Frage nach wie vor ungeklärt zwischen uns.

Ben führte mich einen weiteren Gang entlang, dann hatten wir unser Ziel erreicht. Als wir vor der Bilderwand standen, ließ ich meinen Blick staunend über die vielen Porträts der Prominenten wandern, die hier schon genächtigt hatten. Und das waren so einige …

Schließlich entdeckte ich auch das Ziel unseres heutigen Tages: Shawn Mendes.

Auf dem signierten Foto trug er ein weißes T-Shirt, hielt eine Gitarre in der Hand und blickte melancholisch in die Ferne. Auch wenn ich kein derart leidenschaftlicher Fan wie Rieke war, eines musste man Shawn lassen: Den sexy Blick hatte er perfekt drauf.

»Na, wer sagt's denn? Da haben wir ja den zukünftigen Ehemann deiner besten Freundin.« Ben grinste und besah sich Shawn etwas genauer. »Also, der junge Mann hätte durchaus mal wieder einen Haarschnitt nötig, findest du nicht?«

Ich zog eine Grimasse, holte das Handy aus meiner Hosentasche und machte ein Beweisfoto. Näher würde Rieke Shawn Mendes vermutlich nie kommen.

Ich steckte mein Handy wieder weg und betrachtete das Autogramm.

»Noch cooler wäre es ja, wenn ich Rieke ein Original-Autogramm mitbringen könnte. Das wäre ein unschlagbares Geburtstagsgeschenk. Es würde sicher nicht auffallen, wenn hier ein signiertes Foto weniger hinge, bei den vielen Prominenten …«, überlegte ich laut.

Ben sah mich mit einer Mischung aus ehrlichem Erstaunen und Verwirrung an. Als hätte ich nicht mehr alle Tassen im Schrank. »Ich hab ja damals bei der Nummer mit dem Elch schon gedacht, du wärst verrückt, aber das setzt dem Ganzen die Krone auf.«

Dann stahl sich ein unheilvolles Grinsen auf seine Lippen, und ich war völlig perplex, als Ben tatsächlich nach dem Bilderrahmen griff. Er schien mein Unbehagen richtig zu deuten, da er die Augenbrauen hochzog und mich mit einem spöttischen Blick taxierte.

»Du wirst jetzt aber keinen Rückzieher machen wollen, oder?«, fragte er.

Da ich nicht gewillt war, mir diese Blöße vor Ben zu geben, da ausgerechnet ich diejenige war, die diese bescheuerte Aktion durch meine unbedachten Worte erst angeregt hatte, schluckte ich mein aufkeimendes Unbehagen hinunter.

»Pfff, ich doch nicht«, entgegnete ich im Brustton der Überzeugung, während mir ganz mulmig zumute wurde. So gerne ich mir das manchmal auch wünschte, ich war einfach nicht so selbstbewusst wie Rieke. Die hätte die gesamte Aktion regelrecht gefeiert. Nervös schielte ich nach rechts und links den Gang hinunter. Hoffentlich würde uns niemand bemerken …

Plötzlich fragte ich mich, welcher Teufel mich da geritten hatte, auf solch eine dämliche Idee zu kommen. Mein rationales Denkvermögen schien rapide abzunehmen, sobald ich mich in Bens Nähe befand. Auch jetzt tanzten die Schmetterlinge in meinem Bauch wieder Salsa, und Adrenalin pulsierte in meinen Adern.

»Sag mal, gibt es hier eigentlich Überwachungskameras?«, fiel mir plötzlich ein. Ich war selbst überrascht über diesen

Geistesblitz, da mein Gehirn doch gerade nur auf Sparflamme lief.

Ben deutete mit einem Kopfnicken auf etwas Kleines am Ende des Ganges, das einer Kamera verdächtig ähnlich sah.

»Die Kamera behält den Gang im Blick, die signierten Fotos und die Toiletten sind jedoch außerhalb des Aufnahmebereichs.«

»Und das weißt du woher?«, bohrte ich nach.

»Olivia hat mal eine private Führung durch das gesamte Hotel mit mir gemacht.«

Prompt bereute ich, überhaupt gefragt zu haben.

»Das kann ich mir lebhaft vorstellen ...«, murmelte ich.

Mit einer schnellen Handbewegung hatte Ben das Foto aus dem Bilderrahmen genommen.

»Und was machen wir jetzt mit dem leeren Rahmen?«, fragte ich ratlos.

Wortlos griff Ben in seinen Rucksack und beförderte mehrere Tierpostkarten zutage. Dabei begegnete er meinem fragenden Blick.

Er schmunzelte. »Immer, wenn bei meinen Führungen durch den Nationalpark Kinder dabei sind, dürfen sie sich am Ende der Wanderung eine der Postkarten aussuchen. Sozusagen als Belohnung dafür, dass sie so gut aufgepasst und mitgemacht haben. Also, welche möchtest du?« Ben deutete erst auf die Postkarten und anschließend auf den leeren Bilderrahmen.

Als ich begriff, was er vorhatte, musste ich grinsen. Daher nahm ich Ben die Karten aus der Hand und sah sie schnell durch. Ich zögerte nicht lange und entschied mich für eine Postkarte, auf der ein Biber abgebildet war. Sie passte perfekt zu Ben.

Schweigend nahm er meine Wahl zur Kenntnis und verstaute die anderen Karten wieder in seinem Rucksack. Dann machte er sich daran, die Biber-Postkarte in den Bilderrahmen zu setzen und diesen wieder an die Wand zu hängen.

Zufrieden betrachteten Ben und ich unser Werk.

»Gestatten, Biber, Justin Bieber«, kommentierte ich in James-Bond-Manier, woraufhin Ben losprustete.

»Glaubst du, der Justin hat in echt auch solche großen Zähne?«, fragte Ben im Spaß und deutete mit seinen beiden Zeigefingern zwei lange Schneidezähne an.

Ich kicherte. »Keine Ahnung, aber ich finde, unser Biber macht sich in Gesellschaft der anderen prominenten Gäste an der Wand äußerst gut. Fällt gar nicht auf.«

In dem Moment kam eine ältere Dame um die Ecke und den Gang hinuntergeschlendert. Misstrauisch beäugte die Seniorin uns, aber Ben grüßte sie mit einem charmanten Lächeln.

»Guten Tag, Miss.«

Die Frau schmolz dahin wie ein Eis in der Sonne. Sie warf Ben noch einen verzückten Blick zu, bevor sie in Richtung der Aufzüge verschwand.

Ben griff nach meiner Hand und zwinkerte mir zu. »Komm, lass uns auch gehen, bevor doch noch jemand von unserem Fototausch Wind bekommt.«

45. Kapitel

Kaum waren Ben und ich wieder draußen und einige Meter vom Hotel entfernt, konnten wir beide nicht länger an uns halten und prusteten los.

»Ich fasse nicht, dass wir das wirklich gemacht haben. Dass *ich* so etwas gemacht habe«, keuchte ich, während mich erneut eine Lachsalve durchschüttelte.

Bens Augen funkelten in zig Grüntönen, der Schalk blitzte daraus hervor.

»Gestatten, Biber. Justin Bieber«, ahmte Ben mich nach und brach wieder in Gelächter aus. »Ich hoffe, deine Freundin weiß diese Shawn-Mendes-Aktion zu schätzen.«

»Glaub mir, Rieke schläft zukünftig nur noch mit Shawn unter ihrem Kopfkissen«, flachste ich und hielt mir den Bauch, da dieser schon wehtat vom vielen Herumalbern. Und dennoch fühlte ich mich so gelöst und lebendig, dass ich hätte Bäume ausreißen können.

Unser Lachen ebbte nur langsam ab.

»So viel Spaß hatte ich schon lange nicht mehr«, sagte Ben plötzlich und wurde ernst.

Sein Blick machte mich nervös. Da ich nicht wusste, wie ich in dieser Situation reagieren sollte, versuchte ich, das Thema zu wechseln.

»Und, was steht als Nächstes auf unserer To-do-Liste?«

»Jetzt werde ich dir erst mal den See zeigen«, entschied Ben. »Ich hoffe, es ist noch nicht allzu viel los.«

Ich folgte ihm über den Parkplatz und wenige Schritte durch lichten Wald, bis wir das Seeufer erreichten.

Meine Kinnlade klappte nach unten.

»Wow«, hauchte ich und blieb fasziniert stehen.

Der See vor uns leuchtete in einem kräftigen Smaragdgrün-Türkis. Die Farben waren so intensiv, dass es beinahe unwirklich aussah. Die Aussicht auf die umliegende Gletscherkulisse war traumhaft.

Ben und ich waren nicht die Einzigen, die den Anblick genossen, neben uns waren schon etliche weitere Schaulustige mit ihren Kameras vor Ort, um das perfekte Fotomotiv zu erzielen.

»Woher kommen die leuchtenden Farben im See?«, fragte ich.

»Die türkisblaue Farbe hat der See Gesteinssedimenten zu verdanken, welche durch das Schmelzwasser der umliegenden Gletscher in den See gespült werden. Der See wurde übrigens nach Prinzessin Louise Caroline Alberta benannt, einer Tochter von Königin Victoria«, erklärte Ben.

»Das Licht ist wirklich der Wahnsinn«, schwärmte ich. »Da werde ich ein paar tolle Aufnahmen machen können.«

»Was das betrifft«, Ben griff unerwartet nach meiner Hand und zog mich von den Touristen fort, die mittlerweile in Scharen an das Ufer des Sees strömten, »habe ich eine Idee, wie wir die Menschenmassen am Seeufer umgehen und trotzdem ein paar geeignete Fotomotive ausfindig machen können.«

»So?«, fragte ich und hob interessiert die Augenbrauen. Zu meinem Bedauern hatte Ben meine Hand mittlerweile wieder losgelassen, doch noch immer spürte ich das Prickeln auf meiner Haut, das seine Berührung bei mir hinterlassen hatte.

»Bist du schon mal Kanu gefahren?«, erkundigte Ben sich.

Ich ahnte, worauf er hinauswollte … und ein vorfreudiges Kribbeln breitete sich in meinem Magen aus.

»Bin ich zwar nicht, aber die Herausforderung nehme ich gerne an!«, stieß ich begeistert aus.

Wir mussten nicht lange um den See herumlaufen, bis wir den Bootsverleih erreicht hatten. Eine urige Holzhütte schmiegte sich sanft an das Seeufer. Rote Kanus lagen angetaut an einem Holzsteg im Wasser und schaukelten in der lauen Sommerbrise sachte hin und her.

Ben und ich hatten Glück, denn der Bootsverleih schien gerade erst zu öffnen, und wir zwei waren die Ersten, die um diese Uhrzeit an der Hütte eintrafen. Während Ben im Inneren des Häuschens verschwand, um das Boot auszuleihen, genoss ich den fantastischen Blick auf den See.

Ich war so in Gedanken versunken, dass ich gar nicht bemerkte, wie Ben plötzlich wieder hinter mir stand. Der Besitzer des Bootsverleihs übergab uns zwei Schwimmwesten, die wir in seinem Beisein überzogen, und er weihte uns noch in die grundlegende Handhabung des Kanus ein. Bevor er uns schließlich unserem Schicksal überließ, blickte der Kanadier fachmännisch in den Himmel und kniff die Augen zusammen. »Da wird nachher noch ein Unwetter aufziehen. Seht also zu, dass ihr rechtzeitig wieder hier seid«, warnte er und winkte uns zum Abschied zu.

Verdutzt richtete ich meinen Blick gen Himmel. Mittlerweile hatte ich ja begriffen, dass ein Sturm in den Bergen manchmal schneller aufzog als gedacht, doch an diesem Tag war der Himmel strahlend blau. Lediglich in weiter Ferne entdeckte ich rund um die Gletscherspitzen vereinzelt ein paar schlierige Wolken. Ich war daher optimistisch, dass das Wetter mitspielte.

Nachdem wir unsere Sachen in einer wasserdichten Tasche

im Kanu verstaut und im Boot Platz genommen hatten – was nebenbei erwähnt eine ziemlich wackelige Angelegenheit war –, konnte es endlich losgehen.

Auch wenn ich mich anfangs erst noch an die Technik gewöhnen musste, gelang es mir schließlich, zeitgleich mit Ben das Paddel nahezu senkrecht ins Wasser zu senken.

Gemächlich glitt unser Kanu über den Lake Louise.

Fernab des Menschenaufkommens am Seeufer war es fast gespenstisch still. Noch waren Ben und ich in unserem Kanu die Ersten auf dem Lake Louise, aber ich wusste, dass dieser Zustand nicht von Dauer sein würde.

Während ich das Paddel in gleichmäßigen Zügen ins Wasser stieß, kam ich aus dem Staunen nicht mehr heraus.

Der See war umgeben von schneebedeckten Bergen, deren majestätische Gipfel im Sonnenlicht strahlten und sich auf der glatten Oberfläche des Sees spiegelten.

Wir paddelten am linken Ufer entlang. Der Nadelwald wurde immer dünner, lichtete sich und wurde durch ein Geröllfeld abgelöst. Ben und ich hielten des Öfteren an, damit ich genügend Zeit hatte, ein paar Aufnahmen zu machen.

Ich blickte durch den Sucher meiner Spiegelreflexkamera und versuchte, den See in seiner ganzen Pracht einzufangen. Durch das Licht der Sonne ergab sich ein faszinierendes Farbenspiel auf dem See.

»Gefällt es dir?«, fragte Ben, der vorne am Bug des Kanus saß und sich zu mir umgedreht hatte. Ich nickte lächelnd.

Mittlerweile waren ein paar weitere Kanus dazugekommen. Ihre leuchtend roten Silhouetten bildeten einen deutlichen Kontrast zu dem kristallklaren Türkis des Lake Louise. Instinktiv hob ich die Kamera und machte noch ein Foto, bevor ich sie wieder sinken und um meinen Hals baumeln ließ. Ich strich mir eine Haarsträhne hinters Ohr.

»Weißt du, was merkwürdig ist?«

»Was denn?« Bens Blick lag eindringlich auf mir.

»Für mich war es immer normal, am Rand einer Großstadt zu leben. Aber jetzt, umgeben von Bergen und Natur, beneide ich dich um deine Heimat. Ich kann mich an den Farben, dem Panorama und der unendlichen Weite gar nicht sattsehen.«

Ben lächelte, als wüsste er genau, wovon ich sprach. Wir paddelten bis ans andere Ende des Sees, wo wir uns einfach treiben ließen. Ich griff nach der Wasserflasche in meinem Rucksack und nahm einen Schluck. Angewidert verzog ich den Mund. Lauwarmes Wasser war wirklich kein Hochgenuss.

Vorsichtig lehnte ich mich über den Rand des Kanus und blickte in den See. Ganz nah unter der Wasseroberfläche schwammen kleine Fische aufgeregt hin und her.

»Sieh mal, ein Weißkopfseeadler!«, raunte Ben auf einmal, und mein Blick folgte seinem ausgestreckten Zeigefinger.

Jetzt sah ich ihn auch.

Am nahe gelegenen Ufer thronte ein mächtiger Raubvogel mit weißen Federn an Kopf und Schwanz auf der Spitze eines Nadelbaumes und beobachtete aufmerksam den See, als wäre er auf der Suche nach Beute. Für einen winzigen Moment blieben seine wachsamen Augen an Ben und mir hängen, doch er schien kein Interesse an uns zu haben. Etwas anderes musste seine Aufmerksamkeit erregt haben.

Blitzschnell tauschte ich mein Weitwinkelobjektiv gegen ein Teleobjektiv. Ich war tief beeindruckt von dem anmutigen Tier.

Ben und ich gaben keinen Mucks von uns und verharrten in unserer Position, während ich den Sucher der Kamera auf den Adler gerichtet hielt und ein paar Reihenaufnahmen machte. Leise klickte die Kamera.

Beinahe königlich reckte der Adler seinen Hals in die Höhe und drehte ihn von links nach rechts. Dann breitete er seine mächtigen Flügel aus und schwang sich empor. Ich staunte nicht schlecht: Seine Schwingen hatten sicherlich eine Spannweite von zwei bis zweieinhalb Metern!

Lautlos glitt der Weißkopfseeadler durch die Luft und kreiste über dem See.

Ich drückte noch mehrere Male auf den Auslöser meiner Kamera.

Plötzlich stürzte sich der Raubvogel mit ausgefahrenen Beinen gen Wasseroberfläche. Einen Wimpernschlag später zappelte ein Fisch in seinen kräftigen Krallen, und der Adler flog mit seiner frisch ergatterten Beute zurück in Richtung der Fichten, bis er hinter ein paar dichten Zweigen und aus unserem Sichtfeld verschwand.

»Und? Hast du ihn erwischt?«, fragte Ben atemlos.

»Ich denke, schon«, antwortete ich mit begeistertem Blick und strahlte Ben wie ein Honigkuchenpferd an.

Ben lachte. »Was wir zwei in letzter Zeit alles gesehen haben … Auch wenn es Weißkopfseeadler in Westkanada gibt, gehört einiges an Glück dazu, einen davon beim Fischfang zu beobachten.«

»Vielleicht bin ich ja so etwas wie dein persönlicher Glücksbringer«, witzelte ich.

»Tja, vielleicht bist du das tatsächlich …«

Ich stockte bei dem nachdenklichen Unterton in Bens Stimme.

Natürlich nahm mein Herz das wieder zum Anlass, ein paar Freudensprünge zu vollführen, und ich hatte Mühe, mich selbst daran zu erinnern, dass Ben und ich nur gute Freunde waren. Ich seufzte innerlich.

Schweigend ließen wir uns weiter auf dem Wasser treiben, während die Sonne in unsere Gesichter schien. Ich schirmte meine Augen mit der Hand gegen das helle Licht ab.

Irgendwann kamen wir mit unserem Kanu an einer schmalen Bucht vorbei, und Ben schlug vor, eine Rast zu machen.

Er stieg als Erster aus dem Kanu und befestigte das Boot an einem Ast, der weit übers Wasser hing. Dann half er mir an Land und nahm unser Hab und Gut aus der wasserdichten Tasche an sich.

An einem schattigen Plätzchen am Ufer breiteten wir eine Decke aus und ließen uns darauf nieder. Ich legte mich zurück und blickte in den noch immer blauen Himmel. Die Wärme ließ mich schließlich immer schläfriger werden.

46. Kapitel

Ein dicker kühler Regentropfen, der auf meine Nasenspitze platschte, ließ mich hochschrecken.

Verwirrt rieb ich mir über die Augen und wandte meinen Blick in Richtung der schneebedeckten Gletscher. Auch Ben schien etwas gedöst zu haben, denn er starrte ebenso schockiert wie ich auf die dunklen Gewitterwolken, die direkt über dem See lagen und sich bedrohlich in den Himmel emportürmten.

Mittlerweile war bis auf unser Boot, das bedenklich auf dem Wasser hin und her schaukelte, kein einziges Kanu mehr auf dem Lake Louise zu sehen. Alle hatten sich vor dem aufziehenden Sturm rechtzeitig in Sicherheit gebracht.

Ein weiterer Tropfen fiel auf meine Wange.

»Was zur Hölle …?«, kam es mir über die Lippen. In der Ferne zuckten die ersten grellen Blitze durch die Schwärze, Donner grollte.

»So ein Mist, wir haben die Zeit völlig aus den Augen verloren!«, fluchte Ben.

Der Lake Louise hatte plötzlich nichts mehr von einem funkelnden Bergsee oder einem allseits beliebten Touristenziel, sondern hätte in diesem Moment durchaus als Kulisse für einen schaurigen Krimi dienen können.

Die Spitzen der umliegenden Berge und Gletscher waren bereits vollständig in den Wolken verschwunden, und eine milchige Suppe waberte über dem See.

Die nächsten Regentropfen prasselten herab, die Blitze und das Donnergrollen schienen binnen Sekunden immer näher zu kommen.

Ben sprang von unserer Decke auf, und ich tat es ihm gleich. »Los, wir müssen uns beeilen!«

»Aber das Bootshaus ist doch bestimmt mehrere Kilometer entfernt. Bei dem Sturm brauchen wir mindestens eine Stunde«, gab ich zu bedenken.

Ben drehte sich zu mir um. »Wir können bei dem Wetter nicht zurück aufs Wasser, unmöglich! Das ist viel zu gefährlich. Nicht weit von hier befindet sich eine Schutzhütte. Da können wir den Sturm abwarten.«

Hastig verstaute ich meine Kamera samt Rucksack in der wasserdichten Tasche und rollte die Decke zusammen.

Die Luft um uns herum hatte sich merklich abgekühlt, und prompt stellten sich die feinen Härchen an meinen Unterarmen auf. Die Kälte ließ mich zittern.

Besorgt warf ich einen Blick zu unserem Kanu. Ich hoffte, dass es den Sturm hier draußen überstehen und der Ast halten würde, bis wir wieder zurück waren. Mit unseren Siebensachen rannten wir im strömenden Regen über den matschigen, regendurchweichten Boden, wobei ich mehr als einmal mit meinen Sneakers im Schlamm versank. Die Schuhe konnte ich danach wohl in die Tonne hauen.

Die Fichten und Kiefern bogen sich knarzend im Sturm und neigten sich gefährlich nach rechts und nach links.

Ben griff nach meiner Hand und zog mich mit sich. Es war nur ein kurzes Stück durch den Nadelwald, bis vor uns eine Holzhütte mit schiefem Schornstein auftauchte.

Erleichtert atmete ich auf. Ich glaube, ich hatte mir noch nie so sehr in meinem Leben gewünscht, ins Trockene zu kommen.

Ich war mittlerweile bis auf die Unterwäsche durchnässt. Schlotternd schlang ich die Arme um meinen Körper.

Wer hätte gedacht, dass sich aus einem Tag, der mit strahlendem Sonnenschein und beinahe wolkenlosem Himmel begonnen hatte, ein solches Unwetter entwickeln konnte? Offensichtlich hatte ich die Naturgewalten hier in Kanada unterschätzt.

Ben drückte den Holzgriff der Tür nach unten. Sie war unverschlossen und öffnete sich quietschend. In der Nähe schlug ein Blitz in eine Fichte ein, und ich schrie auf.

Hastig folgte ich Ben in die Sicherheit der Hütte, und er schloss die Tür hinter uns. Dunkelheit und staubige Luft empfingen uns. Ben schaltete die Taschenlampe seines Handys ein.

»Gibt es hier keinen Strom?«, fragte ich.

»Nein. Aber wenn wir Glück haben, finden wir ein paar Kerzen und können zusätzlich den Ofen anfeuern.«

Der Wind pfiff durch die Ritzen, rüttelte an den Brettern und heulte jämmerlich. Ich ließ meinen Blick durch das spärlich eingerichtete Zimmer gleiten.

Mir fiel auf, dass die Hütte eine weitere Etage hatte. Hier unten schien eine Art Aufenthaltsraum zu sein, es gab einen Tisch mit ein paar Sitzmöglichkeiten und einen offenen Kamin. Eine schmale hölzerne Treppe führte hinauf.

»Oben befinden sich Schlafmöglichkeiten für Wanderer, die zum Beispiel aufgrund der Wetterverhältnisse gezwungen sind, über Nacht zu bleiben«, erwähnte Ben beiläufig, als hätte er meine Gedanken gelesen.

Er durchforstete die Schrankfächer, bis er fand, wonach er gesucht hatte.

»Na, wer sagt's denn?«, meinte er zufrieden und kehrte mit Feueranzündern aus Holzwolle und Streichhölzern zum Kamin zurück, während ich etwas warmen Atem in meine klammen Finger hauchte.

Nach ein paar Anlaufschwierigkeiten gelang es Ben glücklicherweise, den Kamin in Gang zu bringen. Die ersten Flammen züngelten hoch und wurden schließlich zu einem gemütlichen Feuer.

Ben wärmte sich die Hände über der Flamme. »Wir sollten uns ausziehen, bevor wir uns noch eine Lungenentzündung holen.«

Er ließ keine Sekunde verstreichen, sondern begann, sich aus seiner Kleidung zu schälen. Mit geweiteten Augen sah ich ihn an.

»Lily, ich meine es ernst, damit ist nicht zu spaßen. Die nassen Klamotten müssen runter.« Bens Stimme war eindringlich und ließ keinen Widerspruch zu.

Also zog ich mich aus, angefangen bei meinen erdverkrusteten Schuhen. Irgendwann lagen mein Shirt, die Jeans und meine Socken auf dem Boden, bis ich in BH und Slip dastand.

Mein Blick fiel auf Bens Körper, der nur noch von seinen Boxershorts bedeckt wurde. Er hatte mir den Rücken zugedreht, und ich sah ein paar Regentropfen, die entlang seiner Wirbelsäule hinabrannen.

Ich zwang mich dazu, meine Augen von ihm zu lösen, und wandte meine Aufmerksamkeit stattdessen dem Feuer zu. Es tauchte die Hütte in ein sanftes Licht, während draußen hörbar die Welt unterging. Tiefe Dunkelheit hatte sich vor die Fenster gelegt.

Ben lief die schmale Holztreppe nach oben und kam kurz darauf mit einer kratzig aussehenden Decke zurück, die er in der Nähe des Kamins ausbreitete, ebenso wie unsere Kleidungsstücke. Dann griff er in seinen Rucksack und holte ein großes Badetuch daraus hervor.

»Komm, setzen wir uns auf die Decke. Hier können wir uns hoffentlich schnell aufwärmen und unsere Sachen trocknen«, schlug Ben vor. Sein Blick flackerte, und ich meinte, dass er für einen kurzen Moment auf meinem Körper ruhte.

Ich knibbelte an meiner Lippe und ließ mich auf der Decke nieder.

Ben war darauf bedacht, sich an den äußeren Rand der Decke zu setzen. Ich zog meine Beine dicht an den Körper, da ich noch immer fror. Plötzlich legte mir Ben sein Badehandtuch um die Schultern und hüllte mich darin ein.

»Damit du wieder schneller warm wirst«, sagte er liebevoll.

»Danke«, flüsterte ich gerührt.

Bens Lächeln wurde eine Spur breiter, bevor er schließlich von mir abließ und ebenfalls die Beine an seinen Körper zog.

»Meinst du nicht, dein Handtuch ist groß genug für uns beide?«, hörte ich mich zu meiner eigenen Überraschung fragen.

Bens Kehlkopf hüpfte auf und ab, ich sah ihn schlucken.

»Wenn es dir nichts ausmacht?« Seine Stimme klang rau.

Ich breitete einladend das Handtuch aus. Zögernd rutschte Ben zu mir heran.

47. Kapitel

Wir starrten in die knisternden Flammen und schwiegen. Die Kälte und Taubheit wichen langsam aus meinem Körper, stattdessen strömte neue Lebensenergie hindurch.

Ich genoss es, so dicht neben Ben zu sitzen und die Wärme zu spüren, die von ihm ausging.

Als ich realisierte, dass wir fast nackt gemeinsam unter einem Badehandtuch vor dem Kamin saßen, wurde mir schlagartig eine Spur wärmer. Ben roch nach Moos und frischen Fichtennadeln. Nach einem Hauch von … Freiheit. Einfach unglaublich gut.

Sehnsucht überkam mich, und es kostete mich einiges an Beherrschung, nicht meine Finger nach ihm auszustrecken und durch sein vom Regen nasses Haar zu fahren.

Dieser Moment mit Ben fühlte sich so intim an und so … echt.

Ich schüttelte leise lachend den Kopf.

»Was ist?«, fragte Ben, und ich spürte seinen Blick auf mir.

»Das ist alles so verrückt«, murmelte ich. Auch ich wagte es, Ben ins Gesicht zu sehen, auf dem sich die Farben des Feuers spiegelten. Sanfte Schimmer, von rötlich über orangefarben bis hin zu gelb, tanzten darauf und lenkten mich für einen winzigen Augenblick ab. Dann riss ich mich zusammen. »Wenn ich daran denke, was ich in den letzten Wochen erlebt habe ... Erst das unerwartete Zusammentreffen mit einem Elch, die Rettungsaktion der zwei jungen Waschbären, das Beobachten eines frei lebenden Wolfes mitten im Nationalpark. Und jetzt sitze ich nach einer wahnsinnigen Shawn-Mendes-Fotoaktion und einem Kanuausflug auf dem Lake Louise mit dir in einer Schutzhütte, während da draußen die Welt untergeht. Ehrlich, ich habe das Gefühl, ich könnte ein ganzes Buch mit meinen Erlebnissen füllen.« Ben lachte nun ebenfalls. Es war ein warmes Lachen, das mir einen angenehmen Schauer bescherte und für immer unvergesslich bleiben würde.

Ben Montgomery hatte es in den letzten Wochen stetig geschafft, sich in mein Herz zu schleichen. Niemals hätte ich gedacht, dass er mir mit seiner anfänglich eher schroffen und zurückhaltenden Art innerhalb so kurzer Zeit so viel bedeuten könnte ...

»Das ist wirklich verrückt«, pflichtete Ben mir bei. Dann holte er tief Luft und sah mir geradewegs in die Augen. »Und du machst mich verrückt, Lily. Ich habe versucht, dagegen anzukommen, aber es gelingt mir nicht. Dabei hatte ich mir felsenfest vorgenommen, nie wieder so zu fühlen.«

Ich stockte. Während mein Herz bereits begann, im doppelten Tempo vorwärts zu galoppieren, war mein Verstand noch dabei, Bens Worte zu verarbeiten.

Prompt meldeten sich auch die Schmetterlinge in meinem Bauch, die offensichtlich wieder aus ihrem von mir angeordneten Winterschlaf erwacht waren. Aufgeregt stoben sie hin und her und ließen mir keine Ruhe.

»Ja, ich war eifersüchtig, als ich dich mit diesem Rafael gesehen habe. Um ehrlich zu sein, hat es mich rasend gemacht, wie er dich angeschaut hat. Vorhin, als ich im Hotel mit der Rezeptionistin geflirtet habe ... da hatte ich gehofft, dass es dir genauso ging. Dass da auch ein Funken von Eifersucht in dir war«, flüsterte Ben.

Seine Worte trafen mich mitten ins Herz.

Ben sah mich an, als wartete er auf irgendetwas. Eine Antwort, ein Zeichen.

Unsere Blicke verhakten sich, Bens Atem ging gepresst. Oder war es mein eigener?

Plötzlich überbrückte Ben die letzten Zentimeter zwischen uns, zog mich zu sich heran und küsste mich. Hitze flutete meinen Körper. So lange schon hatte ich mich danach gesehnt.

Und ich wollte mehr, viel mehr.

Seine Lippen fühlten sich warm und weich auf den meinen an.

Meine Hände reagierten wie von selbst, legten sich in Bens Nacken und zogen seinen Kopf noch näher zu mir heran. Meine Finger glitten durch sein Haar.

Ein Stöhnen perlte von Bens Lippen. Berauscht von diesem Geräusch und den Gefühlen, die durch meinen Körper tobten, presste ich mich an ihn, bis kein Zentimeter Platz mehr zwischen uns war.

Unser Kuss wurde leidenschaftlicher, wilder, forscher.

Ich keuchte leise.

Ermutigt von Bens Berührungen, ließ ich das Handtuch fallen und kletterte stattdessen auf seinen Schoß, bis ich rittlings auf ihm saß. Ich spürte seinen harten Unterleib an meinem.

Ben atmete scharf ein.

Er umfasste meine Taille. Dann begann er, meinen Körper mit sanften Küssen zu bedecken. Seine Zunge hinterließ brennende Spuren auf meiner Haut.

Ben verweilte mit seinen Lippen schließlich unterhalb meines BHs. Fragend sah er mir in die Augen, als suchte er darin nach einer stummen Erlaubnis, doch mein sehnsuchtsvolles Stöhnen war Antwort genug.

Seine Finger machten sich fahrig am Verschluss meines BHs zu schaffen, bis dieser aufsprang und der Stoff achtlos zu Boden glitt.

Das Feuer in Bens Blick entfachte mein eigenes nur noch mehr.

Ben umfasste meine Brüste, umkreiste die harten Knospen mit seiner Zunge und liebkoste sie nach allen Regeln der Kunst.

Ich keuchte abermals auf und legte meinen Kopf in den Nacken.

Ben übernahm die Führung, drückte mich sanft, aber bestimmt nach unten, sodass ich mit dem Rücken auf der Decke lag. Mit gepresstem Atem beugte Ben sich über mich.

Seine Pupillen waren geweitet, wodurch die Augen dunkler wirkten. Ganz langsam ließ er seinen Blick an mir hinabgleiten, als wollte er sich jede Einzelheit für immer tief ins Gedächtnis einprägen.

Ich zitterte vor Erregung und ließ mir ebenfalls Zeit, Bens definierten Körper zu betrachten. Sachte hob ich meine Hand, fuhr mit den Fingern über seine Brust und die feine Linie an Härchen, die sich vom Bauchnabel abwärts zog. Ich stoppte kurz vor dem Bund seiner Boxershorts, unter der sich Bens Verlangen nur allzu deutlich abzeichnete. Schwer atmend sah ich zu Ben auf.

Ein kehliger Laut drang aus seinem Mund, als würde ihm nicht gefallen, dass ich in meinem Vorhaben aufgehört hatte. Keinen Wimpernschlag später beugte er sich stürmisch zu mir hinunter, und wir versanken erneut in einen Kuss. Ein Kuss, der so hingebungsvoll und intensiv war, dass er mich alles um mich herum vergessen ließ.

Quälend langsam strich Ben mit seinen Händen die Außenseiten meiner Oberschenkel hinab, während sein hungriger Blick meine nackten Brüste streifte.

Ein ungeduldiger, flehentlicher Laut kam über meine Lippen.

Es hatte bisher einen einzigen Mann in meinem Leben gegeben: Vincent. Aber die Gefühle, die ich in seiner Nähe verspürt hatte, waren nichts im Vergleich zu denen, die mich bei Bens Berührungen überrollten.

Die Hitze in meinem Inneren wurde beinahe unerträglich. Ich schauderte und wünschte mir nichts sehnlicher, als Ben zu spüren und eins mit ihm zu werden.

Kurz befürchtete ich, Ben könnte wieder einen Rückzieher machen, doch meine Zweifel verloren sich, als seine Finger unter den Saum meines schwarzen Slips wanderten.

Erwartungsvoll hob ich das Becken an, und Ben schob den dünnen Stoff mühelos über meine Schenkel.

Ich wollte keine Sekunde länger warten und ergriff die Initiative. Ungestüm zerrte ich Ben seine immer noch feuchten Boxershorts vom Leib. Ein Blick auf seine Männlichkeit verriet mir, dass er genauso erregt war wie ich.

Plötzlich machte er ein schuldbewusstes Gesicht. »Verdammt«, keuchte er. »Ich hab kein Kondom dabei. Hast du …?«

Ich musste grinsen. Wer hätte gedacht, dass Riekes Tipps mal von Nutzen sein konnten? Seit Vincent und ich uns letztes Jahr getrennt hatten, hatte Rieke mich zu jeder erdenklichen Party mitgeschleift, um »Spaß zu haben und Ablenkung zu finden«. Dabei hatte sie mir erst kürzlich ungefragt ein Kondom ins Portemonnaie gesteckt, das jedoch niemals das Licht der Welt erblickt hatte, da ich im Gegensatz zu Rieke einfach kein Fan von One-Night-Stands war.

Heute hätte ich Rieke dafür allerdings knutschen können.

Ben war gelinde gesagt verblüfft, als ich ihm die rote Verpackung unter die Nase hielt, doch sein Erstaunen hielt nur einen winzigen Moment an, bevor er sich wieder zu mir herunterbeugte und mich in einen leidenschaftlichen Kuss verwickelte.

Er riss die Folie auf, rollte sich das Kondom über und suchte meinen Blick. Ich nickte lediglich, da ich nicht imstande war, mehr zu sagen. In meinem Unterleib begann es verheißungsvoll zu ziehen.

Ben glitt heiß in mich. Anfangs war er noch sehr vorsichtig und zaghaft, darauf bedacht, keine zu schnellen Bewegungen zu machen, doch dann ließ er sich von den Emotionen mitreißen, die wie eine Welle über uns hinwegschwappten.

Wortlos presste ich mich noch enger an ihn, gab ihm damit zu verstehen, dass ich ihm vertraute. Unsere Lippen fanden einander, und ich versank in diesem innigen Kuss.

Ich stöhnte vor Lust auf, als Ben tief in mich eindrang, und krallte meine Hände in seinen Rücken.

Ben so tief in mir zu spüren, war ein unbeschreibliches Gefühl.

Ich schlang meine Beine um seine Hüfte, und es dauerte nicht lange, bis wir beide den gleichen Rhythmus gefunden hatten.

Kraftvoll bewegten wir uns im Einklang miteinander, trieben uns gegenseitig auf den Höhepunkt zu.

Ben verflocht seine Finger mit meinen und sah mir in die Augen.

Unser Tempo wurde immer schneller, bis ich das Gefühl hatte, auf einer Klippe zu stehen, von tosendem Meer umspült.

Und dann ließen Ben und ich uns fallen und von den Wellen treiben.

48. Kapitel

Als ich die Augen öffnete, kam es mir so vor, als würde ich aus einem Traum erwachen. Der Sturm war abgeklungen, sowohl in mir als auch draußen vor der Hütte.

Stille hatte sich über den Lake Louise gelegt, das Feuer im Kamin war beinahe erloschen. Nur noch die spärlichen Überreste glommen.

Als ich mich in Bens Umarmung umdrehte, stützte er seinen Kopf auf einer Hand ab und lächelte mich an.

Mein Herz bäumte sich auf.

An seiner Seite fühlte ich mich so leicht und unbeschwert. Als könnte ich alles schaffen, was ich mir nur vorgenommen hatte.

»Hörst du das? Das Unwetter hat sich gelegt«, schmunzelte Ben und verflocht seine Finger mit meinen.

Ich hätte noch stundenlang hier so liegen können. Nur Ben und ich, wir beide in dieser einsamen Hütte.

Denn ich wusste nicht, was mich in der Realität erwartete. Ob es dort draußen überhaupt ein Wir gab oder ob es nur für den Moment gewesen war.

Eng umschlungen hingen wir unseren Gedanken nach.

Vielleicht, weil wir beide nicht wussten, wie wir mit dieser Situation umzugehen hatten. Weil wir selbst erst einmal realisieren mussten, was heute zwischen uns geschehen war.

Was bedeutete es für Ben und mich? Bedeutete es überhaupt etwas?

Ich wollte die hartnäckigen Fragen aus meinem Kopf verbannen und diesen besonderen Augenblick einfach genießen, aber es gelang mir nicht. Da war diese unsichere Stimme in meinem Kopf.

Zwischen Ben und mir war immer noch so viel Unausgesprochenes.

Ob ihm der Sex überhaupt gefallen hatte? Er sagte gar nichts … Vielleicht war er genauso verunsichert wie ich?

Ich nahm meinen ganzen Mut zusammen. »Das war schön«, sagte ich leise.

Das Lächeln, das sich bei meinen Worten auf Bens Lippen ausbreitete, war mehr wert als alles, was er hätte sagen können.

Er beugte sich zu mir herunter und gab mir einen sanften Kuss. Er war weniger impulsiv, dafür aber ausgesprochen liebevoll.

Als Ben seine Lippen von mir löste, schoben sich seine Mundwinkel nach oben, wobei ein Grübchen auf seiner rechten Wange entstand.

»Das finde ich auch«, flüsterte er. »Am liebsten würde ich einfach hierbleiben.«

Da es draußen jedoch bald schon dunkel werden würde und es Zeit war, den Heimweg anzutreten, rafften Ben und ich unsere Sachen zusammen. Das Feuer des Ofens hatte unsere nasse Kleidung getrocknet, sodass sie sich wohlig warm auf meiner Haut anfühlte. Für meine schlammverkrusteten Schuhe gab es allerdings keine Hoffnung mehr.

Als wir Hand in Hand nach draußen traten, hatte sich der Himmel aufgeklart. Die dunklen Wolken waren verschwunden, stattdessen traute sich die Sonne hervor und ließ den Lake Louise wieder in seinem üblichen Türkis erstrahlen. Bis auf einige heruntergefallene Äste und den schlammigen, durchgeweichten Boden ließ nichts darauf schließen, dass hier bis vor Kurzem noch ein Sturm gewütet und ordentlich an der kleinen Holzhütte gerüttelt hatte.

Nachdem wir eine geschlagene halbe Stunde Wasser aus dem vollgelaufenen Kanu geschöpft hatten, paddelten wir zurück zum Bootshaus und wurden von dessen Betreiber besorgt in Empfang genommen. Wir versicherten ihm, dass es uns gut ging und wir den Sturm unbeschadet überstanden hatten, legten die restlichen Meter zum Parkplatz zurück und fuhren schließlich in Richtung des Resorts.

Ben verabschiedete mich am Haupthaus mit einem letzten Kuss, der noch lange in mir nachwirkte. Der Kuss war so berauschend, dass ich Ben gar nicht gehen lassen wollte.

Wie gut, dass ich ihn schon morgen wiedersah …

49. Kapitel

»Wahnsinn, du hast dir echt den hotten Ranger geschnappt? Und … sind Kanadier gut im Bett?«, verlangte Rieke aufgeregt zu wissen, als ich sie noch am gleichen Abend per Skype anrief, um mit ihr die neuesten Ereignisse zu besprechen.

»Rieke, echt jetzt?«, murmelte ich und verdrehte gespielt ernst die Augen. Sogleich schlich sich ein verräterisches Grinsen auf mein Gesicht, und ich spielte nervös an den Fransen meiner Bettdecke.

»Lily Hartmann, du kannst mir einfach nichts vormachen. Ich kann in dir lesen wie in einem offenen Buch. Und so wie du strahlst, gehe ich stark davon aus, dass der Sex ziemlich gut war«, stellte Rieke fest.

»Es war richtig schön«, schwärmte ich und erzählte Rieke ausführlich von dem gemeinsamen Tag mit Ben.

»So kenne ich meine beste Freundin ja gar nicht. Du bist doch sonst nicht für One-Night-Stands zu haben?« Rieke grinste vielsagend und hob die Augenbrauen.

Ich schwieg. Riekes Worte hinterließen einen bitteren Nachgeschmack.

Was, wenn es für Ben wirklich nicht mehr war als ein One-Night-Stand? Interpretierte ich wieder mal zu viel in die Sache hinein? Schließlich hatte Ben erst kürzlich eine schmerzhafte Trennung durchgemacht …

Rieke stockte. »Du … du hast dich in ihn verliebt, stimmt's?«

Ich schwieg noch immer, aber offensichtlich war dies Antwort genug.

»Und was ist jetzt? Habt ihr über euch gesprochen?«

»Nein«, gestand ich leise, denn genau das war der Haken an der Sache. Ich seufzte schwer. »Rieke, was mache ich denn jetzt bloß?«

»Na, was wohl? Red mit ihm! Sag ihm, was du für ihn fühlst.«

»Und was ist, wenn er nicht das Gleiche für mich empfindet?«, wandte ich ein. Allein der Gedanke genügte, dass ein schmerzhafter Stich durch meine Brust fuhr.

»Andere Mütter haben auch hübsche Söhne«, kommentierte Rieke pragmatisch.

Als sie meinem finsteren Blick begegnete, schlug sie einen versöhnlichen Tonfall an.

»Sorry, Süße, das war nicht so gemeint. Im Ernst: Sprich mit ihm. Dann hast du wenigstens Klarheit.«

Rieke sah meine grüblerische Miene und lächelte. »Ach, Lily, vielleicht beneide ich dich ein bisschen. So viel Kopfzerbrechen die Typen einem auch bereiten mögen … Ich würde mich gerne mal wieder so richtig verlieben und Schmetterlinge im Bauch spüren! Das ist schon ein tolles Gefühl. Aber irgendwie lässt sich der Richtige bei mir ganz schön viel Zeit. Wahrscheinlich ist der auf einer Schildkröte unterwegs.«

Dieses Bild entlockte mir nun doch ein Lächeln.

»Oder«, warf ich ein, »dein Traumprinz ist ein Musiker, der noch gar nicht weiß, dass du existierst.« Mit einem Grinsen griff ich hinter mich in den Rucksack und zog das heilige Shawn-Mendes-Autogramm daraus hervor.

Allerdings hielt ich es so in die Kamera, dass Rieke nur die weiße Rückseite zu sehen bekam.

»Rate mal, was das ist«, frohlockte ich und wedelte bedeutungsvoll mit dem Autogramm hin und her.

Rieke beugte sich näher an den Bildschirm ihres Laptops, wodurch ihre Nase doppelt so breit wie sonst wirkte.

»Deine Mitesser wollte ich jetzt eigentlich nicht zählen«, scherzte ich, woraufhin Rieke mir die Zunge herausstreckte.

»Haha, sehr lustig. Hmm, keine Ahnung, was das ist. Ein geheimnisvoller Liebesbrief?«

Ich schüttelte den Kopf.

»Eine Seite aus deinem Tagebuch oder ein Gedicht?«

Ich runzelte die Stirn. »Wann hast du mich jemals Tagebuch oder Gedichte schreiben sehen?«

Rieke zuckte mit den Schultern. »Keine Ahnung, vielleicht hat dich Kanada ja dazu inspiriert. Du weißt schon, wegen der beeindruckenden Landschaft und so … Ich weiß es ehrlich nicht. Spann mich nicht so auf die Folter! Was ist es?«

Ich kostete den Triumph noch etwas aus und ließ meine beste Freundin ungeduldig zappeln, bevor ich schließlich dramatisch meine Arme ausbreitete.

»Ta-ta-ta-taaaa!«

Erwartungsvoll hielt ich Rieke das Autogramm vor die Nase und beobachtete gespannt ihre Reaktion.

Offensichtlich war meine Überraschung gelungen, denn Riekes braune Augen wurden kugelrund. Im nächsten Moment fegte ein Freudengeschrei über mich hinweg.

»Ist … ist es etwa das, was ich denke?«, hauchte Rieke ehrfürchtig. »Wie bist du da bloß drangekommen?«

Es war selten, dass ich Rieke sprachlos erlebte, denn normalerweise klebte immer ein frecher Spruch auf ihren Lippen. Daher freute es mich ungemein, dass es mir tatsächlich gelungen war, meine beste Freundin aus der Fassung zu bringen.

»Sag mir jetzt nicht, Shawn Mendes war Gast in eurem Resort.«

Ich grinste. »Nicht so ganz …«

Dann erzählte ich Rieke davon, wie Ben und ich nicht ganz ordnungsgemäß an das Autogramm gelangt waren, und sie traute ihren Ohren kaum.

»Lily Hartmann, was hat dieser Ben bloß mit dir gemacht? Ich erkenne dich gar nicht wieder! Habe ich dir schon mal gesagt, dass du die Allerbeste bist?«

»Mit Sicherheit, aber ich höre es immer wieder gerne.«

50. Kapitel

Am Sonntagmorgen war ich damit beschäftigt, die Fotos auf meinem Laptop zu sortieren. Ich musste Nell und ihren Eltern demnächst unbedingt ein paar präsentierfähige Fotos zeigen, immerhin stand der geplante Infotag vor der Tür, und es war noch einiges zu erledigen.

Ich lag bäuchlings auf dem Bett und klickte mich durch die diversen Aufnahmen.

Es waren über die Wochen hinweg ein paar wirklich gute Fotos entstanden, mit denen ich sehr zufrieden war. Darunter waren auch Bilder vom Lake Louise und von dem Weißkopfseeadler, den Ben und ich vor die Linse bekommen hatten.

Beim Gedanken an den gestrigen Tag breitete sich ein angenehmes Kribbeln in meinem Bauch aus. War das wirklich passiert? Ein Klopfen an meiner Zimmertür riss mich aus meinen Träumereien.

»Herein«, rief ich.

Zu meiner Überraschung stand plötzlich Ben im Türrahmen. Auch wenn wir für heute verabredet gewesen waren, um gemeinsam die Fotos vom Banff-Nationalpark durchzusehen, hatte ich noch nicht so früh mit ihm gerechnet.

»Guten Morgen«, grinste Ben und strich sich durchs Haar.

Mein Herz klopfte bei seinem Lächeln unweigerlich eine Spur schneller. Würde das jemals wieder aufhören?

»Guten Morgen.« Ich lächelte zurück. Danach gingen mir allerdings die Worte aus. Wie verhielt man sich, wenn man gestern noch in einer einsamen romantischen Hütte miteinander geschlafen hatte und selbst nicht wusste, was es bedeutete?

Auch Ben schien ein wenig verlegen, denn er kratzte sich am Hinterkopf. Mein Blick blieb an seiner Kleidung hängen, die auffällig sportlich war. Ich stutzte.

»Warst du um diese Uhrzeit etwa schon joggen?«, fragte ich.

Ben hob seine Hände. »Erwischt!«, sagte er lachend. »Irgendwie konnte ich heute Morgen nicht mehr schlafen.«

Mir war es ähnlich ergangen, was jedoch daran lag, dass ich mir die ganze Zeit den Kopf zerbrach …

Ob ihn die Geschehnisse des vergangenen Tages ebenso beschäftigten wie mich?

»Willst du gar nicht reinkommen?«, fragte ich, da Ben keine Anstalten machte, sich vom Türrahmen wegzubewegen.

Er deutete an seinen Trainingsklamotten hinunter. »Normalerweise schon. Ich glaube, ich brauche jedoch erst eine Abkühlung. Eigentlich wollte ich nur kurz Bescheid geben, dass ich noch eine schnelle Dusche im Fitnessbereich im Keller nehme.«

»Du kannst auch hier duschen«, rutschte es mir heraus, bevor ich die Worte zurückhalten konnte.

Ich biss mir auf die Zunge. War ich denn von allen guten Geistern verlassen? Wie sollte das denn jetzt auf Ben wirken?

»Also, ich meine … nur, wenn du möchtest«, ruderte ich zurück, und auf Bens Wange bildete sich wieder dieses Grübchen.

»Wenn das für dich wirklich in Ordnung ist? Ich möchte keine Umstände machen.« Ben sah mich fragend an.

Irgendwie war es verdammt süß, dass er selbst so verunsichert war ... Ich unterdrückte ein Grinsen und nickte, während ich meine eigene Unsicherheit zu überspielen versuchte.

»Klar«, antwortete ich betont locker.

Ich stand vom Bett auf, lief zum Kleiderschrank, holte ein frisches Handtuch daraus hervor und reichte es Ben.

Dieser hatte sich mittlerweile vom Rahmen gelöst, schloss die Tür und betrat zögerlich das Zimmer.

Für einen winzigen Moment standen wir uns beide schweigend gegenüber und sahen uns einfach nur an. *Red mit ihm*, hallten Riekes Worte in mir nach, und ich geriet ins Schwitzen.

Ben nahm mir das Handtuch ab. »Danke, dass ich hier duschen kann.«

Ich winkte ab. »Ach, nicht dafür.«

Mit dem Zeigefinger deutete ich auf die Tür rechts. »Da ist das Bad. Ich sortiere in der Zeit die Fotos.«

Ich machte es mir erneut auf dem Bett bequem, während mein Blick immer wieder auf die Tür fiel, hinter der Ben verschwunden war. Allein der Gedanke, dass er nur wenige Meter von mir entfernt unbekleidet stand, brachte meine Gefühle völlig durcheinander.

Ich musste auf andere Gedanken kommen, unbedingt. Also stand ich auf und kochte Kaffee, um mir Ben nicht gerade in allen Einzelheiten nackt unter der Dusche vorzustellen.

Prompt öffnete sich die Badezimmertür, und Ben stand, lediglich mit dem Handtuch um seinen Hüften, vor mir. Ich lief knallrot an und hätte mich vor Schreck beinahe an dem heißen Kaffee in meinem Mund verschluckt.

Ben hielt die Shampooflasche in der Hand.

»Sag mal, hättest du vielleicht noch ein neues Shampoo für mich? Dieses hier ist leer.«

»Sorry, na klar«, stammelte ich.

Mit zittrigen Händen stellte ich meine Kaffeetasse so schwungvoll auf die Anrichte, dass die bräunliche Flüssigkeit Wellen schlug, und hastete zum Schrank hinüber.

Ich war froh, dass ich mit dem Rücken zu Ben stand, denn mein Kopf glühte sicherlich so rot wie ein Feuerlöscher. Daher ließ ich ein paar Sekunden verstreichen, bis die Hitze in mir langsam abgeklungen und meine Farbe sich hoffentlich wieder normalisiert hatte, bevor ich mich zu Ben umdrehte, um ihm ein neues Shampoo zu überreichen.

»Du musst jetzt leider mit Passionsblüte vorliebnehmen, etwas Männlicheres habe ich nicht im Angebot«, witzelte ich.

Als Ben nach der Shampooflasche griff, berührten sich unsere Hände, und zig Stromschläge pulsierten durch mich hindurch.

»Danke«, sagte Ben. Seine Stimme klang belegt.

Wir sahen einander an, aber keiner machte Anstalten, sich zu rühren.

Langsam bewegten wir uns aufeinander zu. Ben umfasste mein Gesicht, und unsere Lippen fanden einander.

Blindlings stolperten wir ins Bad.

Es war, als würde ein Schalter umgelegt werden, und die Anspannung und Unsicherheit, die uns bisher beide umeinander hatte herumschleichen lassen, wichen dem Gefühl von purer Lust.

Die Badezimmertür fiel ins Schloss, und im nächsten Moment spürte ich die Duschkabinenwand in meinem Rücken.

Bens Hände strichen forschend über meine Taille, während seine Zunge meine Lippen teilte und in meinen Mund glitt.

Als wir uns kurz voneinander lösten, ging unser beider Atem schwer. In Bens Augen spiegelte sich ungezügeltes Verlangen wider. Eine Sehnsucht, die auch ich verspürte.

Ich zog Ben wieder an mich und küsste ihn stürmisch, sodass ich zunächst nicht mitbekam, wie sich das Handtuch von seinen Hüften löste und langsam zu Boden glitt.

Ich unterbrach den Kuss, und ein Keuchen perlte von meinen Lippen, als ich Ben in seiner Vollkommenheit betrachtete. Sein Körper konnte nicht verbergen, was er von mir wollte.

Ich spürte, wie auch ich zwischen den Beinen feucht wurde.

Als sich unsere Blicke begegneten, zog Ben mich erneut zu sich. Ein Geräusch, das einem Knurren gleichkam, rollte über seine Lippen.

Ohne eine Sekunde verstreichen zu lassen, zog er mir das Shirt über den Kopf und nestelte am Verschluss meiner Jeans. Binnen weniger Sekunden gesellten sich auch mein BH, mein Slip und meine Socken zu den bereits am Boden liegenden Kleidungsstücken, bis Ben und ich beide vollkommen nackt und keuchend voreinander standen.

Dann taumelten wir in die Dusche, angetrieben von unserem gegenseitigen Verlangen. Reden wurde überflüssig, eine einzige Berührung von Ben sagte mehr, als Worte es hätten tun können.

Heißes Wasser prasselte auf unsere nackten Körper hinab, und Ben hielt mich eng umschlungen.

Und während die Scheiben um uns herum beschlugen und wir die Außenwelt völlig ausblendeten, gaben wir uns einander hin.

51. Kapitel

Da Ben in der darauffolgenden Woche eine Fortbildung in Calgary hatte und für die Dauer des Seminars dort übernachten würde, musste ich die nächsten fünf Tage notgedrungen ohne ihn auskommen. Das gab mir immerhin die Gelegenheit, mir in Ruhe über meine Gefühle klar zu werden und mir zu überlegen, was ich ihm in Bezug auf uns sagen wollte, wenn er wieder zurück war.

Meine Gefühle waren ein einziges Chaos. Und von einem One-Night-Stand konnte bei uns nun nicht mehr die Rede sein …

Bei dem Gedanken daran, wie Ben mich berührt hatte, lief mir ein wohliger Schauer über den Rücken.

Nach unserer gemeinsamen Dusche war es uns tatsächlich noch gelungen, die besten Fotos herauszusuchen, die wir am Infotag im Resort ausstellen würden. Dabei hatte Ben keine Ahnung, dass ich noch eine Überraschung für ihn bereithielt … Denn ich hatte heimlich ein weiteres Foto für die Ausstellung ausgewählt, von dem Ben nichts wusste und das er auch noch nie zu Gesicht bekommen hatte.

Ich hoffte, dass dieses Foto ein guter Anlass war, um Ben meine Gefühle zu gestehen.

»Hey, Honigkuchenpferd«, riss Nell mich aus den Gedanken

und trat zu mir nach draußen auf die Veranda, die bereits jetzt am frühen Morgen von wärmenden Sonnenstrahlen beschienen wurde. »Darf ich erfahren, warum du so gut gelaunt bist?«

Da ich keine Anstalten machte, zu antworten, und stattdessen leicht dümmlich grinste, hoben sich auch Nells Mundwinkel.

»Lass mich raten … Der Grund deiner guten Laune fängt mit ›B‹ an und hört mit ›en‹ auf?«

»Vielleicht«, schmunzelte ich und wusste, dass Nell mich durchschaut hatte.

»Und, was habt ihr gestern noch so getrieben?«, fragte sie ahnungslos, und ich musste husten. Auch wenn Nell bei ihrer Frage sicherlich keine Hintergedanken gehabt hatte, brachte es die Beschreibung »getrieben« ziemlich gut auf den Punkt …

»Wir haben noch Fotos sortiert«, antwortete ich möglichst unbekümmert und hoffte, dass mein zuckendes Augenlid mich nicht verriet.

Nell strahlte übers ganze Gesicht. »Oh, wunderbar, habt ihr euch für ein paar tolle Aufnahmen entscheiden können?«

Ich nickte, griff in meine Hosentasche und reichte Nell den USB-Stick, auf dem ich unsere Fotoauswahl gespeichert hatte.

»Super!«, freute Nell sich. »Ich wollte ohnehin ein paar Kleinigkeiten in Banff einkaufen. Bei der Gelegenheit kann ich die Fotos direkt in Postergröße drucken lassen. Es gibt dort einen tollen Fotoladen.«

***

Die nächsten Tage waren Nell, ihre Eltern und ich vollauf mit den Vorbereitungen und letzten Vorkehrungen für den Infotag beschäftigt, sodass mir glücklicherweise nicht viel Zeit blieb, Ben zu vermissen.

Nell arbeitete gewissenhaft ihre To-do-Liste ab, und die Art, wie sie schwungvoll Haken hinter erledigte Aufgaben setzte und dabei zufrieden vor sich hin lächelte, ließ mich grinsen. Mit Hingabe bastelten Nell und ich Flyer, die wir den Gästen des Resorts zukommen ließen und in Lake Louise verteilten.

Die Fotos, die Nell in Banff hatte drucken lassen, waren ein echter Hingucker. Die Qualität war super, und die Farben stachen richtig hervor. Ich war stolz, dass meine Aufnahmen so gut gelungen waren, und konnte den Infotag plötzlich kaum noch erwarten. Besonders gespannt war ich, was Ben zu einem der Fotos sagen würde …

Nells Eltern hatten ein paar Stellwände organisiert, sodass wir unsere Fotos vom Nationalpark und die Plakate, die wir gebastelt hatten, optimal präsentieren konnten.

Wir planten, unsere Fotoausstellung draußen zu veranstalten, in der Hoffnung, dass das Wetter mitspielen würde. Notfalls mussten wir auf den Eingangsbereich und die Lobby des Resorts ausweichen.

Doch wir waren optimistisch, dass uns das Wetter keinen Strich durch die Rechnung machte.

Ben würde die ganze Zeit über als Ansprechpartner vor Ort sein, und die Resortgäste, vorbeikommende Wanderer und Touristen hatten die Gelegenheit, Ben über seine Arbeit als Ranger und seinen Alltag im Banff-Nationalpark zu löchern.

Zusätzlich hatten wir uns ein paar Aktionen für Kinder überlegt, denn auch die Kleinen sollten nicht zu kurz kommen und spielerisch an die Bedeutung des Naturschutzes und des Nationalparks herangeführt werden.

Es würde eine Nachtwanderung durch den Park geben, wobei ein anschließendes Lagerfeuer im Resort den krönenden Abschluss bilden würde.

Als Nell und ich nochmals unsere Liste durchgingen, kam mir eine Idee.

»Ich weiß, was wir unbedingt noch machen müssen: Stockbrot. Bei einem Lagerfeuer ist Stockbrot ein Muss!«

Ich erinnerte mich gerne an meine Kindheit zurück. Damals hatte ich es geliebt, wenn unsere Eltern mit Rieke und mir im Garten Stockbrot am Lagerfeuer machten, Papa uns bis spät in die Nacht hinein mit verstellter Stimme gruselige Geschichten erzählte und wir zu guter Letzt in Schlafsäcke gekuschelt im Zelt übernachteten. Jedes Kind sollte solche Erlebnisse haben dürfen, denn sie waren unvergesslich.

Prompt überkam mich ein schlechtes Gewissen, dass ich mich in letzter Zeit so unregelmäßig bei Mama, Papa und Flynn gemeldet hatte. Ich nahm mir vor, sie bald anzurufen.

»Was ist denn Stockbrot?«, fragte Nell sogleich.

»Es ist ein Hefeteig, den man um einen Stock wickelt und über dem Feuer backt«, erklärte ich.

»Bin dabei«, stimmte Nell sofort zu. »Und Marshmallows grillen darf auch nicht fehlen. Das werden die Kinder lieben!«

Somit stand einem unvergesslichen Infotag nichts mehr im Weg.

52. Kapitel

Dann war er schließlich da, der große Tag.

Mit dem Wetter hätten wir es nicht besser treffen können, denn die Sonne schien schon seit dem Morgen, und dem Wetterbericht zufolge hatten wir keinen Regen zu befürchten.

Nells Eltern, Daniel und Caroline, die ich in den letzten Wochen so gut wie kaum zu Gesicht bekommen hatte, da das Resort ihre volle Aufmerksamkeit beanspruchte, standen neben Nell und mir auf der Veranda und blickten zufrieden auf den Veranstaltungsort.

Der Weg zum Resort war mit unseren Fotos gesäumt, die an Stellwänden präsentiert wurden. Darüber hatten Nell und ich unzählige Lichterketten gespannt. Am Abend, wenn es langsam anfing zu dämmern, sah es sicherlich schön aus, wenn die Lichter in der Dunkelheit aufleuchteten und unsere Fotowände in goldenem Schimmer erstrahlen ließen.

»Das habt ihr toll gemacht«, lobte Daniel uns. »Eine klasse Aktion! Ich bin mir sicher, dass wir mit diesem Infotag ein paar Leute erreichen werden. Auch minimale Änderungen können etwas bewirken.«

»Dem kann ich mich nur anschließen«, pflichtete Caroline ihrem Ehemann bei. »Lily, du hast ein ausgezeichnetes Gespür für Bilder. Hast du schon mal überlegt, eine Ausbildung als

Fotografin zu machen? Ein solches Talent sollte man nicht verschwenden.«

Meine Wangen erröteten vor Freude angesichts von Carolines Kompliment.

»Danke schön. Ehrlich gesagt, wäre das durchaus eine Überlegung wert, aber ich glaube, es ist gar nicht so leicht, sich als Fotografin einen Namen zu machen. Es gibt einfach viel zu viele …«

»Stimmt, es gibt viele Fotografen, aber es gibt nur wenige, die wirklich gut sind.« Caroline zwinkerte mir zu. Dann seufzte sie. »Ach, wenn Luke doch jetzt hier wäre!«

»Er kommt ja bald zurück, mein Schatz.« Daniel strich seiner Frau beruhigend über den Rücken.

Unauffällig ließ ich meinen Blick zwischen Daniel, Caroline und Nell hin- und hergleiten. Wieso wurde ich das Gefühl nicht los, dass diese Familie ein Geheimnis hütete? Und wieso hatte ich Luke in all den Wochen hier kein einziges Mal gesehen? Ob er sich wirklich nur eine Auszeit von Lake Louise und dem Resort genommen hatte?

Meine Gedanken stoben davon, als Louisa mit einem Tablett auf der Veranda erschien und jedem von uns ein Glas Sekt in die Hand drückte.

»Lasst uns anstoßen. Auf einen wundervollen Tag!«, sagte Daniel feierlich.

Die Gläser klirrten, und ich nahm einen Schluck Sekt. Das Getränk prickelte angenehm in meinem Mund.

Aufgeregt ließ ich meinen Blick über die bereits anwesenden Personen gleiten, unter denen sich einige mir bekannte Gäste, jedoch auch viele neue Gesichter befanden, die nach einer Wanderung am Lake Louise Chalet Resort haltgemacht hatten.

Ich entdeckte Annie aus der Bäckerei, die mir freudig zuwinkte. Sie hatte sich – kaum dass Nell und ich sie in unseren geplanten Infotag eingeweiht hatten – umgehend dazu bereit erklärt, die Besucher mit ihren süßen Backkreationen zu verköstigen. Damit war sie nicht allein, denn Nell hatte ebenfalls gebacken. Ihr Apfelkuchen kam hervorragend bei den Besuchern an.

Selbst Eve, die Pflegerin aus der Wildtierstation in Calgary, war gekommen. Sicherlich hatte Ben ihr von dem Event erzählt.

Apropos Ben – unter all den vielen Gesichtern hatte ich seines bisher nicht ausfindig machen können. Mittlerweile war eine Woche seit unserem letzten Treffen vergangen, dementsprechend hibbelig war ich.

Wir hatten uns während seiner Fortbildung in Calgary zwar hin und wieder geschrieben, allerdings hatte es sich dabei häufig um den heutigen Infotag gedreht. Um das wirklich wichtige Thema, das noch ungeklärt zwischen uns stand, hatten wir beide bisher einen großen Bogen gemacht.

Wo steckte Ben bloß? Enttäuscht schürzte ich die Lippen.

Dann stellte ich mein mittlerweile leeres Glas ab und lief die Holztreppe hinunter. Auf Zehenspitzen sah ich mich um, aber von Ben war weit und breit keine Spur zu entdecken.

Um mich abzulenken und den heutigen Tag bildlich festzuhalten, holte ich die Polaroidkamera aus meiner Umhängetasche. Ich war gerade auf der Suche nach einem ersten Motiv, als mir jemand zuvorkam und mir die Kamera aus der Hand nahm.

Verblüfft sah ich auf, direkt in Louisas feixendes Gesicht. Triumphierend schwenkte sie meine Kamera hin und her.

»Du hast dir mal eine Pause vom Fotografieren verdient«, bestimmte sie kurzerhand. »Mein Vorschlag: Du suchst deinen Romeo, und ich kümmere mich um den kreativen Part.«

»Aber …«, setzte ich an, doch Louisa akzeptierte kein Nein.

»Keine Widerrede! Das ist dein großer Tag, an dem deine Fotos präsentiert werden. Also genieß ihn und lass die liebe Louisa mal machen.« Sie zwinkerte mir zu und zog mit meiner Polaroid von dannen.

Ich schüttelte grinsend den Kopf. Dieses verrückte Huhn!

Plötzlich legten sich von hinten zwei warme Hände über meine Augen, und der vertraute Geruch von frischem Moos und Fichtennadeln stieg mir in die Nase. Ich musste mich nicht umdrehen, um zu wissen, wer hinter mir stand.

»Hast du mich vermisst?«, flüsterte er dicht an meinem Ohr. Sein warmer Atem streifte meine Wange, und seine Stimme ließ meinen Puls in die Höhe schnellen.

Stürmisch drehte Ben mich schließlich zu sich herum, sodass der Rock meines violetten, mit Blütenmuster verzierten Kleides durch die Luft wirbelte.

Ben sah an mir herab und ließ sich ausgiebig Zeit, mich zu mustern. »Du siehst wunderschön aus«, sagte er schließlich leise.

»Dir steht die Ranger-Uniform auch nicht schlecht«, entgegnete ich mit einem Grinsen.

Ben beugte sich zu mir herunter, unsere Lippen waren nur noch wenige Zentimeter voneinander entfernt.

Doch uns war die Zweisamkeit nicht gegönnt, denn prompt wurde Ben von einer Familie in Beschlag genommen, die alles rund um die Bären im Nationalpark erfahren wollte.

Ben warf mir einen entschuldigenden Blick zu, bevor er seinen Verpflichtungen als Ranger und heutiger VIP-Gast nachkam.

Inzwischen hatte sich die Fläche vor dem Eingang des Resorts gut gefüllt.

Leider entdeckte ich auch Herrn Arnsdorf, der um das Büfett herumschlich, an dem Louisa stand und die Besucher bediente.

Schnell gesellte ich mich zu ihr, um ihr seelischen Beistand zu leisten.

Der Rentner biss gerade in ein Stück von Nells selbst gebackenem Apfelkuchen, und ich rechnete bereits mit dem Schlimmsten.

Doch zu meiner Überraschung blieb ein spitzer Kommentar aus, stattdessen hoben sich die Mundwinkel des alten Mannes, und er kaute genüsslich. »Das ist der beste Apfelkuchen, den ich je gegessen habe! So gut bekommt den nicht einmal meine Lieblingsbäckerei zu Hause hin.«

Verstohlen bat er um ein zweites Kuchenstück, zwinkerte Louisa und mir zu und mischte sich unter die Menschenmenge.

Ich sah Louisa verstört an. »Habe ich mir das gerade nur eingebildet?«

»Nein, ich habe es auch gehört. Laut und deutlich«, bestätigte sie mir.

Ich schüttelte fassungslos den Kopf. »Es geschehen noch Zeichen und Wunder. Wer hätte gedacht, dass der Mann doch so etwas wie ein Herz besitzt?«

Wir grinsten uns an.

In dem Moment erspähte ich Nell, die abseits der Menschenmenge stand. Selbst aus der Entfernung konnte ich sehen, dass etwas nicht stimmte.

Ich legte Louisa eine Hand auf den Arm. »Kommst du hier allein zurecht?«

Sie nickte. »Sicher, geh du nur. Wenn der Andrang am Büfett gleich etwas weniger wird, mische ich mich auch unter die Leute und mache noch ein paar Fotos mit deiner Polaroidkamera.«

»Super, danke dir.«

Als ich bei Nell ankam, fand ich sie völlig aufgelöst vor. Meine Sorge um sie wuchs.

»Nell, was ist los?«, fragte ich erschrocken.

Hastig wischte sie ihre Tränen weg und setzte ein Lächeln auf, das in etwa so echt wirkte wie ein Plastikweihnachtsbaum an einem Südseestrand.

»Ach, ich bin wahrscheinlich einfach ein bisschen gestresst. Vielleicht ist es auch die Wärme, mir ist schon den ganzen Tag etwas schwindelig …«, antwortete sie ausweichend und atmete schwer. Dabei legte sie sich eine Hand an die Brust, als hätte sie Schmerzen.

Sie war kurz vorm Hyperventilieren, ihre Hände zitterten wie Espenlaub. Auch wenn ich keine Expertin auf dem Gebiet war, ließ mich der Gedanke nicht los, dass sich bei Nell gerade eine Panikattacke anbahnte.

Ich schaltete sofort, legte ihr meine Hand auf den Rücken, dirigierte sie noch weiter von der Menschenmenge fort und setzte mich mit ihr auf die Verandastufen eines der Chalets.

»Bleib hier, ich bin gleich wieder da«, sagte ich. Kurz darauf kehrte ich mit einer gekühlten Flasche Wasser zu Nell zurück.

Sie nahm ein paar Schlucke und goss sich auch ein wenig kaltes Wasser über die Handgelenke. Ich hatte den Eindruck, dass sie sich etwas beruhigte. Zumindest atmete sie nicht mehr ganz so schwer, und das Zittern hatte nachgelassen.

»Besser?«, fragte ich.

»Ja, besser. Danke, Lily.« Sie holte tief Luft.

»Nell …«, setzte ich zaghaft an. »Ich mache mir ernsthaft Sorgen um dich. Was ist los? Ich habe nie richtig danach gefragt, weil es mich eigentlich nichts angeht. Aber in den letzten Tagen, da hatte ich das Gefühl, dass wir Freundinnen geworden sind. Du warst für mich da, als ich einen Rat Ben betreffend benötigt habe. Und jetzt würde ich gerne auch für dich da sein, wenn du mich nur lässt …«

Nell schwieg. Als sie mich ansah, glitzerten erneut Tränen in ihren Augen.

»Es ist wegen Luke …«, begann sie mit wackliger Stimme, brach aber wieder ab und knibbelte mit den Zähnen an ihrer Unterlippe. Ihre Hände begannen von Neuem zu zittern.

»Vor knapp sechs Monaten ist etwas Schreckliches passiert, Lily.«

Dann brachen alle Dämme bei Nell, und sie weinte hemmungslos, womit ich überhaupt nicht gerechnet hatte. Gelinde gesagt, war ich leicht überfordert in Anbetracht dieses unerwarteten Gefühlsausbruches.

»Luke hatte einen schlimmen Unfall«, sagte Nell leise, nachdem sie sich wieder gefangen hatte. »Er ist mit seinem Moped mit einem anderen Wagen auf der Gegenfahrbahn kollidiert.«

O Gott! Diese Nachricht traf mich so unvorbereitet, dass sie mich bis ins Mark erschütterte.

»Wie geht es ihm?«, fragte ich bestürzt.

Nell sah mich voller Kummer an. »Momentan wird er in einer Klinik in Calgary behandelt. Die Ärzte wissen noch nicht, ob er jemals wieder laufen kann.«

Ich wollte mir gar nicht vorstellen, was Nell und ihre Eltern seit Lukes Unfall durchgemacht hatten. Allein der Gedanke daran, dass Flynn so etwas Furchtbares zustoßen könnte, jagte mir einen eisigen Schauer über den Rücken.

Ich hatte keine Ahnung, was ich sagen konnte, ohne dass es wie eine leere Floskel klang. Daher nahm ich Nell wortlos in den Arm, und sie ließ es zu.

Als wir uns voneinander lösten, war ihre Mascara völlig verlaufen und dunkle Schlieren zeichneten sich auf ihren Wangen ab.

»Es tut mir aufrichtig leid, Nell.«

»Danke, Lily.« Eine einzelne Träne verfing sich in ihren dichten Wimpern. »Ich wollte dich aus dem ganzen Drama raushalten. Meinen Eltern fällt es sehr schwer, mit der Wahrheit umzugehen. Daher wird dieses Thema in unserer Familie totgeschwiegen.« Sie wischte sich übers Gesicht. »Lukes Unfall laut auszusprechen, macht es so … unabänderlich. So real. Und das tut weh.«

Nell schüttelte den Kopf, sodass ihre dunklen Haare hin und her flogen. »Ich weiß, das hört sich total bescheuert an. Schließlich macht es Luke auch nicht wieder gesund, wenn man sich vor der Wahrheit verschließt.«

»Ich wüsste auch nicht, wie ich damit umgehen würde, wenn meinem Bruder so etwas passiert wäre.«

»Luke ist der wichtigste Mensch in meinem Leben.« Nell starrte ins Leere. »Ich will mir nicht mal ansatzweise vorstellen, wenn er wirklich nie wieder …«

Sie verstummte, als würde sie es nicht über sich bringen, den Gedanken laut auszusprechen.

»Hey«, sagte ich sanft und strich ihr über den Arm. »Daran darfst du nicht denken. Auch wenn es schwer ist.«

Ich zögerte mit der Frage, die auf meiner Seele brannte. »Nell, diese Panikattacke …«

Ich musste nicht weitersprechen, da Nell wusste, worauf ich hinauswollte.

»Seit Lukes Unfall habe ich hin und wieder Schlafstörungen und Panikattacken. Sie kommen ganz plötzlich. Aber mach dir keinen Kopf, ich habe das im Griff …«

Ich sah Nell zweifelnd an, wollte sie aber auch nicht drängen, weiter über das Thema zu sprechen. Jetzt war vielleicht auch kein günstiger Moment, der Infotag war schließlich in vollem Gange.

Mit einem Mal weiteten sich Nells Augen, als wäre ihr plötzlich etwas eingefallen. »Solltest du nicht langsam nach Ben sehen und ihm das Foto zeigen?«

Ich hatte Nell in meine Idee eingeweiht, Ben mit seinem Foto zu überraschen, und sie war begeistert gewesen.

»Ben kann auch ein paar Minuten warten, der läuft mir ja nicht weg«, sagte ich lächelnd. »Aber apropos Ben … Da wir gerade so offen miteinander sprechen: Hat es einen Grund, dass ihr nicht mehr so eng miteinander befreundet seid?«

Nell seufzte. »Das ist kompliziert. Ben und ich waren sehr gute Freunde, sind seit dem Kindergarten durch dick und dünn gegangen. Zumindest, bis Ben und Morgan ein Paar wurden. Von da an begann sich alles zu ändern.«

»Inwiefern denn?«

»Ich war nie ein großer Fan von Morgan«, gab Nell zu. »Sie wollte permanent im Mittelpunkt stehen. Natürlich hatte sie auch ihre guten Seiten, das will ich gar nicht bestreiten. Aber es war immer eine hochexplosive Mischung zwischen Ben und Morgan. Einen Tag lief es gut, den anderen Tag folgte dann der große Knall. Sie führten eine leidenschaftliche Beziehung, ja, aber diese war auch geprägt von viel Drama und Streit. Die beiden haben sich gegenseitig nicht gutgetan. Dennoch habe ich Bens Gefühle für Morgan respektiert und mich auch nie in die Beziehung eingemischt. Bis auf ein einziges Mal … Tja, und das war ein Fehler, fürchte ich.«

Traurig sah sie mich an.

»Was ist passiert?«, fragte ich.

Nell holte tief Luft. »Nach der Highschool hat Morgan immer wieder erwähnt, dass sie nicht in Lake Louise bleiben möchte. Sie wollte ihre Träume verwirklichen, raus in die Welt und in eine Großstadt gehen. Ben zuliebe blieb sie hier, war jedoch nicht glücklich dabei. Es war das erste Mal, dass ich es erlebt habe, dass sie sich seinetwegen zurücknahm. Irgendwann sprach ich Ben darauf an, da ich nicht zusehen konnte, wie die beiden geradewegs in ihr Unglück rannten. Doch er wollte nichts davon hören. Er war voller Zuversicht, dass Morgan doch Gefallen am Kleinstadtleben finden würde. Als Ben für eine dreitägige Tour mit seinen Ranger-Kollegen in den Bergen war, hat Morgan in einer Nacht-und-Nebel-Aktion ihre Sachen gepackt und ist nach New York abgehauen.«

»Ben hat mir davon erzählt«, sagte ich nachdenklich.

»Ich glaube, er schämt sich bis heute dafür, dass er die Wahrheit nicht sehen wollte.«

»Habt ihr denn nie versucht, über die Angelegenheit zu reden?«, hakte ich nach.

»Kurz nachdem Ben und Morgan sich getrennt hatten, geschah Lukes Unfall. Ich war viel zu sehr mit meinen eigenen Problemen beschäftigt. In meiner Sorge um Luke hatte ich keinen Kopf dafür, mich mit Bens Liebeskummer auseinanderzusetzen, und ich schätze, Ben musste auch erst mal lernen, mit der Trennung umzugehen. Keiner hat sich getraut, den ersten Schritt zu machen. Aber um ehrlich zu sein: Unsere Freundschaft fehlt mir.«

Ein Handyklingeln unterbrach unser Gespräch. Als Nell ihr Smartphone nach dem dritten Klingeln zu fassen bekam, hatte der Anrufer bereits wieder aufgelegt.

Sie blickte auf das Display, und eine Mischung aus Zuversicht, Angst und Hoffnung spiegelte sich in ihrem Gesicht.

»Das war Luke«, sagte Nell. »Macht es dir etwas aus, wenn ich ihn zurückrufe?«

»Natürlich nicht.« Ich lächelte. »Grüß ihn von mir. Und sag ihm, dass ich mich schon sehr darauf freue, ihn bald endlich persönlich kennenzulernen.«

»Das mache ich.«

Nell stand von den Stufen des Chalets auf, und ich erhob mich ebenfalls.

»Danke, Lily. Für alles. Du bist eine gute Freundin. Und ich hoffe, dass auch ich dir zukünftig eine bessere sein kann.« Sie nahm mich in den Arm, bevor sie sich von mir löste und mich mit einem ernsten Blick bedachte.

»Und du suchst jetzt Ben und sprichst mit ihm, ja? Ich finde, ihr habt wirklich ein Happy End verdient.«

»Kann ich dich denn überhaupt allein lassen? Wenn du mich brauchst, dann …«

Nell fasste mich bei den Schultern. »Dank unseres Gesprächs geht es mir viel besser. Mach dir keine Gedanken, okay?«

Auch wenn ich noch immer nicht vollständig beruhigt war, nickte ich.

»Also gut. Dann schaue ich mal, ob ich irgendwo helfen kann. Wenn etwas ist, du weißt ja, wo du mich findest.« Mit diesen Worten machte ich mich auf den Weg Richtung Haupthaus, vor dem mittlerweile ein reges Treiben herrschte.

53. Kapitel

Das Gespräch mit Nell klang noch in mir nach, als ich mich wieder unter die Besucher des Infotags mischte. Was Nell mir über ihren Bruder und über Ben anvertraut hatte, war harter Tobak, der sich nicht so einfach verdauen ließ. Ich beobachtete die Menschen und ging dann auf eine Frau zu, die mir schon vor einigen Minuten aufgefallen war.

»Kann ich Ihnen behilflich sein?«, fragte ich freundlich.

Die Frau trug eine Kamera um den Hals und betrachtete interessiert das Foto an der Stellwand vor sich.

Es war jenes, das ich am Wasserfall von Ben gemacht hatte. Das Foto, mit dem ich ihn heute überraschen wollte.

»Können Sie mir sagen, wer dieses Bild gemacht hat?«, fragte die Frau, ohne ihren Blick davon zu lösen.

»Ich habe die Aufnahme gemacht«, antwortete ich nervös.

Jetzt wandte die Frau sich mir zu. Ihre hellen Augen musterten mich ausgiebig. Ich schätzte sie auf etwa Ende dreißig. Ihr weißblondes Haar hatte sie zu einem strengen Dutt nach hinten gebunden.

»Und Sie sind …?«

»Ich bin Lily. Lily Hartmann«, sagte ich und streckte ihr meine Hand entgegen.

Die Frau, die mir bisher immer noch nicht ihren Namen verraten hatte, rückte ihre Brille zurecht.

»Wenn Sie mir diese Frage gestatten … Was möchten Sie mit Ihrem Foto aussagen, Lily?«

Ihre Frage überraschte mich. Wie schaffte diese Unbekannte es bloß, dass ich mir wie in einer Prüfung vorkam? Um meine Antwort gut zu formulieren, ließ ich mir einen Augenblick Zeit. Ich wollte in Worte fassen, was ich gefühlt hatte, als ich diese Aufnahme gemacht hatte.

»Haben Sie schon einmal das Gefühl gehabt, eine Maske zu tragen? Ihr wahres Ich vor der Welt zu verstecken?«, fragte ich schließlich.

»Ich glaube, in der Highschool hat sich jeder etwas vorgemacht«, entgegnete die Frau, und tatsächlich bildeten sich Lachfältchen um ihre Mundwinkel, wodurch sie gleich viel nahbarer wirkte.

Ich betrachtete das Foto von Ben. Wie er in die Ferne schaute und ganz bei sich war. In diesem Moment gab es nur ihn. Ihn und die Natur.

Ich überlegte, wie ich meine Gedanken zu diesem Foto am besten zum Ausdruck bringen konnte.

»Die Natur erlaubt uns, einfach nur wir selbst zu sein. Sie erdet uns und gibt uns das Gefühl, am Leben zu sein. Sie schenkt uns Kraft in den Momenten, in denen wir uns schwach und verletzlich fühlen. Sie erwartet nicht von uns, dass wir vollkommen oder perfekt sind, sie wertet nicht. Und diesen Einklang mit der Natur, diese Verbundenheit wollte ich mit dem Foto verdeutlichen. Dass es genügt, wenn am Ende nichts außer uns selbst bleibt und unser wahres Ich hinter den Masken zum Vorschein kommt.«

Die Frau nickte nachdenklich, wobei ihre Miene nicht verriet, was sie dachte.

»Ich weiß, ich bin keine Profifotografin«, stammelte ich, da ich unter ihrem durchdringenden Blick aus irgendeinem Grund das Gefühl hatte, mich rechtfertigen zu müssen. »Aber ich …«

»Ich bin beeindruckt, Lily. Ihr Foto ist sehr ausdrucksstark.«

Ich blinzelte irritiert. Hatte ich das gerade richtig verstanden? Ihr gefiel meine Aufnahme?

Ein warmes Gefühl durchströmte meinen Körper.

»Oh … Danke! Das bedeutet mir viel.« Ich lächelte.

»Das Bild ist wirklich gelungen. Es erzählt eine Geschichte. Hier und da hätte man den Fokus etwas anders setzen und mit dem Licht noch stärker spielen können, aber Sie haben Potenzial.« Mit diesen Worten griff die Frau in die Tasche ihrer dünnen Lederjacke und reichte mir eine Visitenkarte. »Rufen Sie mich an, wenn Sie Interesse an einer Zusammenarbeit haben. Ich bin immer auf der Suche nach neuen Talenten. Aber zögern Sie nicht zu lange.«

Ihre Mundwinkel deuteten ein Lächeln an. Sie nickte mir noch einmal kurz zu und wandte sich zum Gehen.

Bevor ich die Chance hatte, etwas zu sagen oder mich zu bedanken, hatte sie sich bereits umgedreht und war in der Menge verschwunden.

Völlig perplex starrte ich auf die Visitenkarte und drehte sie in meiner Hand hin und her.

»*White Photography*«, las ich, darunter stand eine Adresse in Banff.

»Was wollte denn Cynthia White von dir?«

Ich erschrak und fuhr herum, denn Nell war wie aus dem Nichts an meiner Seite aufgetaucht. Zu meiner eigenen Freude sah sie schon viel besser aus. Offensichtlich hatte ihr das Telefonat mit ihrem Bruder gutgetan.

»Wer?«, fragte ich irritiert. Immerhin hatte die Frau mit keiner einzigen Silbe ihren Namen erwähnt.

Nells Augen weiteten sich. »Du kennst Cynthia White nicht?«

Ich schüttelte langsam den Kopf. »Ähm, nein …«

Nell schnaubte. Offensichtlich war meine Antwort nicht die richtige gewesen.

»Cynthia White ist eine der angesagtesten Fotografinnen! Sie ist eine Legende, und ihre Fotos sind einfach der absolute Wahnsinn. Cynthia wurde in Lake Louise geboren, doch sie hat sich mit ihren Aufnahmen mittlerweile weltweit einen Namen gemacht. Besonders ihre spektakulären Wintersportfotos hier beim alpinen Ski-Weltcup in Lake Louise haben für Aufsehen gesorgt.«

Nell schielte auf die Visitenkarte in meiner Hand. »Also, was wollte sie von dir?«

»Sie hat gesagt, dass ich mich bei ihr melden soll. Und ich glaube … ich glaube, ihr hat die Aufnahme gefallen«, murmelte ich, noch immer total überrumpelt.

Ich konnte es kaum fassen. Eine bekannte Fotografin interessierte sich für meine Fotos!

Nell hielt sich die Hand vor den Mund. »Nein!«, quietschte sie. »Das ist ja der Hammer! Weißt du, wie schwer es ist, die Aufmerksamkeit von Cynthia White zu bekommen? Sie ist superstreng. Und ich weiß das, weil sich meine Cousine schon etliche Male bei ihr für ein Praktikum beworben hat und immer wieder abgelehnt wurde. Da kannst du dir also echt was drauf einbilden. Und, wirst du sie anrufen?«

»Ich weiß nicht … Ja, vielleicht.«

Nell besah sich das Foto von Ben nun ebenfalls näher. »Hast du es ihm schon gezeigt?«

Ich schob die Visitenkarte in meine Umhängetasche und seufzte. »Leider nein. Es war bisher noch keine Gelegenheit dazu.«

Nell blickte auf ihre Armbanduhr. »Dann solltest du dich beeilen, wenn du es ihm heute noch zeigen möchtest. Es dämmert bald, und dann beginnt die Nachtwanderung.«

54. Kapitel

Da wir noch etwas Zeit bis zu der geplanten Nachtwanderung hatten, schnappte ich mir Ben, bevor mir wieder irgendjemand zuvorkommen konnte. Er war bei den Eltern und Kindern heute überaus gefragt.

»Da ist aber jemand stürmisch!« Ben lachte, als ich seine Hand nahm und ihn mit mir zog. »Habe ich irgendetwas verpasst?«

»Komm, du musst dir unbedingt unsere Fotoausstellung ansehen«, sagte ich entschlossen.

Ich wollte Ben endlich sagen, was ich fühlte, und wissen, ob es ihm genauso ging.

Ben ließ sich bereitwillig von mir mitziehen, und ich genoss es, seine warme Hand in meiner zu spüren. Es fühlte sich so vertraut und selbstverständlich an.

Ich zeigte Ben zunächst die Fotos, die wir zusammen für die Fotoausstellung ausgewählt hatten: die Aufnahmen von den Waschbärjungen Bandit und Candy, vom Wolf, vom Weißkopfseeadler und vom Kolibri auf meinem Balkon. Erneut ließ ich diese besonderen Augenblicke auf mich wirken, und ein Lächeln teilte meine Lippen.

»Weißt du, jetzt im Nachhinein kann ich umso mehr begreifen, was du damit meintest, als du sagtest, dass die Natur dich erdet und dir das Gefühl gibt, am Leben zu sein. Und was es bedeutet, sein wahres Ich zeigen zu können, wenn man im Einklang mit der Natur ist.« Ich stockte, da ich für einen kurzen Moment nicht wusste, wie ich fortfahren sollte.

Auf einmal gingen die Lichterketten an und tauchten Bens Gesicht in goldfarbenes Licht.

»Ben, ich habe eine Überraschung für dich. Ich hoffe sehr, dass sie dir gefällt. Und ich muss dir unbedingt etwas sagen …«

Es war ein Wunder, dass Ben das laute Trommeln in meiner Brust nicht hören konnte.

»Ja?«, fragte Ben. Sein Blick war voller Wärme und Zuneigung und bestätigte mich darin, dass es endlich an der Zeit war, ihm meine Gefühle zu gestehen.

»Ich wollte es dir schon länger sagen, aber ich wusste nicht, wie …«, setzte ich an, doch dann wurde ich von einer glockenhellen Stimme unterbrochen.

»Ben?«

Verdammt, hatte man denn nie seine Ruhe? Ich seufzte frustriert auf und richtete meinen Blick auf die Person, die mir gerade meinen romantischen Moment ruiniert hatte.

Eine junge Frau in etwa meinem Alter mit vollen Lippen und brünettem Haar sah uns aus großen Augen an. Genau genommen, galt ihr Blick ausschließlich Ben. Sie hatte eine verblüffende Ähnlichkeit mit der Frau auf den Flyern, die an der Rezeption auslagen.

Nein, das konnte nicht wahr sein! Das musste einfach ein Irrtum sein …

»Morgan?«, fragte Ben fassungslos, und meine letzte Hoffnung zerplatzte wie eine Seifenblase.

Bens Gesichtszüge entgleisten, in seinem Blick spiegelte sich nun Unglauben. Ich fühlte mich, als wäre ich geradewegs in einen schlechten Film hineinkatapultiert worden.

Morgan strich sich in einer eleganten Bewegung eine Haarsträhne hinter das Ohr.

»Entschuldige, ich wollte euer Gespräch nicht stören. Ich kann auch nachher noch mal wiederkommen …«, hörte ich sie sagen. Dabei sah sie zwischen Ben und mir hin und her.

»Was machst du hier?«, fragte Ben beherrscht, doch die Wut in seiner Stimme konnte er nur mit Mühe verbergen. Aus seinem Gesicht war jeder weiche Zug verschwunden.

Morgan machte einen Schritt auf Ben zu und sah ihn unter ihren langen Wimpern hervor an. »Können wir reden?«

Sie wollte reden? Jetzt? Was machte sie überhaupt hier?

Unzählige Fragen wirbelten durch meinen Kopf. Ich starrte Morgan an, unfähig, auch nur einen klaren Gedanken zu fassen.

Die Lichterketten beleuchteten Bens Gesicht, in dem zig verschiedene Emotionen einen Kampf miteinander auszufechten schienen.

Ein dicker Kloß hatte sich in meinem Hals gebildet und hinderte mich am Schlucken. Um uns herum wurde geredet und gelacht, doch es drang lediglich wie ein undeutliches Rauschen an mein Ohr.

»Bitte, lass uns reden«, bat sie mit samtiger Stimme. »Ich weiß, ich habe einen Fehler gemacht. Aber hör mich wenigstens an.«

Mir entging nicht, wie Ben mit sich rang. Es war, als könnte ich seine innere Zerrissenheit spüren. Jene Zerrissenheit hatte ich schon einmal bei ihm zu Gesicht bekommen. Und auch damals war es Morgan gewesen, die dafür verantwortlich war.

Ben warf mir einen kurzen Blick zu, bevor er sich an Morgan wandte. »Okay, reden wir«, sagte er mit eisiger Stimme zu ihr.

Und mein Herz, das bis eben noch aufgeregt und glücklich geschlagen hatte, prallte hart auf dem Boden der Realität auf.

55. Kapitel

BEN

Morgan. Ich konnte nicht fassen, dass sie wieder hier war. Nach sechs Monaten der Funkstille. Sechs fucking Monate, in denen ich mich immer und immer wieder gefragt hatte, ob unsere Beziehung ihr überhaupt etwas bedeutet hatte, und in denen ich gelitten hatte wie ein Hund. Sie hatte mich einfach aus ihrem Leben ausradiert, als hätte es uns nie gegeben.

Und verdammt, ich wollte endlich Antworten.

»Wie kommst du hierher, Morgan?«, fragte ich und starrte sie herausfordernd an.

Sie blieb stehen, das rote Kleid bäumte sich im lauen Abendwind auf und umschmeichelte ihre schlanken, gebräunten Beine.

»Mit dem Flugzeug …«, antwortete sie, und ihre Mundwinkel kräuselten sich zu einem spöttischen Lächeln.

War das ihr Ernst?

»Hör zu, Morgan, wenn das alles nur ein schlechter Witz für dich ist, dann können wir es auch gleich lassen!«

Ich wollte bereits kehrtmachen, doch Morgan hielt mich am Arm zurück.

»Nein, bitte, Ben, bleib. Es tut mir leid«, sagte sie. Das Lächeln war aus ihrem Gesicht verschwunden, stattdessen spiegelte sich Traurigkeit darin. »Mir fällt das hier gerade verdammt schwer.«

»Dir fällt es schwer?«, fragte ich ungläubig und wusste nicht, ob ich aufgrund der Absurdität lachen oder schreien sollte. Wollte sie mich eigentlich verarschen? »Hast du dich mal gefragt, wie ich mich all die Zeit gefühlt habe?«

Morgan schluckte. »Ich war noch nie gut darin, meine Gefühle zu zeigen. Darum habe ich dich immer beneidet. Um deine Ehrlichkeit. Und deinen Mut, deine Emotionen in Worte zu fassen.«

Ich schnaubte. Es war fast schon ironisch, dass ich ausgerechnet wegen Morgan in den letzten Monaten wie ein gefühlloser Zombie durch die Gegend gewandelt war und mit aller Kraft versucht hatte, keine Gefühle zuzulassen. In jedweder Hinsicht. Das, was mich ausgemacht hatte, das, wofür sie mich einst geliebt hatte – dieser Mensch war ich nicht mehr.

Wie konnte ein Herz noch immer so schmerzen, obwohl es all die letzten Monate wie tot gewesen war?

Morgan strich sich eine lange braune Haarsträhne aus dem Gesicht und verzog ihre Lippen zu dem für sie typischen Lächeln. Es gab eine Zeit, da hatte mich dieses Lächeln um den Verstand gebracht. Und auch jetzt kam ich nicht dagegen an, dass mein Herz schneller schlug.

Gleichzeitig schob sich jedoch Lilys Gesicht vor mein inneres Auge. Ich dachte an unsere gemeinsamen Erlebnisse der letzten Wochen, an unsere Abenteuer und unsere Gespräche. Ich war seit Langem mal wieder glücklich gewesen.

»Ich habe in New York viel an dich denken müssen«, unterbrach Morgan meine Überlegungen.

»Ach, du hast also so viel an mich gedacht, dass du es nicht einmal für nötig gehalten hast, mir zurückzuschreiben? Eine meiner Nachrichten zu beantworten oder auf meine Anrufe zu reagieren?« Meine Stimme triefte nur so vor Sarkasmus.

Morgan senkte den Kopf. »Ich habe mich unendlich geschämt, Ben.«

Für einen kurzen Moment schloss ich die Augen, da ich das Gefühl hatte, von meinen Emotionen übermannt zu werden.

Ich dachte an den Tag zurück, an dem ich von meiner Exkursion zurückgekommen war und zu Hause lediglich einen Brief von Morgan vorgefunden hatte. Ihren Abschiedsbrief.

Ich erinnerte mich daran, wie ich vor Verzweiflung geschrien hatte, als ich lesen musste, dass sie für unsere Beziehung keine Zukunft sah und beschlossen hatte, nach New York zu gehen. Selbst jetzt noch konnte ich jede Zeile aus dem Brief auswendig aufsagen. Sie hatten sich für immer in mir festgebrannt und Narben bei mir hinterlassen.

Meine Kehle schnürte sich zu.

»Unsere Beziehung war dir nicht mehr wert als ein paar Zeilen. Warum, Morgan, warum? Ich verstehe es einfach nicht.«

»Ich weiß nicht, was du hören möchtest, Ben. Du hast meinen Wunsch, von hier wegzugehen, nicht verstanden. Ich habe so oft versucht, dir zu sagen, dass ich die Welt entdecken wollte. Dass ich aus Lake Louise rausmusste. Ich hatte immer das Gefühl, die Natur und die Berge waren dir wichtiger als ich. Lake Louise hat mir die Luft zum Atmen genommen, aber für dich gab es nichts anderes.«

Mir einzugestehen, dass ich blind gewesen war für Morgans Bedürfnisse, dass auch ich Fehler gemacht hatte, fiel mir nicht leicht. Es war einfacher gewesen, die Schuld auf Morgan abzuwälzen, als mich mit meinen eigenen Schwächen auseinanderzusetzen.

»Das stimmt nicht«, widersprach ich. »Du weißt ganz genau, was du mir bedeutet hast. Ich habe alles für uns getan. Ich habe unsere gemeinsame Zukunft geplant, ich habe die Wohnung für uns hergerichtet, ich …«

»Und genau das war das Problem, Ben«, fiel Morgan mir energisch ins Wort. »*Du* hast unsere gemeinsame Zukunft geplant, ich selbst habe mich in deinen Plänen aber nicht wiedergefunden. Oder hast du mich ein einziges Mal gefragt, was ich möchte?«

Nein, das hatte ich nicht. Weil ich so anmaßend war, zu glauben, Morgan würde dasselbe wollen wie ich.

»Du hättest fragen können, ob ich dich in die USA begleite«, sagte ich.

»Wenn ich dich gebeten hätte, mit mir nach New York zu gehen, hättest du es getan?« Morgan sah mich abwartend an. »Sei ehrlich, Ben.«

Ich rieb mir über die Schläfe, hinter der es unangenehm zu pochen begann. »Ja … Nein … Vielleicht, ich weiß es nicht. Der Punkt ist aber, dass du mir nicht mal eine Chance gegeben hast, mich zu entscheiden. Diesmal hast *du* die Entscheidung für uns getroffen. Und das war verdammt noch mal nicht fair.«

Tränen glitzerten in Morgans wunderschönen braunen Augen.

»Wenn ich die Chance hätte, wenn ich es könnte, dann würde ich die Zeit zurückdrehen, Ben. Es tut mir leid. Heute weiß ich, dass es feige war, einfach zu gehen. Aber ich hatte Angst, dass du dich nur meinetwegen für New York entschieden hättest und dort nie glücklich geworden wärst.«

Ich schluckte. »Bist du es?«, fragte ich leise.

»Was bin ich?« Morgan runzelte irritiert die Stirn.

»Glücklich?«

Morgan ließ nachdenklich ihren Blick schweifen.

»Weißt du, was seltsam ist?«, meinte sie, doch es klang, als hätte sie diese Frage vielmehr an sich selbst gerichtet. »Hier in Lake Louise habe ich die Stille und die Natur nie wirklich zu schätzen gewusst. Ich habe mich immer so sehr nach Freiheit, nach der Weite, nach dem Neuen gesehnt. Erst in New York habe ich realisiert, dass ich in Lake Louise alles hatte, was ich wollte. Was ich brauchte. New York ist toll, mir gefällt mein Leben dort. Es ist laut, es ist aufregend, es ist schrill. Jeder Tag ist anders. Aber es gibt etwas, das mir fehlt.«

»Und was ist das?«

Morgan wandte sich mir langsam zu, während der leichte Wind mit ihrem Haar spielte.

»Du, Ben … du fehlst mir. Jeden Tag.«

Sie machte einen Schritt auf mich zu. »Ich habe einen großen Fehler gemacht, den ich sehr bereue. Es war nie meine Absicht, dich zu verletzen. Das musst du mir glauben. Ich hätte uns nicht aufgeben dürfen. Kannst du mir verzeihen?«

Ich war vollkommen überfordert mit der Situation und wusste nicht, was ich darauf erwidern sollte. Mal ehrlich, wie reagierte man auch angemessen, wenn die eigene Ex-Freundin nach sechs Monaten Funkstille plötzlich wieder vor einem stand?

Abermals dachte ich an Lily. An unseren Kuss. An unsere gemeinsame Zeit in der Hütte. Sie löste Gefühle in mir aus, die ich nicht in Worte zu fassen vermochte. Doch zugleich wurde mir auch schmerzhaft bewusst, dass Lily im nächsten Jahr wieder zurück nach Deutschland gehen würde.

Meine Gedanken schossen hin und her. Zwischen Morgan und Lily. Zwischen New York, Hamburg und Lake Louise.

»Ich brauche Zeit, um das alles zu verdauen, Morgan. Du kannst nicht hier auftauchen und erwarten, dass ich direkt eine Antwort parat habe.«

Morgan sah mich an. »Meinst du, es gibt für uns noch eine Chance?«

»Ich weiß es nicht«, sagte ich.

Und ich wusste es wirklich nicht.

Das Einzige, das ich mit Gewissheit sagen konnte, war, dass mein Herz gerade wieder verdächtig nah am Abgrund schwebte.

56. Kapitel

Ben hatte mich tatsächlich stehen gelassen. Ein hilfloser Blick und ein Schulterzucken in meine Richtung, dann war er mit Morgan abgezogen.

Ich konnte es nicht fassen.

Wie bestellt und nicht abgeholt stand ich da, und die Gefühle, die in mir tobten, stürzten wie ein Platzregen auf mich herab und begruben mich unter sich.

Plötzlich war mir alles zu viel. Die Menschenmengen, das Gelächter, die fröhliche Stimmung, während in mir nur Kälte und Leere waren. Was allerdings nichts damit zu tun hatte, dass sich die Sonne mittlerweile tief über den Horizont neigte. Die Rockies waren in sanftes orangefarbenes Licht getaucht, doch ich hatte keinen Blick für die Schönheit des Abends.

Wie ferngesteuert drehte ich mich um. Ich wollte nur noch allein sein.

Ich hatte soeben die Veranda des Haupthauses erreicht, als mich jemand am Arm fasste. Nell.

Besorgnis lag auf ihrem hübschen Gesicht. »Sag mir nicht, dass ich gerade richtig gesehen habe. War das da eben etwa …«

»Morgan?«, vollendete ich bitter Nells Frage. »Ja, sie ist zurück.«

Wer hätte gedacht, dass dieser Tag eine solche Wendung nehmen würde …

Nell und ich hatten voller Elan der heutigen Ausstellung entgegengefiebert und uns in die Vorbereitungen gestürzt – und nun ging alles den Bach runter.

Erst Nells Panikattacke und dann das unerwartete Auftauchen von Morgan …

Viel schlimmer konnte es nicht mehr werden.

»Hattest du wenigstens die Möglichkeit, vorher mit ihm zu sprechen?«, fragte Nell.

Ich schüttelte den Kopf. »Nein, Morgan ist genau im falschen Moment aufgetaucht.«

Nell blies die Backen auf. »Mir fehlen die Worte.«

Da war sie nicht die Einzige. »Ich weiß gar nicht, wie ich gleich diese Nachtwanderung mit Ben überstehen soll …«, sagte ich und rieb mir über die Schläfe.

»Was hältst du davon, wenn ich die Nachtwanderung allein mit Ben anführe?«, schlug Nell vor. »Dann kannst du erst mal deine Gedanken ordnen.«

Ihr Vorschlag klang verlockend. Alles, was ich wollte, war Ruhe.

»Bist du dir sicher?«

Nell lächelte. »Das ist das Mindeste, was ich für dich tun kann. Außerdem tut mir die Ablenkung gut. Was meinst du, warum ich immer so viele To-do-Listen in mein Notizbuch schreibe?«

»Danke, Nell. Das weiß ich zu schätzen. Wir sehen uns später, ja?«

»Das machen wir.« Aufmunternd strich Nell mir über den Arm.

Als ich auf meinem Zimmer war, warf ich mich wie ein nasser Sack aufs Bett und ließ meiner Enttäuschung freien Lauf.

Die Tränen, die ich zuvor noch mühsam fortgeblinzelt hatte, kämpften sich ihren Weg an die Oberfläche und liefen in dicken Tropfen meine Wange hinab. Ein salziger Geschmack legte sich auf meine Zunge.

Obwohl ich nicht an Ben und Morgan denken wollte, kreisten meine Gedanken unaufhörlich um die beiden.

Denn trotz der Wut in Bens Blick war da noch etwas anderes gewesen. Ein winziger Funken, der ganz leicht glomm, so schwach, dass man ihn leicht übersehen konnte. Aber er war da.

Ben hatte noch immer Gefühle für Morgan.

Und diese Erkenntnis riss mir den Boden unter den Füßen weg.

***

Dunkelheit hatte sich über das Lake Louise Chalet Resort gelegt.

Ich hatte mein Kleid vorsorglich gegen eine Jeans, einen Pullover und eine dünne Jacke getauscht, doch als ich auf die Veranda trat, war es noch immer angenehm mild, und eine laue Sommerbrise wehte mir um die Nase. Etwas frische Luft zu schnappen, würde mir sicher guttun.

Mittlerweile waren Ben und Nell mit den Gästen zu ihrer Nachtwanderung aufgebrochen. Aus dem angrenzenden Wald trug der Wind noch vereinzelt die Stimmen der Teilnehmer zum Resort herüber.

Ich ließ meinen Blick über die Hotelanlage gleiten. Es sah wunderschön aus, wie die Fotos unserer Ausstellung von dem warmen Schein der Lichterketten in der umliegenden Schwärze beschienen wurden.

Und dennoch konnte ich den Anblick nicht genießen.

Auch wenn meine Tränen mittlerweile versiegt waren, hatte

das dumpfe Stechen in meiner Brust nicht nachgelassen. Ganz im Gegenteil. Es erinnerte mich permanent daran, dass Ben mich für Morgan hatte stehen lassen. Und das ausgerechnet in dem Moment, in dem ich Ben mit dem Foto überraschen und ihm meine Gefühle gestehen wollte.

Manchmal war das Schicksal wirklich nicht fair.

Ob Ben sich über die Aufnahme gefreut hätte? Wäre er überrascht gewesen? Oder möglicherweise verärgert, dass ich ohne sein Einverständnis ein solch persönliches Foto von ihm gemacht hatte? Doch die noch größere Frage war: Hätte er meine Gefühle erwidert? Allein der Gedanke an Morgans plötzliches Auftauchen im Resort verunsicherte mich zutiefst, was mich ärgerte.

Vielleicht maß ich dem Ganzen eine viel zu große Bedeutung bei und zerbrach mir den Kopf über etwas, das ich ohnehin nicht ändern konnte.

Wieso malte ich jetzt außerdem schon alles so schwarz? Wahrscheinlich hatte Morgan nach der schrecklichen Trennung einfach noch mal ein klärendes Gespräch mit Ben suchen wollen, um die ganze Sache abzuhaken. Basta!

Ich zwang mich selbst dazu, die trüben Gedanken in meinem Kopf zu vertreiben, und spazierte stattdessen flussaufwärts in Richtung der alten Eiche, bei der ich damals Bandit und Candy gefunden hatte. Schließlich ließ ich mich auf der Bank in der Nähe des alten Baumes nieder. Doch kaum dass ich mir einen Moment Ruhe gönnte, setzte sich die Grübelei wieder in Gang. Plötzlich fragte ich mich, ob mein Auslandsaufenthalt wirklich die richtige Idee gewesen war. Statt Trübsal zu blasen, könnte ich jetzt einen schönen Sommer in Hamburg gemeinsam mit meiner Familie und mit Rieke haben. An der Außenalster sitzen, ein Eis essen und das Treiben der Menschen in den Straßen beobachten.

Stattdessen saß ich mehrere Tausend Kilometer entfernt und hatte Liebeskummer. Ich blickte in die Nacht, als könnte ich dort etwas Tröstendes finden.

Auch wenn ich den Nationalpark bei meiner unfreiwilligen Waschbär-Rettungsaktion schon einmal bei Nacht erlebt hatte, war es auch dieses Mal wieder faszinierend.

Ich hatte den Eindruck, dass sich zu dieser Zeit die Geräusche im Wald intensivierten und lauter wurden. Jedes Rascheln und Knistern nahm ich viel deutlicher wahr, als ich es am Tag getan hätte.

Und dann sah ich sie: Unzählige Sterne standen am wolkenlosen Himmel. So etwas hatte ich in Hamburg nur ganz selten zu Gesicht bekommen. Aber hier in der Dunkelheit der kanadischen Nacht war das Firmament übersät mit Sternen.

Staunend blickte ich auf die strahlenden Lichtpunkte und konnte mich an dem Anblick nicht sattsehen. Es hatte etwas Magisches.

Für einen Moment vergaß ich meine Trauer, meine Einsamkeit und meine Angst davor, was Morgans Auftauchen für Ben und mich bedeuten könnte.

Stattdessen stellte ich mir vor, dass ich unter diesem riesigen Himmelszelt geborgen war und die Sterne mir den richtigen Weg weisen würden.

Denn egal wie dunkel es manchmal sein mochte, egal wie steinig der Weg manchmal war, es gab immer einen Funken Hoffnung.

Ein Lächeln stahl sich auf meine Lippen.

57. Kapitel

Zurück im Resort hatten Louisa und ein paar weitere Servicekräfte ein Lagerfeuer vorbereitet, sodass ich von duftenden Marshmallows, frischem Stockbrotteig und dem angenehmen Knistern der brennenden Holzscheite empfangen wurde. Nell und Ben waren mit der Gruppe bereits zurückgekehrt.

Von der Nachtwanderung hungrig geworden, machten sich die Kinder gemeinsam mit ihren Eltern übermütig daran, den klebrigen Stockbrotteig um lange Äste zu wickeln, die schon fertig geschnitzt an das Carport gelehnt standen.

Ben hatte sich etwas abseits der Gruppe auf einen einzelnen Baumstamm gesetzt und blickte nachdenklich in die orangeroten Flammen.

Ich gab mir einen Ruck und gesellte mich zu ihm. »Darf ich?«, fragte ich, als Ben zu mir aufsah, und deutete auf den freien Platz neben ihm.

»Natürlich«, entgegnete Ben mit einem Lächeln, doch es erreichte seine Augen nicht.

Schweigend setzte ich mich auf den Baumstamm.

Beim Anblick des Feuers musste ich wieder an unsere gemeinsame wildromantische Zeit in der einsamen Schutzhütte denken. Daran, wie Ben und ich uns vor dem knisternden Kamin einander hingegeben hatten, als gäbe es nur uns zwei auf dieser Welt.

Wieso war die Liebe manchmal so kompliziert?

»Und, hat es sich gelohnt, mich stehen zu lassen?« Auch wenn es normalerweise nicht meine Art war, direkt auf Konfrontation zu gehen, konnte ich mir den verbalen Seitenhieb nicht verkneifen. Ben konnte ruhig wissen, dass mich sein Verhalten verletzt hatte.

»Es tut mir leid, Lily. Das war vorhin echt scheiße von mir.« Ben sah zerknirscht drein.

»Stimmt.« Ich betrachtete Bens Profil. Sein Gesicht war starr wie eine Maske. Sosehr ich mich auch bemühte, ich konnte seine Gefühle nicht lesen. Doch als er sich mir zuwandte, brachen seine Schutzmauern zusammen. Ich erkannte tiefe Unsicherheit in seinen Augen.

Es kam mir vor wie eine halbe Ewigkeit, bis Ben endlich sprach und mich von der Ungewissheit erlöste.

»Morgan hat mich um Verzeihung gebeten«, sagte er leise, wobei er wieder ins Feuer sah. Es war, als würde er mit den Flammen sprechen und bewusst meinen Blick meiden. Als würde er mir nicht in die Augen sehen und ins Gesicht sagen können, was ihm auf der Seele lastete.

Ben begann stockend, von dem Gespräch mit Morgan zu erzählen.

»Anfangs war ich so wütend, dass ich ihr nicht einmal zuhören wollte. Doch sie hat mich angefleht. Sie sagte mir, dass sie ihre Entscheidung von damals aufrichtig bereuen würde und dass Lake Louise ihr die Luft zum Atmen genommen hätte. Dass sie nur noch rauswollte. Und dass es ihr leidtäte, wie alles gelaufen ist.«

Ich hob die Augenbrauen. Es tat ihr leid? Ernsthaft?

Mehrere Monate hatte sie kein einziges Wort von sich hören

lassen, und jetzt tauchte sie einfach hier auf, um sich mit Ben auszusprechen? Es fiel mir schwer, ihr das abzukaufen.

»Und du glaubst ihr?«, vergewisserte ich mich, obwohl ich nicht wusste, ob ich die Wahrheit wirklich hören wollte.

Er zuckte mit den Schultern. »Keine Ahnung.«

Ich sah ihm an, dass er völlig durch den Wind war. Wäre ihm Morgans unerwartetes Auftauchen egal gewesen, dann hätte mir ihre Anwesenheit in Lake Louise vielleicht nicht einmal etwas ausgemacht. Doch so fühlte es sich an, als hätte sie unweigerlich einen Keil zwischen Ben und mich getrieben.

Ich schluckte. Zu hören, dass Morgan Ben noch immer etwas bedeutete, tat weh.

Obwohl Ben direkt neben mir saß und ich nur meine Hand nach ihm hätte ausstrecken müssen, hätte er nicht weiter von mir entfernt sein können als in diesem Moment.

»Denkst du, dass Menschen sich ändern können?«, fragte er. In seiner Stimme schwang ein Funken Hoffnung mit.

Diesmal war es an mir, mit den Schultern zu zucken. Plötzlich war ich nur noch genervt. Ich hatte Ben in den vergangenen Wochen viel Verständnis entgegengebracht angesichts seiner schwierigen Trennung.

Aber deswegen war ich noch lange nicht die Wohlfahrt. Und ganz sicher würde ich Morgan für ihre Entscheidungen auch nicht in Schutz nehmen.

Manchmal war es echt beschissen, ein empathischer Mensch zu sein. Denn wenn ich jetzt nicht lernte, mich abzugrenzen, dann würde ich mich und meine eigenen Gefühle aus den Augen verlieren.

Und das wollte ich um jeden Preis vermeiden.

»Ich weiß es nicht, Ben. Ich kann dir darauf keine Antwort geben und, ehrlich gesagt, möchte ich es auch nicht. Wenn du mich jetzt entschuldigst …«

Damit stand ich auf.

»Lily«, hielt Ben mich auf. »Wir wurden vorhin mitten im Gespräch unterbrochen. Du wolltest mir noch etwas sagen?«

Ich schluckte. Ich würde Ben meine Gefühle nicht zwischen Tür und Angel präsentieren. Nicht heute und vor allem nicht nach dem, was vorgefallen war.

»War nicht so wichtig«, log ich, während mein Herz lauthals protestierte. Es fühlte sich falsch an, meine Gefühle zu verleumden.

»Ich dachte nur … Es klang, als wäre es dir wichtig«, sagte Ben traurig.

Wieso fühlte es sich zwischen Ben und mir gerade wie eine Trennung an, obwohl wir noch nicht einmal zusammen waren?

58. Kapitel

Nach Morgans plötzlicher Rückkehr nach Lake Louise bekam ich Ben die darauffolgende Woche kaum zu Gesicht, und meine Laune war unterirdisch.

Der Gedanke, dass er bei *ihr* sein könnte oder die beiden möglicherweise gemeinsam Zeit in seinem Wohnwagen verbrachten, schmerzte. Gleichzeitig machte ich mir Vorwürfe, dass ich beim Lagerfeuer zu hart mit Ben ins Gericht gegangen war.

Wann immer er mal kurz im Resort auftauchte und Gäste zu Führungen durch den Nationalpark abholte, festigte sich mein Eindruck, dass er mir aus dem Weg ging. Er mied, soweit möglich, jeden Blick, jedes Gespräch.

Es fiel mir schwer, mich auf meine Arbeit zu konzentrieren und meinen Aufgaben im Resort nachzugehen, da meine Gedanken permanent um Morgan und Ben kreisten.

Und als ob all das nicht schon beschissen genug war, hatte Louisa in dieser Woche ihren letzten Tag im Resort.

Mit hängenden Schultern stand ich neben ihr und sah dabei zu, wie der Taxifahrer ihren Koffer im Auto verstaute. Nell und ihre Eltern hatten sich bereits von Louisa verabschiedet.

»Ich besuche Rieke und dich mal in Hamburg«, versprach Louisa und nahm mich in den Arm. »Pass auf dich auf und lass dich nicht ärgern. Du bist viel stärker, als du denkst.« Obwohl sie Bens Namen nicht erwähnte, wusste ich, dass sie von ihm sprach.

Wir machten zum Abschied noch ein Polaroid von uns beiden, bevor Louisa ins Taxi stieg. Nachdenklich sah ich dem Wagen hinterher, bis er hinter der nächsten Kurve verschwand.

***

Eines Morgens wäre ich in der Lobby beinahe in Ben hineingerannt.

»Hey, Lily«, brachte er mit kratziger Stimme heraus. Dunkle Ringe lagen unter seinen Augen, als hätte er mehrere Nächte hintereinander nicht geschlafen. Sein Bartwuchs war stärker als sonst, offensichtlich hatte er sich die letzten Tage nicht rasiert.

Er sah so fertig aus, wie ich mich fühlte.

»Hey.« Verunsichert trat ich von einem Fuß auf den anderen. »Wie geht es dir? Dich bekommt man ja kaum noch zu Gesicht …«

Ich konnte nicht verhindern, dass ein leiser Vorwurf und Enttäuschung in meiner Stimme mitschwangen.

Als Ben seufzte, wirkte er müde und abgekämpft. »Lily«, sagte er lediglich, und sein ernster Tonfall ließ alle Alarmglocken in meinem Kopf schrillen. »Wir sollten reden. Hast du einen Moment?«

Ich versuchte, den Kloß, der sich in meinem Hals bildete, hinunterzuschlucken und das ungute Gefühl in meinem Magen zu ignorieren.

Da ich noch knapp fünfzig Minuten hatte, bis meine Schicht an der Rezeption begann, nickte ich. Das Frühstück würde heute dann wohl ohne mich stattfinden, mir war ohnehin jeglicher Appetit vergangen.

Wir gingen ein paar Schritte schweigend nebeneinander her und ließen uns auf einer Bank unweit des Resorts nieder. Ben jedoch war so unruhig, dass er bereits nach wenigen Sekunden wieder aufsprang.

»Es gibt da etwas, worüber ich mit dir sprechen muss.« Mir fiel auf, dass er seine Hände auffällig oft an seiner Ranger-Uniform abwischte. Ihm bereitete die Situation sichtliches Unbehagen.

Mein Magen fühlte sich mittlerweile so an, als läge ein riesiger Stein darin, der mich mit sich in die Tiefe zog.

»Morgan hat mich gebeten, ihr eine zweite Chance zu geben«, rückte Ben schließlich mit der Wahrheit heraus, und mir entgleisten jegliche Gesichtszüge. Im ersten Moment hatte ich noch die winzige Hoffnung, mich einfach nur verhört zu haben, doch Bens ernster Blick bewies mir das Gegenteil.

»Und was hast du gesagt?« Meine Stimme war nur noch ein Flüstern. Kaum hatten die Worte meinen Mund verlassen, bereute ich sie schon, denn ich erschrak vor der Wahrheit in Bens Augen.

»Dass ich es nicht weiß«, gestand Ben.

In mir zerbrach etwas. Es war, als würde Ben mein Herz nehmen und es zerschmettern, bis nichts mehr als feine, scharfkantige Glassplitter blieben, die mich von innen zerfetzten.

Ich sprang von der Bank auf. Trauer, Enttäuschung und Wut mischten sich in meinem Inneren und vermengten sich zu einer hochexplosiven Mischung.

»Das ist nicht dein Ernst, oder?«, fragte ich und starrte ihn mit offenem Mund an.

Ben schwieg.

Kälte breitete sich in mir aus. »Ich dachte, das zwischen uns, das …« Ich brach ab. »Ich dachte, das wäre etwas Besonderes.«

Ben zuckte bei meinen Worten zusammen. Er fuhr sich durchs Haar, so wie er es immer tat, wenn er aufgebracht war.

»Du bist auch etwas Besonderes«, sagte er leise. »Aber dein Zuhause ist in Deutschland, Lily. Wir beide hätten hier niemals eine Chance.«

»Wer sagt das?«, fauchte ich zornig.

»Verdammt, Lily!« Jetzt war auch Ben aufgebracht. »Du wirst nicht für immer hierbleiben. Schon nächstes Jahr wirst du gehen, zurück zu deiner Familie, zu deinen Freunden. Ich will das nicht noch mal durchmachen müssen, verstehst du? Das würde ich nicht verkraften!«

Ich traute meinen Ohren kaum. War das wirklich Ben, der da gerade vor mir stand? Wie konnte er alles, was zwischen uns geschehen war, einfach verdrängen, als wäre es nie passiert?

Ben atmete tief ein und aus. »Es war nie einfach mit Morgan und mir. Trotz allem waren wir sieben Jahre zusammen. Sie weiß, dass sie einen Fehler gemacht hat, und möchte es wiedergutmachen. Sie will an sich arbeiten. Und sie bleibt in Lake Louise.«

»Du klammerst dich an eine Illusion. Jemandem zu verzeihen, ist die eine Sache. Aber jetzt den gleichen Fehler noch mal zu machen, ist reine Dummheit!«

Er schluckte. »Ich weiß nicht, was ich tun soll.«

»Du hast dich doch bereits entschieden«, warf ich Ben lauthals vor. »Denn mit deinem wankelmütigen ›Weiß ich nicht‹ hast du dich schon gegen mich gestellt. Gegen uns.«

»Es tut mir leid, Lily.«

»Es tut dir leid?«, höhnte ich. Ich wusste nicht, wie ich das Gefühlschaos in meinem Inneren bändigen sollte. Übelkeit erfasste mich. Ich trat noch einen Schritt auf Ben zu und verengte meine Augen zu zwei schmalen Schlitzen.

»Du bist ein elender Feigling, Ben Montgomery!«, zischte ich, während Tränen in mir aufstiegen.

»Lily, bitte.« Ben sah mich flehend an und griff nach meiner Hand. »Du bist mir wirklich wichtig, und ich will dich nicht verlieren.«

Ich lachte bitter auf, presste meine Lippen zusammen und schüttelte den Kopf.

»Dafür ist es zu spät, denn das hast du soeben. Mir reicht kein ›Ich weiß es nicht‹. Ich habe jemanden verdient, der mich zu einhundert Prozent wählen würde.«

Meine Worte hatten Ben getroffen, denn ich konnte den Schmerz in seinen Augen sehen. Aber das war nichts im Vergleich zu dem Schmerz, der mich gerade in den Abgrund riss. Ohne ein weiteres Wort drehte ich mich um und rannte davon.

59. Kapitel

Pure Enttäuschung hatte sich in meinem Körper ausgebreitet, die sich mit einem weiteren Gefühl vermischte: Wut.

Bedeutete Ben das mit uns gar nichts? Unsere Waschbärenrettungsaktion, unsere Ausflüge im Nationalpark, die Kanutour auf dem Lake Louise, unser erster Kuss …? Dass wir sogar miteinander geschlafen hatten, und das nicht nur einmal?

Dabei hatte ich wirklich geglaubt, er würde genauso für mich empfinden wie ich für ihn. Aber offensichtlich hatte ich mich getäuscht.

Heiße Tränen liefen meine Wangen hinab. Vor meiner Abreise hatte ich mir felsenfest vorgenommen, das Beste aus diesem Auslandsjahr zu machen. Diese Chance zu nutzen. Die Zeit zu genießen.

Aber wie sollte das funktionieren, wenn so viel Mist passierte?

Rieke hatte mich gewarnt, mich nicht in irgendwelche komplizierten Sachen zu verstricken. Und was hatte ich getan? Ich hatte schwungvoll und mit Anlauf jedes Fettnäpfchen und jedes noch so kleine Drama mitgenommen, das irgendwie möglich war.

Ich würde alles dafür geben, um jetzt bei meiner Familie und bei Rieke sein zu können. Mein Heimweh und meine Sehnsucht nach Hamburg waren in diesem Augenblick so stark, dass es mir die Kehle zuschnürte.

Hier würde ich zu keiner Lösung kommen. Das Resort erschien mir mit einem Mal bedrückend eng. Ich musste raus, sonst würde ich an all dem Chaos, den vielen Fragen in meinem Kopf und den verwirrenden Gefühlen noch ersticken.

Ich schaffte es, wieder in mein Zimmer zu gelangen, ohne jemandem zu begegnen. Wie ferngesteuert ging ich hinüber zum Kleiderschrank, riss die Türen auf und stopfte wahllos Klamotten in meinen Rucksack, weitere Kleidungsstücke flogen wild durch die Gegend und verteilten sich auf dem Boden.

Ich musste in meiner Hektik das Klopfen überhört haben, denn plötzlich stand Nell im Türrahmen und starrte vollkommen fassungslos auf den Berg an Klamotten. Anscheinend hatte ich vergessen, die Tür zu schließen.

»Was … was machst du da?«

Da ich mit meinen Gedanken ganz woanders war, nahm ich kaum Notiz von ihr.

»Packen«, sagte ich, während ich nach meiner Kamera griff.

»Du hast doch nicht etwa vor, abzureisen?«, fragte Nell entsetzt, und als ich aufsah, war ihr Gesicht leichenblass. »Bitte geh nicht!«

Im nächsten Moment hing Nell bereits an meinem Hals und hatte ihre Arme um mich gelegt. »Bitte flieg nicht zurück nach Deutschland!«

Irritiert runzelte ich die Stirn.

Auch wenn mein verletzter Stolz zugegebenermaßen für den Bruchteil einer Sekunde mit diesem Gedanken gespielt hatte, merkte ich jetzt, dass es für mich nicht infrage kam, meine Zelte hier abzubrechen.

»Nell, ich habe nicht vor …«, setzte ich an, aber ich kam überhaupt nicht zu Wort und hatte keine Chance, das Ganze richtigzustellen, da Nell schluchzte. Geistesgegenwärtig strich ich ihr beruhigend über das Haar.

»Ich hätte dich mit Lukes Unfall nicht so überrumpeln dürfen. Es tut mir leid«, flüsterte Nell.

Ich schob sie ein Stück von mir, damit ich sie ansehen konnte. »Wie kommst du nur auf den Unsinn, dass ich wegen deiner Familie abreisen könnte?«

»Nicht?« Sie sah mich aus ihren großen Bambi-Augen an.

Ich schüttelte den Kopf. »Definitiv nicht.«

Nell fasste sich an die Brust. »O Gott, da fällt mir ein Stein vom Herzen. Aber was ist dann passiert?«

Sie deutete auf das Chaos in meinem Zimmer.

Es war mir peinlich, dass nun auch mir Tränen in die Augen stiegen.

Als ich Nell mein Gespräch mit Ben geschildert hatte, schüttelte sie entrüstet den Kopf. »Dieser … dieser Trottel!«, platzte es aus ihr heraus, doch selbst diese Bezeichnung klang irgendwie viel zu niedlich aus ihrem Mund.

Sie runzelte nachdenklich die Stirn. »Auch wenn ich sein Verhalten keinesfalls rechtfertigen möchte, kann ich seine Angst ein Stück weit verstehen, vor allem nach der Sache mit Morgan. Seit Lukes Unfall weiß ich leider nur zu gut, wie es ist, von dunklen Gedanken beherrscht zu werden. Ich zergrübele dann jedes Detail, rede alles schlecht und komme nur schwer aus dieser Gedankenspirale heraus. Angst ist nie ein gutes Fundament, um Entscheidungen zu treffen. Ich glaube, dass Bens Verhalten eigentlich nichts mit dir zu tun hat. Wahrscheinlich fühlt er sich einfach überfahren von der Situation.«

Ich lächelte müde. Ich wusste es zu schätzen, dass Nell versuchte, mich aufzubauen, und auch Ben nicht schlechtmachen wollte. So gerne wollte ich glauben, dass sie recht hatte.

Nell nahm meine Hände. »Wir bekommen das gemeinsam

hin, ja? Ich biete mich höchstpersönlich als Amor an. Wenn du willst, spreche ich mal mit Ben.«

Bei der Vorstellung von Nell mit Amors Pfeil in der Hand musste ich trotz meines Kummers lachen.

»Wenn es doch so einfach wäre«, sagte ich leise.

»Versprichst du mir, dass du uns nicht verlässt und du Kanada noch eine Chance gibst?«, fragte Nell.

»Keine Sorge, so schnell werdet ihr mich nicht wieder los. Aufgeben war noch nie meine Devise.«

Nell war sichtlich erleichtert und atmete auf. »Lily?«

»Hmm?«

»Ich glaube, dass du Ben sehr viel bedeutest. Ich erkenne, wenn er jemanden gernhat.«

60. Kapitel

Obwohl es nach meiner Schicht an der Rezeption bereits später Nachmittag war und die Sonne bald untergehen würde, schnappte ich mir meinen Kamerarucksack samt Ausrüstung. Bevor Nell heute Vormittag mit einem aufbauenden Lächeln wieder verschwunden war, hatte sie mir bei Google Maps noch einen schönen Weg durch den Nationalpark empfohlen, der anscheinend ein echter Geheimtipp war und nur von wenigen Touristen genutzt wurde. Das entsprach genau dem, was ich jetzt brauchte. Je mehr Ruhe, desto besser.

Ich war froh, hier eine Freundin wie Nell zu haben. Kaum war ich losgelaufen, kam mir unser Gespräch vom Infotag in den Sinn, und ich musste schlucken.

Wie schrecklich, wenn der eigene Bruder einen Unfall erlitt, durch den das gesamte Leben auf den Kopf gestellt wurde. Plötzlich wurde mir bewusst, wie dankbar ich sein konnte, dass es mir und meiner Familie gut ging und wir alle gesund waren.

Es war bewundernswert, dass Nell so tapfer war, weiterhin jeden Morgen aufstand und versuchte, ihr Leben so normal wie möglich weiterzuleben, während im Hinterkopf ständig die Angst um ihren Bruder wie ein dunkler Schatten lauerte.

Ich wusste nicht, ob ich an ihrer Stelle die Kraft dazu gehabt hätte. Sicherlich gab es Familien, die an so etwas zerbrachen.

Im Nachhinein betrachtet, war es für mich auch nachvollziehbar, dass Nell Lukes Unfall nie angesprochen hatte. Unentwegt mit diesem Thema konfrontiert zu werden, obwohl man selbst keine Antworten hatte und nicht wusste, was die Zukunft bereithielt, machte es bestimmt nicht leichter.

Gleichzeitig kam mir aber auch der Gedanke, wie kräftezehrend es für Nell sein musste, ihre Gefühle zu verbergen. Sie hatte stets ein offenes Ohr für alle, opferte sich für das Resort ihrer Eltern auf und begegnete den Hotelgästen immer mit einem Lächeln auf den Lippen – und dennoch hatte sie mit Problemen und Ängsten zu kämpfen, die ich mir nicht einmal in meinen schlimmsten Albträumen ausgemalt hätte.

Meine Gedanken drifteten weiter zu Ben. Ich wusste nicht, wie ich mich verhalten sollte, wenn ich ihm das nächste Mal gegenüberstand. Womöglich hatte er dann auch noch Morgan im Schlepptau.

Allein die Vorstellung verursachte mir Unwohlsein.

Auch andere Männer haben hübsche Söhne, tauchte Riekes Stimme in meinem Kopf auf. Sie wäre erst gar nicht in so ein Dilemma hineingeraten.

Hatte ich mich wirklich so sehr in Ben getäuscht? Konnten sich seine Gefühle so schnell ändern? Ich wollte das nicht glauben.

Aber er war jetzt höchstwahrscheinlich bei Morgan, was Beweis genug war. Einen deutlicheren Korb hätte er mir gar nicht geben können.

Ich würde mir dieses Kanadaabenteuer nicht von Ben kaputt machen lassen. Ich hatte nach dem Abi nicht ein verdammtes Jahr in Hamburg für diesen Auslandsaufenthalt gejobbt, nur um jetzt einem Typen hinterherzuweinen, der offensichtlich nicht so fühlte wie ich.

Dieses Jahr bot so viele Möglichkeiten für mich. Das wollte ich nicht aufgeben.

Und damit beschloss ich erneut, Ben Montgomery in den hintersten Winkel meines Gedächtnisses zu verbannen. Und dort würde er auch bleiben. Jawohl!

Entschieden schulterte ich meinen Rucksack und marschierte weiter. Die Luft um mich herum roch nach Fichtennadeln, Moos und frischer Erde.

Wie Ben.

Verdammt! Es würde wohl eine Weile dauern, bis mich nicht mehr alles an ihn erinnerte.

Doch statt weiterhin Trübsal zu blasen, versuchte ich, mich auf das Positive in meinem Leben zu konzentrieren.

Ich lauschte den Stimmen des Waldes und nahm die beeindruckende Natur in mich auf. Im Abendlicht würde ich bestimmt noch ein paar tolle Fotos schießen können. Und wer weiß, was für Wildtiere ich heute sichten würde.

Auch der mit Sternen übersäte Himmel, den ich am Abend des Infotags gesehen hatte, kam mir wieder in den Sinn. Das war ein einmaliger Moment gewesen, der sich für immer in mein Gedächtnis gebrannt hatte. Ja, es gab immer ein Licht am Ende des Tunnels, auch wenn es nur schwach war und man es kaum wahrnehmen konnte. Es war da.

61. Kapitel

BEN

Als ich die Lobby betrat, war weit und breit keine Menschenseele zu sehen, lediglich Nell stand am Empfang, und ein paar Handwerker waren damit beschäftigt, große Leinwände aufzuhängen. Bei genauerem Hinsehen fiel mir auf, dass es sich dabei um die Aufnahmen von Lily handelte, die beim Infotag ausgestellt worden waren.

Ich trat näher heran, um die Fotos ausgiebig zu betrachten. Wieder einmal war ich von Lilys Talent und ihrem Blick für Details beeindruckt. Bei dem Gedanken an sie wurde mein Herz schwer. Sie musste mich hassen.

Noch hatte Nell mich nicht entdeckt, da sie konzentriert auf den Rechner vor sich blickte.

Erst war ich versucht, schnell wieder kehrtzumachen, doch dann musste ich mir selbst eingestehen, wie lächerlich das Ganze war.

Nell und ich konnten uns nicht ewig aus dem Weg gehen. Auch wenn wir uns in den letzten Monaten entfremdet hatten, war sie mir immer noch wichtig.

Vielleicht war es an der Zeit, dass ich mein Leben endlich

wieder in die Hand nahm. Zögernd näherte ich mich dem Empfang und fasste mir ein Herz.

»Hey, Nell. Wie geht's so?«

Überrascht sah sie auf. Als sie mich erblickte, hoben sich ihre Mundwinkel zu einem zaghaften Lächeln. Ich musste daran denken, wie ich sie als kleiner Junge auf den Spitznamen »Nellibelli« getauft hatte. Schon lange hatte ich sie nicht mehr so genannt.

»Ben, hey. Sorry, ich habe dich gar nicht bemerkt. Mir geht's ganz gut. Und selbst?«

Sie hatte abgenommen, ihre Wangenknochen zeichneten sich deutlich in ihrem schmalen Gesicht ab, und ihre Arme wirkten fast schon dürr. Lukes Unfall hatte ihr ziemlich zugesetzt. Und dennoch schaffte sie es, alle Hotelgäste mit ihrer Freundlichkeit und ihrem Lächeln zu verzaubern.

»Auch ganz gut«, antwortete ich, wobei das nicht mal annähernd auf meinen derzeitigen Gefühlszustand zutraf. *Am Rande des Wahnsinns* beschrieb es schon eher.

Nell und ich sahen uns an. Ich glaube, uns beiden war klar, dass wir einander etwas vormachten.

Es hatte eine Zeit gegeben, in der wir unzertrennlich gewesen waren. Seit dem Kindergarten war sie meine beste Freundin gewesen.

Wie hatte ich zulassen können, dass wir uns so voneinander entfernt hatten?

Sie fehlte mir. Ihr Lachen, ihre Herzlichkeit. Ich war so sehr auf meinen Verlust von Morgan fokussiert gewesen, dass ich alles andere um mich herum vernachlässigt hatte. Meinen Job als Ranger, meine Leidenschaft für die Tier- und Pflanzenwelt, meine Familie und Freunde.

Ich schluckte. »Es ist schön, mal wieder mit dir zu reden. Also nicht nur im Vorbeigehen, sondern … richtig.«

Nells Lächeln wurde noch etwas breiter. »Das finde ich auch. Wir hatten wirklich schon lange nicht mehr die Gelegenheit …«

Das Klappern einer Leiter ließ mich herumfahren. Einer der Handwerker hielt gerade eine weitere Fotoleinwand in den Händen. Ich hatte die Aufnahme noch nie zuvor gesehen. Und zu meiner eigenen Verblüffung zeigte sie niemand Geringeren als mich.

Wann hatte Lily dieses Foto gemacht? Es musste von unserem Ausflug am See stammen. Ich war wie erstarrt und musterte das Bild schweigend.

Nell folgte meinem Blick.

»Es sollte eine Überraschung sein. Lily hatte sich die ganze Zeit darauf gefreut, dir das Foto am Tag der Ausstellung zu zeigen. Doch als Morgan dann kam … nun ja …« Nell ließ den Satz ins Leere laufen.

Ich dachte daran, wie aufgeregt Lily während des Infotags gewesen war, wie sie mich angesehen hatte … Als würden ihr Lächeln und Strahlen einzig und allein mir gelten.

Doch ich würde auch niemals den Blick vergessen, den sie mir nach unserem letzten Gespräch zugeworfen hatte. Da waren so viel Enttäuschung und Schmerz in ihren Augen gewesen.

Mein Magen krampfte sich zusammen. Was hatte ich nur getan?

Ich stieß ein leises Fluchen aus und rieb mir über die Schläfe. »Verdammt, ich habe richtig Scheiße gebaut, oder?«

»Könnte man so sagen, ja …« Nell zögerte. »Ich weiß, dass wir uns in den letzten Monaten nicht viel zu sagen hatten, Ben. Aber du bist trotz allem mein Freund, und ich möchte, dass es dir gut geht. Daher musst du mir diese eine Frage ehrlich beantworten: Ist es wirklich Morgan, für die dein Herz schlägt?«

Dass Nell mich so direkt auf Morgan ansprach, überrumpelte mich. Damit hatte ich nicht gerechnet. Allerdings hätte mir auch klar sein müssen, dass Lily und Nell miteinander gesprochen hatten. Die beiden schienen gute Freundinnen geworden zu sein.

»Ich … ich weiß es nicht«, gestand ich ein.

Mein Blick wanderte abermals zu dem Foto. Lily hatte mich in einem sehr verletzlichen Moment abgelichtet. Sie hatte mich stets so gesehen und genommen, wie ich war. Nicht die geschönte Version, sondern die echte, mit all meinen Ecken und Kanten. Merkwürdigerweise hatte ich bei ihr auch nicht den Drang verspürt, mich zu verstellen.

»Du hast sie sehr verletzt, Ben. Das hat sie nicht verdient. Lily ist eine tolle Frau.«

»Ja, das ist sie«, antwortete ich leise.

Schon die ganze Zeit fragte ich mich, ob ich die falsche Entscheidung getroffen hatte. Doch gerade schienen mich meine Ängste und Zweifel wie dunkle Schatten zu verschlingen, und ich konnte nicht klar sehen.

Mein Handy vibrierte. Ich zog es aus meiner Hosentasche und warf einen kurzen Blick darauf. Es war eine Nachricht von Morgan.

Was hältst du von einem romantischen Dinner zu zweit?

Ich wollte das Handy bereits zurück in meine Hosentasche schieben, als ein eingehender Anruf angezeigt wurde. Es war Jake, ein Ranger-Kollege aus Banff. Was konnte er wollen?

»Hey, Jake«, begrüßte ich ihn, kaum dass ich abgenommen hatte. »Was gibt's?«

Wir wechselten ein paar Worte. Meine Miene musste während des Gesprächs immer sorgenvoller geworden sein.

»Was ist los?«, fragte Nell, als ich aufgelegt hatte.

»Hier ganz in der Nähe wurde ein Grizzly mit Nachwuchs gesichtet. Wir sagen die Exkursionen für morgen lieber ab.«

»O Gott.« Nell war mit einem Mal kreidebleich. »Lily ist dort draußen unterwegs!«

»Was?«

Ohne dass ich es verhindern konnte, spürte ich Panik in mir aufsteigen. Lily war dort draußen? Allein?

»Sie war total aufgelöst wegen Morgan und dir und meinte, sie müsste noch mal ein bisschen rauskommen.« Die Worte stürzten aus Nell hervor wie ein Wasserfall.

»Wir müssen jetzt Ruhe bewahren. Es bringt nichts, wenn wir uns verrückt machen.« Mit meinen Worten versuchte ich nicht nur Nell zu beruhigen, sondern auch meine eigene Angst um Lily nicht übermächtig werden zu lassen. »Ich gehe los und suche sie.«

Nell zeigte mir auf einer Karte die Richtung, in die sie Lily geschickt hatte. Ich schulterte meine Ausrüstung.

»Ich finde sie, Nell, versprochen. Alles wird gut«, sagte ich mit einem letzten Blick in ihr sorgenvolles Gesicht.

Ich würde es nicht verkraften, wenn Lily etwas zustieß.

Wieso war mir nicht eher bewusst geworden, wie viel sie mir bedeutete? Ich Narr!

Bevor ich aus der Tür ging, drehte ich mich noch einmal zu Nell um.

»Wenn das hier überstanden ist, dann reden wir. Über alles. Über Morgan. Über Luke. Über unsere Freundschaft. Mir fehlt meine Nellibelli.«

Tränen schimmerten in Nells Augen. »Das machen wir.«

62. Kapitel

Ich merkte, wie mich die Natur erdete und ich innerlich mehr und mehr zur Ruhe kam.

Meine Augen glitten bedächtig über die einzigartigen Pflanzen, die um mich herum wucherten. Der Farn leuchtete in knalligem Grün, und der Waldboden war von Moos in unterschiedlichen Grün-, Grau- und Brauntönen bedeckt. Die schräg einfallenden Sonnenstrahlen bahnten sich einen Weg durch die Bäume.

Wenige Meter vor mir entdeckte ich ein Streifenhörnchen. Auffällige schwarze Längsstreifen zogen sich über sein rotbraunes Fell. Es saß auf einem Baumstumpf und knabberte eifrig an einer Nuss, ohne mich zu bemerken. Zumindest ließ es sich von mir nicht stören.

Geschickt krallte es seine Finger um die Nuss und bearbeitete sie von allen Seiten. Es sah so drollig aus, dass ich mir ein verzücktes Seufzen verkneifen musste.

Ganz langsam ging ich in die Knie, um das Streifenhörnchen nicht zu verschrecken, griff nach der Kamera, die um meinen Hals hing, wechselte das Objektiv und nahm den kleinen Nager ins Visier.

Ich machte ein paar Aufnahmen und ließ meine Kamera schließlich wieder sinken. Mittlerweile hatte das Streifenhörnchen die gesamte Nuss verputzt, lediglich die Schalen lagen verstreut auf dem Baumstumpf.

Das Tier reckte wachsam sein Köpfchen in die Luft und verharrte für ein paar Sekunden in dieser Position, bevor es mich interessiert musterte.

Ich sah mich um und entdeckte eine weitere Nuss zu meinen Füßen. Ich tastete danach, streckte langsam meine Hand aus und wartete darauf, was passierte.

Das Streifenhörnchen schnupperte, bevor es vorsichtig auf mich zuhüpfte. Ohne mich aus den Augen zu lassen, kam es näher, jeder Schritt war mit Bedacht gewählt.

Ich hielt den Atem an. Auch wenn mein rechter Fuß langsam einschlief, rührte ich mich keinen Millimeter.

Das Streifenhörnchen war nur noch etwa einen halben Meter von mir entfernt. Blitzschnell klaubte es mir die Nuss aus der Hand, flüchtete damit zurück auf seinen Baumstumpf und begann, an seiner neuesten Errungenschaft zu knabbern.

Ich lächelte und beobachtete das Hörnchen noch eine ganze Weile, wobei ich es wagte, von einem Bein aufs andere zu treten, um meinen eingeschlafenen Fuß zu entlasten.

Ich war ganz in den Moment versunken, als mein Handy vibrierte. Ich zog es aus der Hosentasche und stellte fest, dass ich zehn verpasste Anrufe hatte. O mein Gott, zehn?!

Sechs verpasste Anrufe waren von Nell, die anderen vier von Ben. Als sein Name auf meinem Display auftauchte, schnellte mein Puls augenblicklich in die Höhe.

Mieses verräterisches Herz.

Ben konnte lange darauf warten, dass ich ihn zurückrief. Aber es war schon seltsam, dass sowohl Nell als auch Ben immer wieder versucht hatten, mich zu erreichen, und das in sehr kurzen Zeitabständen. Ob etwas passiert war? Aber was?

Hastig wählte ich Nells Kontakt aus, meine Finger schwebten bereits über dem grünen Hörer.

Allerdings kam keine Verbindung zustande, und als ich erneut auf mein Smartphone blickte, wurde mir auch klar, warum. Kein Netz. Wunderbar.

Ich stöhnte auf.

Wahrscheinlich hatte mein Handy zuvor auch nicht vibriert, weil ich mich immer wieder in Funklöchern befunden hatte.

Es half nichts. Ich musste wohl oder übel warten, bis ich wieder im Resort war, bevor ich mit Nell sprechen konnte.

Allzu lange sollte ich mich ohnehin nicht mehr im Wald aufhalten, denn es würde bald dunkel sein. Die Sonne stand schon sehr tief.

Auch wenn ein Teil von mir vehement abstritt, dass es ihn interessierte, weshalb auch Ben mich angerufen hatte, so brannte der andere Teil darauf, es zu erfahren.

»Tschüss, kleines Streifenhörnchen«, flüsterte ich und wollte mich gerade zum Gehen wenden, als das Tierchen ruckartig seinen Kopf hob und von seiner Nuss abließ. Stattdessen scannte es wachsam die Umgebung und reckte erneut die Nase in die Luft, als hätte es irgendeine Witterung aufgenommen.

Dann ließ es die Nuss achtlos zu Boden fallen und verschwand blitzschnell im Dickicht.

Merkwürdig, irgendetwas musste es verschreckt haben.

Ich stand auf und nahm plötzlich ein Geräusch wahr. Ein leises Schnüffeln, das mir die Haare zu Berge stehen ließ. Ich drehte mich um und erstarrte. Jegliches Blut wich mir aus dem Gesicht, und mein Handy glitt mir aus der Hand.

Keine fünfzig Meter von mir entfernt lief ein Grizzlybär mit seinen zwei Jungen.

Und sie kamen geradewegs auf mich zu.

63. Kapitel

Einen Moment lang konnte ich nichts anderes tun, als mit weit aufgerissenen Augen auf den riesigen Bären und seine Jungtiere zu starren.

Ich wusste, dass ich jetzt nicht in Panik verfallen durfte. Allerdings sollte ich auch schleunigst zusehen, Abstand zwischen mich und die Grizzlybären zu bringen.

Verdammt, wieso hatte ich nicht daran gedacht, ein Bärenspray mitzunehmen? Dabei hatte Ben mir mehrfach geraten, immer eines bei mir zu haben!

Angstschweiß bildete sich auf meiner Haut.

Als sich die Zahnrädchen in meinem Kopf endlich wieder in Bewegung setzten und ich mich aus meiner Schockstarre gelöst hatte, ging ich langsam rückwärts, den Grizzly und seinen Nachwuchs stets im Blick.

Das Muttertier war massig, und mein Blick haftete an seinen großen Tatzen. Auch wenn die Bärin bisher noch ein eher gemächliches Tempo an den Tag legte, würde ich sie niemals abhängen können, wenn sie erst mal Geschwindigkeit aufnahm.

Und ich wollte nicht herausfinden, wie eine Bärenmutter reagierte, wenn sie sich bedroht fühlte und ihre Jungen in Gefahr sah.

Ein eiskalter Schauer lief mir über den Rücken, meine Kehle fühlte sich staubtrocken an. Allein der Gedanke daran, der Bär könnte mich angreifen, genügte, dass sich mein Magen zusammenzog.

Mir wurde schlecht.

So hatte ich mir mein Ableben nun wirklich nicht vorgestellt. Ich hatte eindeutig noch zu viel vor, um jetzt zwischen den Klauen eines Bären ein klägliches Ende zu finden.

Unruhig suchte ich meine Umgebung nach irgendetwas ab, auf das ich flüchten könnte.

Anders als in den Wäldern Deutschlands, wo man Hochsitze nahezu überall vorfand, hatte ich hier in Kanada leider noch keinen einzigen entdeckt.

Ob ich versuchen sollte, mich auf einen Baum zu retten? Allerdings hatte ich bereits in mehreren Dokus gesehen, dass Bären geübte Kletterer waren. Angst flutete meinen Körper und hinderte mich daran, einen klaren Gedanken zu fassen. Alles in mir schrie danach, die Beine in die Hand zu nehmen und einfach loszulaufen.

Trotz allem zwang ich mich dazu, Ruhe zu bewahren und keine ruckartigen Bewegungen zu machen. Schritt für Schritt schlich ich rückwärts.

Außer mir war kein einziger Tourist oder Wanderer zu sehen. Ich schien der einzige Mensch weit und breit zu sein.

Das Herz klopfte mir bis zum Hals, mein Atem ging flach.

Ich musste Abstand gewinnen, unbedingt. Aber wie?

Leider hatten es sich die verspielten Bärenjungen zur Aufgabe gemacht, einen Wettstreit untereinander auszutragen. Geradezu tollkühn tobten sie vor den wachsamen Augen ihrer Mutter herum und schienen testen zu wollen, wer der Schnellere von ihnen war. Und die Bärin passte ihr eigenes Tempo dem ihres Nachwuchses an.

Mit Entsetzen musste ich feststellen, dass sich der Abstand zwischen uns stetig verringerte.

Meine Kraftreserven neigten sich langsam dem Ende zu. Meine Beine waren weich wie Wackelpudding, und ich hatte Sorge, dass sie jeden Moment unter mir nachgeben würden.

Was sollte ich bloß tun? Um Hilfe schreien? Hatte Ben nicht gesagt, man sollte durch Klatschen, Reden und Rufen auf sich aufmerksam machen, um den Bären zum Umkehren zu bewegen? Oder war es dazu schon zu spät? Ich musste es wohl auf einen Versuch ankommen lassen.

»Hau ab!«, schrie ich mit voller Kraft, meine Stimme zitterte vor Angst. »Verschwinde!«

Leider machten der Grizzly und seine Jungen keinerlei Anstalten, die Richtung zu ändern. Ganz im Gegenteil: Die Bärin ließ mich nicht aus den Augen.

Ich hatte keine Ahnung, wie lange mich die kleine Familie nun schon durch den Wald verfolgte. Dabei permanent rückwärtszugehen, um der Grizzlybärin ja nicht meinen Rücken zuzudrehen, strengte zusätzlich an.

Erleichterung breitete sich in mir aus, als ich zwischen den dichten Kiefern einen hohen Felsen entdeckte. Ich betete, dass die Bärin nicht imstande war, diesen hinaufzuklettern.

Ein letztes Mal nahm ich die Bärenfamilie ins Visier, dann drehte ich mich um, streifte hastig meinen Rucksack ab und ließ meine Kamera hineingeleiten. Ich schulterte mein Gepäck und suchte die Steinwand vor mir nach Vorsprüngen, Kanten und seichten Mulden ab, die mir als Griffe und Tritte dienten.

Meine Finger krallten sich in eine Felsspalte, und als mein rechter Fuß einen sicheren Halt gefunden hatte, stemmte ich mich mit aller Kraft nach oben, wobei ich mit meinem Körper so nah wie möglich an der Felswand blieb.

Mühsam hangelte ich mich in möglichst kleinen Schritten vorwärts, während mir die Angst im Nacken saß.

Als ich für einen Augenblick nicht aufpasste und meinen nächsten Tritt nicht mit Bedacht wählte, löste sich ein lockerer Stein aus dem Felsen. Ich rutschte ab und sah mich bereits stürzen. Doch in allerletzter Sekunde fand ich einen Vorsprung, auf dem ich sicher stehen konnte. Ein Wimmern verließ meine Lippen, als ich ein Schnüffeln direkt unter mir vernahm.

Ohne nach unten zu blicken, zog ich mich mit vor Anstrengung zusammengepressten Zähnen das letzte Stück nach oben und brach auf dem kühlen Stein zusammen.

Keine Sekunde zu früh, denn die Bärenfamilie hatte mittlerweile den Fuß des Felsens erreicht.

Meine Lunge brannte. Mit zittrigen Händen zog ich die Wasserflasche aus meinem Rucksack und nahm ein paar Schlucke.

Dabei streifte mein Blick meinen Knöchel, der rot und geschwollen war. Mist! Ich musste umgeknickt sein. Jetzt, da das Adrenalin nicht mehr so stark durch meine Adern rauschte, spürte ich auch den pochenden Schmerz in meinem Bein.

Das tiefe Brummen der Bärin ließ mich zusammenfahren. Ich musste Hilfe rufen! Hoffentlich hatte ich hier auf dem Felsen besseren Empfang.

Fahrig griff ich in meine Hosentasche, auf der Suche nach meinem Handy. Mir fuhr der Schreck durch die Glieder, als ich feststellte, dass die Tasche leer war.

Panisch tastete ich alles ab, selbst meine Jackentaschen und meinen Rucksack, bis mir siedend heiß einfiel, dass mein Smartphone zu Boden gefallen war, als ich dem Grizzly gegenübergestanden hatte. Es musste also noch irgendwo im Wald liegen.

Nein, nein, nein, das konnte doch nicht wahr sein!

Ein Schluchzen drang aus meiner Kehle, und heiße Tränen der Verzweiflung rollten meine Wangen herunter.

Wie sollte mich hier bloß jemand finden? Ein so großes Areal wie dieses zu durchforsten, war wahrscheinlich so Erfolg versprechend, wie die berühmt-berüchtigte Nadel im Heuhaufen zu suchen.

Ich war so weit in den Wald hineingelaufen, dass ich selbst keinen blassen Schimmer mehr hatte, in welcher Richtung sich das Resort befand.

Zumal sich bereits die Dämmerung über den Nationalpark gelegt hatte, die letzten Sonnenstrahlen verschwunden waren und Kälte durch meine dünnen Klamotten in meinen Körper kroch. Es würde nicht mehr lange dauern, bis es komplett dunkel war.

Die Bärin hatte es sich derweil samt ihrer Jungen am Fuße des Felsens bequem gemacht.

Ich zog die Beine ganz dicht an meinen Körper, legte mein Kinn darauf und weinte vor Verzweiflung.

64. Kapitel

Ich hatte keine Ahnung, wie lange ich dort gesessen und allein in der Dunkelheit des Waldes ausgeharrt hatte. Mittlerweile schmerzte auch mein Knöchel immer stärker. Zwischendurch musste ich eingenickt sein, denn ich schreckte auf, als ich plötzlich eine ferne Stimme vernahm, die durch den Nationalpark hallte.

Da rief jemand. Und es klang – es klang, als würde jemand meinen Namen rufen! Oder bildete ich mir das nur ein?

Ich rappelte mich auf und lauschte angestrengt in die Nacht.

»Lilyyyyyyy!«

Jetzt war ich mir sicher: Das war Ben!

Pure Erleichterung durchströmte meinen Körper, und erneut musste ich weinen, doch dieses Mal waren es Freudentränen. Ben suchte nach mir!

»Ich bin hier!«, schrie ich so laut wie möglich und winkte energisch mit der Hand. »Hier oben!«

Der Lichtkegel einer Taschenlampe erhellte den Wald und warf unheimliche Schatten an die Bäume. Er kam immer näher und bahnte sich einen Weg durch das dunkle Geäst.

»Ben, pass auf, hier lauert ein Grizzly mit seinen zwei Jungen!«, warnte ich, doch als ich nach unten blickte, waren das Muttertier und die Kleinen fort.

»Lily, alles gut, sie haben sich verzogen. Bist du okay?«, rief Ben zu mir hoch, als er den Fuß des Felsens erreicht hatte. Besorgnis schwang in seiner Stimme mit.

»Ich glaube, ich habe mir den Knöchel verstaucht!«, rief ich zurück.

Wenige Minuten später hatte Ben es zu mir auf den Felsen geschafft. Als ich in sein Gesicht blickte, in dem sich Sorge und pure Erleichterung mischten, konnte ich meine Emotionen nicht mehr kontrollieren. All die aufgestauten Gefühle, die ich heute hatte durchleben müssen – Wut, Enttäuschung, Trauer, Angst –, brachen über mich herein.

Ben zog mich eng an sich und schlang die Arme um mich. Ein tiefes Schluchzen verließ meinen Brustkorb, und ich zitterte am ganzen Leib.

»Du hast mich gefunden«, murmelte ich unter Tränen und konnte immer noch nicht glauben, dass Ben hier war. Bei mir.

Ich drückte mich an seine Brust, und auch Ben hielt mich so fest, als wollte er mich nicht mehr loslassen.

»Ssssch, alles ist gut. Du bist jetzt in Sicherheit.« Er strich mir über das Haar.

»Ich habe gedacht, ich würde … ich müsste hier …«, stammelte ich mit erstickter Stimme.

Ben flüsterte mir leise Worte ins Ohr, die ich nicht verstand, was aber auch nicht wichtig war. Allein der Klang seiner Stimme und seine Anwesenheit waren genug, um mich langsam zu beruhigen.

»Lass mich nicht wieder allein«, bat ich und weinte.

»Das werde ich nicht, das verspreche ich. Ich bin so froh, dass es dir gut geht. Du hast keine Ahnung, wie viel Angst ich um dich hatte«, sagte Ben an meinem Haar und drückte mir einen sanften Kuss auf den Scheitel. »Komm, lass uns nach Hause gehen.«

65. Kapitel

Als ich das nächste Mal wieder richtig zu mir kam, lag ich in meinem Bett im Resort, und die Sonne schien zwischen den rot-weiß karierten Vorhängen hindurch. Ich hatte keinen blassen Schimmer, wie lange ich geschlafen hatte, geschweige denn, wie ich überhaupt hierhergelangt war.

Bruchstücke der vergangenen Nacht kehrten langsam in mein Gedächtnis zurück.

Als ich mich aufrichtete, erblickte ich Ben und Nell, die beide neben dem Bett saßen und mich mit sorgenvollen Gesichtern musterten.

Wie lange die beiden wohl schon hier waren?

Bei der Erkenntnis, dass Ben mir gestern womöglich das Leben gerettet hatte, wurde mir ganz warm ums Herz. Ich erinnerte mich vage daran, dass er mich sicher vom Felsen hinuntergelotst und mich anschließend huckepack genommen hatte, bevor Müdigkeit und Erschöpfung mich übermannt hatten.

»Wie … wie spät ist es?«, krächzte ich. Mein Mund fühlte sich staubtrocken an, und ein pelziger Geschmack haftete auf meiner Zunge.

Schweigend stand Ben von seinem Stuhl auf und kehrte mit einem Glas Wasser an mein Bett zurück. Dankbar griff ich danach und leerte es in einem einzigen Zug.

»Es ist gleich vierzehn Uhr«, beantwortete Nell meine Frage und lächelte sanft.

Als mir die Bedeutung ihrer Worte bewusst wurde, fuhr ich wie von der Tarantel gestochen hoch, was sich prompt mit fiesen Schmerzen rächte. Jeder Muskel im Körper tat weh.

Verdammt!

Ich stöhnte leise.

»Du musst dich ausruhen. Der gestrige Tag steckt dir noch immer in den Knochen.« Mit diesen Worten drückte mich Ben sanft, aber bestimmt zurück ins Bett.

»Aber meine Schicht hat längst begonnen. Ich muss unbedingt zur Rezeption …«

Mein Protest fand bei Ben und Nell jedoch kein Gehör.

»Die Rezeption wird auch mal ein paar Tage ohne dich auskommen«, meinte Nell. »Du hast jetzt erst mal strikte Bettruhe. Du musst deinen Knöchel schonen, damit die Verstauchung abklingt, und dann sehen wir weiter. Ich habe dir auch eine Schmerzsalbe besorgt. Sie liegt auf dem Nachttisch.« Nach einer kurzen Pause sprach Nell weiter, ihre Miene war jetzt ganz ernst. »Du hast uns einen ordentlichen Schrecken eingejagt.«

»Wir haben uns große Sorgen gemacht«, fügte Ben mit Nachdruck hinzu.

»Es tut mir leid. Ich wollte nur ein wenig wandern gehen, um den Kopf freizubekommen. Dass ich dabei einem Grizzly direkt in die Arme laufe, konnte ich ja auch nicht ahnen.«

»Warum bist du nicht an dein Handy gegangen?«, wollte Nell wissen. »Als Ben im Resort die Meldung bekommen hat, dass eine Grizzlybärin samt Jungen im Park gesichtet wurde, haben wir dich etliche Male angerufen.«

Deswegen hatten Ben und Nell also versucht, mich zu erreichen. Um mich vor der Bärenfamilie zu warnen.

»Ich muss mich immer wieder in Funklöchern befunden haben, und als eure verpassten Anrufe endlich auf meinem Handy angezeigt wurden, da war es schon zu spät. In dem Moment stand ich der Grizzlybärin bereits gegenüber.«

Ich hatte wirklich verdammtes Glück gehabt. Das hätte auch anders ausgehen können.

Plötzlich tat sich eine Frage in meinem Kopf auf.

»Aber wie habt ihr mich dann überhaupt gefunden?«

»Nell hat mir die grobe Richtung gezeigt, in die du gehen wolltest. Ich bin dem Pfad dann gefolgt. Zum Glück warst du noch nicht allzu weit vom Weg abgekommen. Und ich habe unterwegs dein Handy gefunden.« Ben griff in seine Hosentasche und reichte mir mein Smartphone.

Ich schaltete es ein. Bis auf ein paar äußere Kratzer schien es nichts abbekommen zu haben. Vorsichtshalber testete ich ein paar Anwendungen. Dabei stieß ich in meiner Bildergalerie auf ein Foto und zog überrascht die Nase kraus. Es war leicht verschwommen und zeigte den Grizzly samt Nachwuchs.

Offensichtlich war ich, als mir mein Handy im Wald aus der Hand gefallen war, aus Versehen mit meinem Finger auf das Kamerasymbol gelangt und hatte unbewusst ein Foto von der Bärenfamilie gemacht. Eine Erinnerung, die ich nicht so schnell vergessen würde.

»Bist du den Grizzlys denn unterwegs noch begegnet?«, fragte ich Ben mit großen Augen.

Er schüttelte den Kopf. »Nein, glücklicherweise nicht. Wahrscheinlich hat mein Auftauchen sie vertrieben.«

Ich schluckte. Nicht auszudenken, wenn Ben noch etwas zugestoßen wäre.

»Danke«, sagte ich an Nell und Ben gewandt. »Ehrlich. Ich wüsste nicht, was ich getan hätte, wenn ihr nicht nach mir gesucht hättet. Ich wäre dort draußen wahrscheinlich gestorben vor Angst.«

Ben griff nach meiner Hand. »Wir sind so froh, dass es dir gut geht«, sagte er mit belegter Stimme, was Nell mit einem Nicken bestätigte.

»Aber«, Nell hob mahnend den Zeigefinger, »du musst uns versprechen, dass du ab jetzt nicht mehr solch waghalsige Alleingänge unternimmst. Zumindest nicht, wenn du vorhast, so weit in den Park hineinzulaufen. Ganz unschuldig bin ich ja nicht an der Sache, immerhin habe ich dir den Weg empfohlen.«

Ich nickte schuldbewusst. »Versprochen.«

Nell und Ben sahen einander an und lächelten.

Erst da fiel mir auf, dass die beiden längst nicht mehr so verkrampft miteinander wirkten, wie ich es in den vergangenen Wochen miterlebt hatte.

»Sagt mal, habe ich irgendetwas verpasst? Habt ihr euch etwa versöhnt?«

Ben seufzte, und Nell machte ein ernstes Gesicht.

»Wir hatten vergangene Nacht viel Zeit, endlich mal wieder in Ruhe miteinander zu sprechen. Das war schon lange überfällig«, sagte Ben.

»Und ich bin froh, dass wir die Missverständnisse aus dem Weg räumen konnten«, ergänzte Nell.

Ein breites Grinsen zierte meine Lippen. Wie schön, dass Nell und Ben endlich einen Weg gefunden hatten, ihrer Freundschaft eine zweite Chance zu geben.

»Apropos Missverständnisse«, griff Nell das Thema erneut auf und ließ ihre Augen zwischen Ben und mir hin- und herwandern. »Ich glaube, da gibt es noch zwei Personen, die mal miteinander reden sollten.«

Als wäre das ihr Stichwort, erhob sie sich und verließ das Zimmer.

66. Kapitel

Ich starrte auf die Bettdecke, während Ben rastlos im Zimmer auf und ab tigerte.

»Wenn du so weitermachst, wird Nell gleich wieder auf der Matte stehen und sich beschweren, dass du noch Löcher in den Fußboden läufst«, versuchte ich, die angespannte Stimmung ein wenig aufzulockern. Tatsächlich blieb Ben stehen, und ein winziges Lächeln huschte über sein Gesicht.

»Das wäre ihr zuzutrauen«, pflichtete er mir schief grinsend bei, bevor er sich schließlich zu mir auf die Bettkante setzte.

Ich beobachtete das Spiel der Emotionen in seinem Gesicht und wartete darauf, dass er irgendetwas sagte.

»Ich habe dein Foto von mir gesehen. Es ist toll geworden.«

Ich meinte, einen leichten Schimmer in Bens Augen zu erkennen.

Unbeholfen knetete ich meine Finger. »Es freut mich, dass es dir gefällt. Das ist die Hauptsache. Du musst dazu auch nichts sagen.«

»Doch, Lily«, widersprach Ben. »Denn es gibt so vieles, das ich dir noch sagen möchte.« Er sah mich an. »Du hattest recht. Ich bin so ein verdammter Feigling. Und ich hätte uns eine Chance geben sollen.«

»Du hast dich für Morgan entschieden«, sagte ich. Es laut auszusprechen, tat immer noch weh.

»Es war falsch, wie ich mich verhalten habe.« Ben fuhr sich durchs Haar. »Und ich bereue es zutiefst.«

Angespannt hielt ich den Atem an und wagte nicht, Ben zu unterbrechen.

»Ich hatte Angst, wieder einen geliebten Menschen zu verlieren. Ich dachte, es ist weniger schmerzhaft, es gar nicht erst zu versuchen, als ertragen zu müssen, dass du zurück nach Deutschland gehst. Ich habe mir eingeredet, dass wir keine Chance hätten. Dabei hattest du dich schon in mein Herz geschlichen … und das wollte ich einfach nicht wahrhaben. Gefühle machen angreifbar und verletzlich. Und ich wollte nie wieder so fühlen wie in der Zeit, nachdem Morgan mich verlassen hatte.«

Er seufzte und senkte den Blick.

»Als ich dich das erste Mal am Flughafen in Calgary gesehen habe, hast du mich von Beginn an fasziniert. Doch ich habe mich vehement dagegen gewehrt, mich dir zu öffnen. Dabei warst du wie ein Zufluchtsort für mich. Wie ein seltener Lichtblick in meinem Leben. An deiner Seite habe ich endlich wieder angefangen, mich lebendig zu fühlen. Und es tut mir in der Seele weh, dass ich nicht mutig genug war, um uns zu kämpfen.«

Er sah mich wieder an.

»Ich will nicht länger jemand sein, der vor seinen eigenen Gefühlen davonrennt, aus Angst, verletzt zu werden. Das habe ich schon viel zu lange getan. Und ich möchte mir auch nicht mehr selbst im Weg stehen. Ich möchte einfach glücklich sein und jeden Augenblick genießen. Mit dir.«

Ben machte eine kurze Pause. »Wenn du es denn möchtest.«

Schweigen breitete sich zwischen uns aus, während in meinem Kopf das reinste Chaos herrschte. Auf der einen Seite waren Bens Worte genau die, die ich die ganze Zeit über hatte hören wollen. Doch auf der anderen Seite hatte ich das Gefühl, dass sie zu spät kamen. Dass zwischen Ben und mir etwas kaputt gegangen war, was sich nicht einfach binnen weniger Sekunden wieder zusammenkleben ließ.

»Ben, ich weiß deine Ehrlichkeit zu schätzen. Aber ich glaube, diesmal bin ich diejenige, die etwas Zeit zum Nachdenken braucht. Ich kann verstehen, dass dich das Wiedersehen mit Morgan aufgewühlt hat. Aber bitte versteh auch, dass mich dein Verhalten sehr verletzt hat.«

Er schluckte schwer und blickte betroffen zu Boden. »Das kann ich gut nachvollziehen. Es tut mir ehrlich leid, Lily.«

»Ich weiß, dass es dir leidtut«, sagte ich traurig und legte Ben meine Hand auf den Arm.

Ich zweifelte nicht an seiner Aufrichtigkeit. Dennoch konnte ich nicht so tun, als wäre nichts passiert.

Erneut breitete sich Stille zwischen uns aus.

»Tja, also dann«, Ben kratzte sich nervös am Hinterkopf und erhob sich langsam von der Bettkante.

»Meinst du, wir können die Tage noch mal miteinander sprechen?« Unsicherheit schwang in seiner Stimme mit, und ich versuchte mich an einem Lächeln, obwohl es sich falsch anfühlte. Wie gerne hätte ich mich jetzt einfach in Bens Umarmung verloren. Aber es ging nicht.

»Ja, das machen wir«, sagte ich wehmütig.

Sobald er aus der Tür war, sank ich erschöpft und traurig in die Kissen zurück.

Wieso war das Leben manchmal so verdammt kompliziert?

67. Kapitel

In den nächsten Tagen liefen Ben und ich uns nur selten im Resort über den Weg. Die Schmerzen in meinem Knöchel waren fast vollständig abgeklungen, und ich konnte meinen Fuß wieder vorsichtig belasten.

Ben kam meiner Bitte nach Bedenkzeit nach und zog sich zurück. Doch er zeigte mir durch dezente, wertschätzende Gesten, dass er an mich dachte.

Mal war es eine Blume, die ganz zufällig am Empfangstresen stand, mal ein Post-it mit einem schönen Spruch, der am Bildschirm des Computers klebte.

Am Freitag lag eine Postkarte auf meinem Arbeitsplatz, auf der ein Biber abgebildet war. Auf der Rückseite las ich in Bens krakeliger Schrift: *»Gestatten, Biber, Justin Biber!«*

Als ich das sah, musste ich lachen. So befreit und gelöst, wie ich es seit Tagen nicht mehr getan hatte, und es fühlte sich gut an.

Nell runzelte die Stirn, während sie neugierig versuchte, einen Blick auf die Postkarte zu erhaschen.

»Muss ich das verstehen?«, fragte sie, woraufhin ich den Kopf schüttelte.

»Ach, das ist nur ein Insider.«

Ben fehlte mir. Trotzdem konnte ich mich nicht überwinden, einen Schritt auf ihn zuzugehen. Noch nicht. Aber ein Zwischenfall der ganz besonderen Art brachte mich ins Grübeln …

Nell und ich waren gerade in die neuen Werbeflyer vom Nationalpark vertieft. Als ich irgendwann aufsah, erblickte ich vor der Rezeption ausgerechnet die Person, die ich am allerwenigsten hier erwartet hatte.

Es war niemand Geringeres als Morgan.

Mich traf fast der Schlag, und auch Nell schaute nicht minder irritiert drein.

Neben Morgan stand ein Koffer. In ihrem Haar steckte eine dunkle Sonnenbrille, und der schwarze Jumpsuit umschmeichelte ihren Körper perfekt, wie ich leider neidvoll zugeben musste.

Ich starrte sie an wie eine Fata Morgana und hoffte, dass sie sich einfach in Luft auflösen würde – was sie natürlich nicht tat.

»Hallo, Lily«, sagte sie lediglich. Neben mir schnappte Nell hörbar nach Luft.

»Hallo«, sagte ich knapp, nachdem ich endlich meine Sprache wiedergefunden hatte. »Ben ist nicht hier.«

Ich gab mich betont gleichgültig, obwohl in mir der reinste Tornado wütete.

»Ich wollte auch nicht zu Ben, sondern zu dir.«

Mein Kopf ruckte hoch. Hatte ich eben richtig gehört?

»Ich wollte dir noch etwas sagen, bevor ich zurück nach New York fliege.«

»Mir was sagen?«, fragte ich verständnislos. Meine Geduld hing an einem sehr dünnen Faden. Und Morgan war mit Abstand der letzte Mensch, mit dem ich gerade reden wollte.

»Dass du Ben sehr viel bedeutest.«

Ich blinzelte. Sollte das jetzt irgendein Spiel werden, dessen Regeln ich nicht verstand?

»Woher willst du das wissen?«, fragte ich zwischen zusammengepressten Zähnen.

»Weil er fast die ganze Zeit nur von dir redet. So euphorisch habe ich ihn selten erlebt, selbst in der Zeit, als Ben und ich noch zusammen waren«, erwiderte Morgan nüchtern und nahm mir damit schlagartig den Wind aus den Segeln.

Ich suchte in ihren Augen nach einem Anzeichen, etwas, womit sie mir bestätigte, dass sie nicht aufrichtig zu mir war. Doch ... ich fand nichts.

»Wieso erzählst du mir das?«, hakte ich dennoch misstrauisch nach.

»Weil Ben jemanden verdient hat, der ihn glücklich macht. Und dieser Mensch bin nicht ich. Ich habe mich damals Ben gegenüber unmöglich verhalten, und ich bin nicht stolz darauf, das kannst du mir glauben. Und dennoch ... dennoch hatte ich das Gefühl, noch mal in diesen Teil meines Lebens zurückkehren zu müssen, um damit abschließen zu können. Es tut mir leid, dass ich mich zwischen euch gedrängt habe. Ich hatte keine Ahnung, dass ... dass die Sache zwischen euch bereits so ernst ist.«

So seltsam sich das auch anhören mochte ... Aus irgendeinem Grund glaubte ich ihr.

Wir sahen einander an. Auch wenn wir uns nichts mehr zu sagen hatten, war es, als hätten wir eine stille Übereinkunft miteinander getroffen. Ich würde wahrscheinlich nie Sympathie für Morgan empfinden. Nicht nach allem, was passiert war. Aber ich rechnete ihr hoch an, dass sie eine Aussprache mit mir gesucht hatte. Diesen Schritt wäre ich nicht gegangen.

Mit einem knappen, aber ehrlich klingenden »Ich wünsche euch alles Gute« griff Morgan nach ihrem Koffer. Sie nickte Nell und mir noch einmal zu, ließ die Sonnenbrille auf ihre Nase gleiten und wandte sich schließlich zum Gehen.

»Wieso hatte ich kein Popcorn?«, nuschelte Nell, kaum dass Morgan aus der Tür war. Entgeistert stierte sie mich an. »Was bitte war *das* denn?«

»Ich habe keine Ahnung.«

68. Kapitel

Mittlerweile hatte sich in Lake Louise die Nachricht herumgesprochen, dass Morgan wieder abgereist war. Noch immer hatte ich nicht den Mut gefunden, Ben aufzusuchen und mich mit ihm auszusprechen. Doch zwei Tage nach meiner Unterhaltung mit Morgan klopfte es an meiner Zimmertür.

Ich öffnete im Morgenmantel, ungeschminkt, mit noch ungemachten Haaren – und fand mich ausgerechnet Ben gegenüber, der eine einzelne Sonnenblume in der Hand hielt. Dass er sich seit unserem Gespräch im Schuppen in der Nacht der Waschbärenrettungsaktion meine Lieblingsblumen gemerkt hatte, rührte mich.

»Hallo, Lily. Darf ich … darf ich kurz reinkommen?«, fragte er beinahe schüchtern und überreichte mir die Sonnenblume.

Bewegt ergriff ich die Blume und ließ ihn eintreten. Ausgerechnet in diesem Moment klingelte mein Handy und zeigte den Namen von Cynthia White an. Ich hatte in den vergangenen Tagen immer wieder versucht, die Fotografin telefonisch in ihrem Atelier zu erreichen, leider erfolglos. Anscheinend war sie äußerst beschäftigt.

»Sorry, da muss ich eben rangehen«, entschuldigte ich mich bei Ben. »Könntest du die Sonnenblume ins Wasser stellen? Auf der Küchenzeile steht eine Vase.«

Ben nickte und nahm mir mit einem zaghaften Lächeln die Blume ab.

Aufgeregt griff ich nach meinem Handy und nahm den Anruf entgegen. Das Herz schlug mir bis zum Hals.

»Hallo?«

Ben kehrte mit der Sonnenblume in der Vase zurück und stellte sie auf meinen Schreibtisch. Dabei entdeckte er die Visitenkarte von Cynthia White. Seine Augenbrauen schossen erstaunt in die Höhe, und während ich mit der Fotografin sprach, sah Ben immer wieder zwischen mir und der Visitenkarte hin und her. Als ich schließlich aufgelegt hatte, stand Ben die Neugierde deutlich ins Gesicht geschrieben.

»Was hast du mit Cynthia White zu tun?«

Ich erzählte Ben davon, wie mich die Fotografin während des Infotags im Resort auf das Porträt von ihm angesprochen hatte. Und soeben hatte sie mich eingeladen, sie in den nächsten Tagen einmal in ihrem Atelier zu besuchen und mit ihr über meine Fotoarbeiten zu sprechen. Eine unbändige Vorfreude packte mich bei der Aussicht, die bekannte Fotografin bald näher kennenzulernen und vielleicht sogar ein paar Tipps von ihr zu bekommen.

»Das ist toll, Lily, herzlichen Glückwunsch! Ich wusste schon immer, dass du Talent hast!« Ben schien stolz auf mich zu sein, er strahlte übers ganze Gesicht.

»Danke«, sagte ich gerührt.

Plötzlich sah ich aus dem Augenwinkel etwas durch die Balkontür ins Zimmer sirren.

»Oh, Ruby!«

Ben hielt inne. »Ruby? Gibt es etwa einen geheimen Verehrer, von dem ich nichts weiß?«

Ich grinste. »Wenn du damit meinen gefiederten Freund meinst, dann ja.«

Ich deutete auf den Bettpfosten in Bens Rücken, auf dem es sich Ruby bequem gemacht hatte und leise piepste.

Ben folgte meinem Blick. »Oh, ich wusste nicht, dass du neben deinen Talenten als Elchbeschwörerin, Waschbärretterin und Starfotografin auch noch die Gabe besitzt, Kolibris zu zähmen.«

Ich hob gespielt entschuldigend die Schultern. »Tja, was soll ich machen? Ich habe halt viele Talente.«

»Die hast du, Lily Hartmann. Du bist eine besondere Frau. Und deshalb möchte ich dir zeigen, dass ich es wirklich ernst meine. Ich habe eine Überraschung für dich.«

Bens Augen blitzten auf.

»Eine Überraschung?«, hakte ich nach. Jetzt hatte er mich neugierig gemacht, auch wenn ich das nicht zugeben würde. Er konnte sich ruhig ein bisschen anstrengen, nachdem er meine Gefühle derart durcheinandergebracht hatte.

»Zieh dir etwas Badetaugliches an. Nell holt dich um zwanzig Uhr ab. Ich warte am geheimen Treffpunkt auf dich.«

Perplex starrte ich Ben hinterher, der mir noch einmal zuzwinkerte und dann die Tür hinter sich schloss.

Ich wandte meinen Blick fragend zu Ruby, der noch immer am Fußende meines Bettes saß, den Kopf schräg legte und mich neugierig beäugte.

»Weißt du, was er vorhat?«, fragte ich das schillernde Kolibri-Männchen, aber Ruby gab lediglich ein Piepsen von sich.

»Das dachte ich mir«, seufzte ich.

69. Kapitel

Wie angekündigt stand Nell abends auf die Minute pünktlich vor meiner Tür. Nachdem ich morgens Ruby sanft aus meinem Zimmer dirigiert hatte, war es mir nach langem Hin und Her endlich gelungen, mich für einen schwarzen Triangel-Bikini zu entscheiden, über den ich ein dünnes Sommerkleid gezogen hatte. Zum Schluss schlüpfte ich in ein Paar Flip-Flops.

»War das Teil echt notwendig?«, fragte ich mürrisch, während Nell mich mit Augenbinde durch das Resort führte. Bestimmt war das Bens Idee gewesen, damit meine Neugierde ins Unermessliche stieg. Und das war ihm gelungen! Immer wieder versuchte ich unter dem bunten Stoff hervorzublinzeln, doch leider passte Nell auf wie ein Luchs. Zumindest, was die Augenbinde betraf. Hinsichtlich des Lotsens durch das Resort hatte sie Nachholbedarf.

»Autsch«, fluchte ich zum wiederholten Male, als Nell mal wieder nicht auf die Umgebung achtete und ich mit meinem Fuß gegen einen Stein stieß. Allerdings war das harmlos verglichen mit den Treppenstufen im Haupthaus. Dort hatte ich fast einen Abgang gemacht.

Ein genuscheltes »Ups. Sorry!« kam über ihre Lippen. Ich verdrehte hinter dem Stoff die Augen, was Nell leider nicht sehen konnte.

»Erinnere mich daran, dass ich das nächste Mal Sicherheitsschuhe anziehe, falls es ein nächstes Mal geben sollte«, murrte ich. »Was hat Ben denn nun geplant?«

Aber sooft ich auch nachbohrte, Nell blieb standhaft und ließ sich nichts entlocken.

»Achtung, hier sind noch mal Stufen.«

»Jetzt kommt's auch nicht mehr drauf an. Ich habe heute schon sämtliche Macken davongetragen. Und das innerhalb von fünf Minuten.«

Nell ignorierte mein Gejammer geflissentlich. »Da wären wir«, sagte sie schließlich und löste meine Augenbinde.

Ich blinzelte. Nell und ich waren vor Chalet 6 angekommen. Jeweils seitlich von der Tür, die nur angelehnt war, standen große Windlichter. Die Kerzen darin flackerten leicht und warfen ein sanftes Licht.

Ich konnte mich noch genau daran erinnern, wie Nell mir dieses Chalet vor ein paar Wochen gezeigt und ich mich sogleich in die gemütliche, rustikale Inneneinrichtung verliebt hatte.

»Ab hier musst du allein weiter«, meinte meine Freundin mit einem Achselzucken und lächelte. Sie nahm mich in den Arm. »Ich lasse euch dann mal allein.«

Sie löste sich wieder von mir und zwinkerte mir zu. »Ach, und nur damit du es weißt: Ihr dürft erst hier raus, wenn ihr alles zwischen euch geklärt habt. Und glaub mir, ich scheue nicht davor zurück, euch notfalls einzuschließen. Immerhin besitze ich für alle Chalets einen Generalschlüssel.« Sie grinste verschwörerisch. »Und benehmt euch«, raunte sie mir ins Ohr.

Nell weidete sich an meinem empörten Gesichtsausdruck, bevor sie auf dem Absatz kehrtmachte und mich meinem Schicksal überließ.

Plötzlich schlug mein Herz wie verrückt, und meine Hände wurden feucht.

Ich atmete tief durch, dann betrat ich nervös das Chalet und schloss die Tür hinter mir. Langsam ließ ich meinen Blick durch den Raum schweifen, über den alten Kamin, den Sitzbereich und die Küchenzeile. Von Ben war weit und breit keine Spur zu sehen.

»Ben?«, rief ich, bekam aber keine Antwort.

Stattdessen vernahm ich ein leises Plätschern über mir. Ob er im Obergeschoss war?

Entschlossen erklomm ich die Stufen, das Holz knarrte unter meinen Schritten. Da Ben auch im Schlafzimmer nicht anzutreffen war, öffnete ich die Tür zum Badezimmer.

Und traute meinen Augen kaum.

Überall im Raum waren rote Blütenblätter verteilt, einige trieben sacht wie kleine Boote auf dem Wasser des Whirlpools. Neben dem Whirlpool standen eine Sektflasche und zwei Gläser.

In dem Moment trat Ben hinter der Tür hervor und sah mich mit einem Blick an, der mir die Knie weich werden ließ.

»Ben«, hauchte ich. »Hast du das alles etwa für mich gemacht?«

Sprachlos ließ ich die Szenerie auf mich wirken und sah aus dem Fenster, das den Blick auf die majestätischen Berge freigab. Es dämmerte bereits, und der Himmel war in sämtlichen Rot- und Orangetönen gefärbt. Eine feine Mondsichel zeichnete sich schwach darin ab.

Noch nie hatte jemand etwas so Romantisches für mich getan.

Ben nahm mich bei der Hand und führte mich zum Whirlpool. »Gefällt es dir?«, fragte er.

»Es ist wunderschön«, sagte ich und kam mir vor, als würde ich träumen. »Wie bist du darauf gekommen?«

»Nell hat mich auf die Idee gebracht. Sie hat mir erzählt, wie begeistert du von diesem Chalet warst. Ich weiß, es sind keine Flitterwochen, aber ich dachte, wir könnten hier vielleicht an der Stelle weitermachen, wo wir im See aufgehört haben. Und wo alles angefangen hat …«

Ich schluckte gerührt. Seine Worte hinterließen ein angenehmes Kribbeln in meinem Bauch. Mein Puls beschleunigte sich.

»Und was ist mit Morgan?«

»An dem Tag, als der Grizzly im Nationalpark gesichtet wurde und Nell mir gesagt hat, dass du verschwunden wärst, bin ich aus Angst um dich fast durchgedreht. Der Gedanke, dir könnte etwas zugestoßen sein, war schrecklich und hat mir vor Augen geführt, dass ich mir mit Morgan nur etwas vorgemacht hatte. Nachdem ich dich im Wald gefunden und zurück ins Resort gebracht hatte, bin ich direkt zu Morgan gefahren. Ich habe ihr gesagt, dass ich es nicht noch einmal mit ihr versuchen will. Unsere Wohnung werde ich kündigen, und den Campingplatz habe ich bereits geräumt. Sosehr ich den minimalistischen Lebensstil inmitten der Natur schätze und ich die Zeit auf dem Campingplatz nicht missen möchte – von jetzt an wird der Wohnwagen nur noch als gemütlicher Rückzugsort verwendet. Es ist an der Zeit, endlich nach vorne zu schauen, und dazu gehört ein klarer Schlussstrich. Ich brauche einen Neuanfang. Nell hat mir vorübergehend Louisas altes Zimmer im Haupthaus angeboten, bis ich eine neue Bleibe gefunden habe.«

Tränen traten mir in die Augen, und Ben strich mir sanft über die Wange.

»Ich habe mich in dich verliebt, Lily. Und zwar schon in jenem Moment, als du mit deiner Polaroidkamera im Gebüsch gehockt und fasziniert einen Elch angestarrt hast.«

Obwohl ich nicht wusste, ob ich weinen oder lachen sollte, entschied ich mich für Letzteres. Ich hatte in den letzten Tagen eindeutig zu viele Tränen vergossen.

»Und was heißt das für uns?«, wagte ich schließlich, die Frage zu stellen, die noch immer zwischen uns im Raum schwebte.

»Ich möchte mit dir zusammen sein, Lily. Im Hier und Jetzt mit dir leben und jeden kostenbaren Augenblick mit dir teilen. Und wir werden auch eine Lösung finden, wenn sich dein Auslandsjahr dem Ende entgegenneigt.«

Ben blickte mir fest in die Augen. »Wenn du mir eine zweite Chance gibst.«

Ich schwieg und tat so, als müsste ich überlegen. Dabei hatte sich mein Herz schon längst entschieden.

»Tja, das kann ich gerade noch nicht sagen …«, antwortete ich gedehnt, doch dann legte sich ein verräterisches Grinsen auf meine Lippen. »Aber vielleicht könnte ein Kuss mir bei der Entscheidung helfen.«

Bens Mundwinkel hoben sich zu einem strahlenden Lächeln, und er machte den Anschein, als würde ihm vor lauter Erleichterung ein Stein vom Herzen fallen. Er umfasste mein Gesicht mit beiden Händen und küsste mich voller Zärtlichkeit. Als wäre dieser Kuss ein Versprechen an uns beide, dass das hier erst der Anfang war.

Als wir uns voneinander lösten, lehnte Ben seine Stirn gegen meine.

»Du hast keine Ahnung, wie sehr ich das vermisst habe«, flüsterte er und küsste mich erneut, diesmal weniger vorsichtig.

Ich lächelte in den Kuss hinein. »Heißt das, wir werden uns von nun an häufiger sehen, Herr Zimmernachbar?«

»Wann immer du willst«, raunte Ben mit heiserer Stimme.

»Das trifft sich gut, denn ich glaube, ich brauche ganz viel Zuwendung.«

»Diesen Wunsch kann ich dir natürlich unmöglich abschlagen. Wir setzen das Ganze am besten direkt in die Tat um …«

Ben schien keine weitere Sekunde verschwenden zu wollen und legte seine Hände an meine Hüfte. »Darf ich?«, fragte er und deutete auf mein türkises Sommerkleid.

Ich nickte erwartungsvoll, und seine Finger schoben sich sanft unter den dünnen Stoff.

Instinktiv hob ich die Arme, sodass Ben mir das Kleid mühelos über den Kopf ziehen konnte. Raschelnd glitt es zu Boden.

Ben ließ seinen Blick über meinen Bikini gleiten und sog scharf die Luft ein. Nachdem er sich selbst aus seiner Jeans und dem T-Shirt geschält hatte, nahm er mich erneut bei der Hand, und wir beide stiegen in den Whirlpool.

Angenehm warmes Wasser hüllte mich ein.

Ben griff nach der Sektflasche, öffnete den Verschluss und ließ den Korken knallen.

»Sorry, für Champagner hat es leider nicht mehr gereicht«, meinte er kleinlaut, woraufhin ich lachen musste. Als ob es mir darauf ankam, ob ich mit ihm Sekt oder Champagner trank. Meinetwegen hätte ich auch mit Brausepulver angestoßen, solange Ben bei mir war …

Er reichte mir ein Glas und prostete mir zu. »Auf uns«, sagte er leise und lächelte.

Wir stießen miteinander an, nahmen einen Schluck von dem prickelnden Sekt und stellten die Gläser zurück auf den Rand des Whirlpools.

Dann zog Ben mich wortlos zu sich heran. Es fühlte sich genauso an wie damals im See. Das Wasser um uns herum. Das Kribbeln auf meiner Haut, die Schmetterlinge im Bauch, die intensiven Blicke. Die plötzliche Spannung, die in der Luft lag.

Ich gab mich dem Moment hin, nahm jedes Detail in mich

auf. Und plötzlich war da dieses Gefühl in mir. Ich war angekommen.

Auch wenn ich nicht wusste, wie es bei mir beruflich weitergehen sollte oder wie meine Pläne in ein paar Monaten aussehen würden, war da eine tiefe Zuversicht in mir.

Es würde sich alles finden. Mit Ben an meiner Seite.

»Woran denkst du?«, erkundigte er sich sanft, und ich blickte ihn an.

»Daran, dass ich hier ein neues Zuhause gefunden habe«, erwiderte ich mit einem Lächeln.

Wer wusste schon, was alles noch vor uns lag. Das Leben war manchmal eine einzige Achterbahnfahrt. Es war unvorhersehbar und teilweise sehr stürmisch. Und es war voller kleiner Wunder.

Nichts daran wollte ich missen.

Bens Hände umfassten meine Taille, während sich sein Gesicht dem meinen näherte.

»Ich kann es kaum erwarten, jeden einzelnen Tag mit dir zu genießen. Und ich habe nicht vor, dich wieder gehen zu lassen«, murmelte er und zog mich in einen innigen Kuss, während sich die Welt um uns ein Stück schneller drehte.

Epilog

»Na los, traut euch!«

Gebannt verfolgten Eve, Ben und ich die Reaktion der zwei herangewachsenen Waschbären. Zaghaft lugten Bandit und Candy aus ihrem Käfig hervor und reckten ihre Näschen in die Luft. Noch schienen sie sich nicht ganz sicher zu sein, was sie dort draußen in der großen Welt erwartete.

Eve und die anderen Freiwilligen des Wildtierzentrums in Calgary hatten wochenlang auf die Entlassung der Jungtiere in die Freiheit hingearbeitet. Vor allem Eve hatte sie täglich zu Ausflügen mitgenommen, um sie auf das Leben in der Wildnis vorzubereiten. Sie hatte sie auf Bäume klettern und eigenständig nach Nahrung suchen lassen. Nachdem Eve die beiden noch einem ausgiebigen Gesundheits-Check unterzogen hatte, war sie der Meinung, dass die Waschbären nun bereit waren.

Bereit für ihr richtiges Leben.

Aufregung pulsierte in meinen Adern, gleichzeitig verspürte ich einen Funken Wehmut in der Brust. Es war schön gewesen, Bandit und Candy beim Aufwachsen zuzusehen und mitzuverfolgen, wie sie immer selbstständiger und mutiger wurden. Es fiel mir schwer, sie nun ziehen zu lassen, auch wenn ich mir nur das Beste für die beiden wünschte.

Ich konnte nicht verhindern, dass sich eine winzige Träne in meinen Augenwinkel schlich. Die kleinen Racker waren mir wirklich ans Herz gewachsen.

Mittlerweile hatten sich die Waschbärgeschwister aus ihrem Käfig hervorgewagt und erkundeten neugierig die Umgebung, tapsten durch das Gras und schnüffelten am Boden.

Wir hatten uns dazu entschieden, sie in der Nähe der alten Eiche auszuwildern, bei der ich sie damals auch gefunden hatte. Sie sollten in ihr natürliches Umfeld zurückkehren.

Ich dachte an den Tag zurück, an dem ich auf die beiden Jungtiere gestoßen war. Mittlerweile lag dies schon wieder einige Wochen zurück. Wahnsinn, wie schnell die Zeit verflog.

Ich ging in die Knie und strich den beiden über das weiche Fell. Bandit und Candy stießen ein freudiges Keckern aus.

»Macht's gut, ihr zwei«, sagte ich leise. »Und passt gut auf euch auf, ja?«

Ich spürte eine warme Hand in meinem Rücken, und als ich mich umdrehte, blickte ich in Bens lächelndes Gesicht.

»Es wird ihnen gut gehen, Lily. Sie sind so weit.«

Ich nickte.

Dann zog ich die Polaroidkamera aus der Umhängetasche um meinen Hals und machte ein letztes Bild. Mit einem Lächeln betrachtete ich das Foto. Es würde einen Ehrenplatz in meiner Sammlung bekommen und mich für immer an einen wunderbaren Moment erinnern.

Ich stand auf und sah hinüber zu Eve. Ihr standen ebenfalls Tränen in den Augen, doch ich las auch Stolz in ihrem Gesicht. Den Stolz darüber, dass Bandit und Candy die letzten Wochen gut überstanden hatten und nun die Chance auf ein Leben in Freiheit bekamen.

Als ich dann zu Ben aufsah, ließ die Wärme in seinen Augen mein Herz schneller schlagen.

Bandit und Candy drehten sich noch einmal nach uns um,

fast so, als wollten sie Lebewohl sagen. Zumindest bildete ich mir das ein. Der Gedanke zauberte mir ein Lächeln ins Gesicht.

Ich griff nach Bens Hand und strahlte ihn an. Schweigend ließen wir das Szenario auf uns wirken, wie die Waschbären langsam im Dickicht verschwanden.

Ich war mir sicher, dass Bandit und Candy ihren Weg gehen würden. So steinig er auch sein mochte, so viele Hindernisse sich ihnen entgegenstellen würden.

Sie würden ihren Weg gehen.

Genau wie Ben und ich.

Danksagung

Mit der Lake-Louise-Reihe ist für mich ein weiterer Traum in Erfüllung gegangen, denn es war mein erster Vertrag mit einem großen Publikumsverlag. Das Gefühl ist überwältigend, und ich hätte mir nie träumen lassen, dass ich es wirklich einmal bis hierhin schaffe.

Schon immer hat mich Kanada fasziniert. Als ich noch im Reisebüro arbeitete, war mein Plan, eines Tages selbst dorthin zu reisen und die Nationalparks zu erkunden. Aber was soll ich sagen: Mein Bruder Jan ist mir zuvorgekommen. Die Lake-Louise-Reihe hat erst durch ihn so richtig Gestalt angenommen. Als er nach dem Abi für zwei Monate nach Kanada ging und in einer Greifvogelstation in der Nähe von Vancouver arbeitete, wuchs meine Faszination für das Land ins Unermessliche. Ich weiß noch, wie begeistert ich war, als er mir seine Landschaftsaufnahmen und Fotos von Streifenhörnchen, Walen und Kolibris zeigte. Seitdem habe ich mein Herz an Kolibris und an Kanada verloren. An dieser Stelle ein riesiges Dankeschön an meinen Bruder. Bobbele, ich rechne es dir hoch an, dass du die Geschichte von Lily und Ben vorab gelesen hast, obwohl du freiwillig nie ein Buch in die Hand nehmen würdest. ☺

Es gibt jedoch noch einige andere Personen, bei denen ich mich von Herzen bedanken möchte.

Ein großer Dank geht an das gesamte Verlagsteam von Piper/everlove, insbesondere an meine Lektorin Isabelle Toppe, die sich glücklicherweise genauso für die kanadische Idylle erwärmen konnte wie ich. Ich denke, die Waschbärjungen waren ausschlaggebend. ☺ Danke, Isabelle, dass du von Beginn an an die Lake-Louise-Reihe geglaubt hast!

Danke auch an FAVORITBUERO für die Gestaltung der wunderschönen Cover.

Weiter bedanken möchte ich mich bei der weltbesten Agentin, Christine Härle. Ich habe unfassbar großes Glück, dich an meiner Seite zu haben, und ich weiß den Austausch mit dir sehr zu schätzen. Gesucht und gefunden! ☺ Ich hoffe, dass unsere Zusammenarbeit noch ganz lange anhält!

Vielen Dank auch an meine lieben Testleserinnen Annika, Victoria, Marie, Ebru, Maja und Yasmin. Maja, danke für deine unermüdliche Unterstützung. Unsere Freundschaft bedeutet mir viel. Und danke, Yasmin, dafür, dass du meine Partnerin in Crime im Geschichtenaushecken bist. ☺

Ein weiteres Dankeschön geht an meine allerbeste Freundin Etta. Wir beide sind wie Yin und Yang, und ich wüsste nicht, was ich ohne dich täte.

Natürlich möchte ich mich auch von Herzen bei meiner Familie bedanken, insbesondere bei Mama, Papa und Jan. Ihr seid immer für mich da, und ich bin so froh, euch zu haben! Danke auch an Oma und Opa. Es ist so süß zu sehen, wie ihr euch über eine neue Veröffentlichung von mir freut!

Zu guter Letzt geht ein ganz besonderer Dank an euch da draußen. Ihr seid diejenigen, die meine Geschichten lebendig werden lasst und den Figuren Leben einhaucht. Vielen Dank dafür!

Ich hoffe, wir lesen uns schon ganz bald wieder!

Eure Mareike